Diogenes Taschenbuch 24463

detebe

Der Frühling ist da

Ausgewählt von Kati Hertzsch

Mit einer Exklusivgeschichte
von Jan Brandt

Diogenes

Nachweis am Schluss des Bandes
Covermotiv: Illustration von Jean-Jacques Sempé

Originalausgabe

100/19/852/1
ISBN 978 3 257 24463 2
www.diogenes.ch

Inhalt

GEORG PHILIPP HARSDÖRFFER (S), JOHANN KLAJ (K)
UND SIGMUND VON BIRKEN (F)

Frülings-Freude

F.
Es fünken und flinken und blinken
S. bunt-blümichte Auen.
Es schimmert und wimmert und glimmert
K. frü-perlenes Thauen.
Es zittern / und flittern / und splittern
F. laubträchtige Aeste.
Es säuseln / und bräuseln / und kräuseln
S. windfriedige Bläste.
Es singen / und klingen / und ringen
K. Feld-stimmende Flöten.
Schalmeyen am Reyen erfreuen
F. die Schäfer Poeten.
Es bellen / und gellen / und schellen
S. die Rüden und Heerden.
Es stralen / und pralen / sich mahlen /
K. die Sternlein der Erden.
Najaden die baden durchwaden
F. die Sümpfe und Quellen.
Sylvanen und Panen beplanen
S. die silberne Zellen.
Es girren und schmirren ümirren

K. die Schwalben die Dächer
Es düften und lüften / die Triften /
F. die Erdengemächer.
Die Schatten und Matten begatten
S. ein völliges Lachen.
Das Rieseln / und Blüseln / und Kieseln
K. bekleidet die Brachen.
Es lallet / und wallet / und schwallet
F. am gläsernen Strande.
Es strudeln / und brudeln / und wudeln
S. die Wellen zu Rande.
Es lispeln / und wispeln / und fispeln
K. krystalline Brünnen;
sie spritzen / und schwitzen / und nützen /
F. mit silbernem Rinnen.
Es streichen und schleichen / in Teichen /
S. die schuppichten Fische.
Sie krümmeln / und schwimmeln / und wimmeln
K. mit haufen zu Tische.
Es witzschert / und zitzschert / und zwitzschert
F. das Sängergebüsche.
Es rauschet / und pauschet / und zauschet
S. ihr Zefyr-Gezische.
Es heget / bepfleget und eget
K. der Feldmann die Felder.
Es tragen / behagen und jagen
F. die lustigen Wälder.
Es tirelir-tirelir-tirelir-
S. liret die Lerche.
Es klappern / und pappern / und plappern

K. schlankbeinichte Störche.
Es krecken / krerecken / und quecken
F. grüngelbliche Frösche.
Es lechzet / und ächzet / und krächzet
S. das Lachen-gedrösche.
Es binken die Finken und winken
K. dem Sängergeflügel.
Es kreuchet und rauchet anhäuchet
F. das Veilchen am Hügel.
Es schnattert / und knattert / und dattert
S. das Märtensgefieder.
Die Mäisen durchreisen bepreisen
K. die Lüfte nun wieder.
Es summeln und brummeln die Hummeln
F. in heiteren Lüften.
Es thönet / und hönet / und sehnet
S. sich Echo in Klüften.
Was klimmet / und schwimmet / und brümmet
K. will Frölichkeit machen.
Was lebet / was schwebet / und webet /
F. verjünget sein Lachen.

JAN BRANDT

Valentinstag

Der Flug war lange gebucht. Ein halbes Jahr lang klemmten die Tickets im Wohnzimmer hinter unserem Bild. Damit wir sie nicht vergaßen. Damit wir sie immer sahen. Damit wir etwas hatten, auf das wir uns freuen konnten. Ein gemeinsames Ziel. Eine Zukunft. Sie hatte die Angewohnheit gehabt, Reisen immer Monate im Voraus zu planen. Sie wollte nie etwas dem Zufall überlassen. Ihrer Meinung nach gab es nichts Besseres als Pauschalurlaub. Noch dazu an Orten, an denen wir schon mehrmals gewesen waren, in Hotels, die wir genauso gut kannten wie unser Zuhause, in Zimmern, in denen sich nichts oder fast nichts veränderte.

Aber diesmal war alles anders.

Vom Flughafen bis zur Südspitze der Insel brauchte der Bus eine Stunde. Links war das Meer, rechts eine Steinwüste, Geröll, kilometerweit, bis zu den Bergen. Die Straße gesäumt von Containerhallen: Möbelcenter, Steakhäuser, Supermärkte. Auf den Verkehrsinseln baumhohe Palmen und Kakteen und auf alt gemachte Wehrtürme. Parallel zur Strecke Stromleitungen, Windräder in der Ferne. Das Paar vor mir filmte die Fahrt. Das Paar hinter mir kommentierte alles, was wir sahen. Aus den Boxen kam Kuschelrock: Julio Iglesias, Elton John, Billy Joel. Es ging rauf und runter, steile Anstiege, enge Kurven, tiefe Schluchten. Die Frau neben mir bekreuzigte sich alle paar Minuten und bat Gott auf Schwäbisch, uns nicht abstürzen zu lassen. Auf Hochdeutsch bat ich ihn um das Gegenteil und erhob meine Hände über die Sitzreihen.

Erst als mich alle anstarrten, ließ ich sie wieder sinken.

Er erhörte ihre Gebete, nicht meine.

Wir passierten am Strand zusammengedrängte Siedlungen, Touristenstädte, Hotelanlagen, deren Balkone zum Wasser hin ausgerichtet waren. An jeder hielt der Busfahrer und ließ jemanden aussteigen, am Costa Calma Beach Resort, am Esmeralda, am Magic Life, am Royal Palm – und bei jedem Stopp ging ein Raunen durch den Bus, als wären die Leute froh, nicht hier ihren Urlaub verbringen zu müssen. Am Fuerteventura Princess wollte ich aussteigen, hier waren wir immer ausgestiegen, aber der Busfahrer wies mich darauf hin, dass mein Hotel, das Jandía Princess, eine Station weiter sei, er zeigte auf meine Buchungsbestätigung, dann auf eine weiße Burg mit Türmen und Holzbalustraden.

Das, sagte ich, müsse ein Fehler sein, dort seien wir noch nie gewesen.

»Das ist kein Fehler«, der Busfahrer tippte auf das Stück Papier in meiner Hand, Jandía Princess.

»Doch«, sagte ich, trotzig wie ein Kind. »Das ist einer.«

An der Rezeption begrüßte mich Pamela, ihr Name stand auf einem Schild an ihrem grauen Kostüm, der Uniform des Hauses. Ich stellte mich vor und erklärte ihr die Umstände. Gebucht sei gebucht, sagte sie und blickte auf den Bildschirm vor sich, da könne sie nichts machen.

»Das müssen die im Reisebüro verwechselt haben«, sagte ich. »Die haben sich versehen. Das ist nicht unsere Schuld.«

»Alle Betten sind belegt, hier und drüben auch.« Sie nickte aus dem Fenster auf die Palmen.

»Na ja«, sagte ich. »Vielleicht ist das auch besser so.«

Sie sagte, dass es ihr leidtue.

»Das macht nichts.«

»Doch. Das ist traurig.«

»So traurig nun auch wieder nicht.« Ich sah mich um. »Also, mir gefällt's.«

Sie starrte mich an. »Das mit Ihrer Frau.«

»Ach so, das«, sagte ich. »Ja, das ist traurig.«

Ohne weiter darauf einzugehen, bat sie mich um meinen Ausweis, verglich ihre Daten mit meinen, und gab ihn mir zurück. Das Zimmer sei noch nicht fertig, sagte sie, aber ich könne schon ins Restaurant. Dann legte sie mir ein graues Plastikband ums Handgelenk, damit ich »schon mal in den Genuss aller Annehmlichkeiten komme«.

»Mit dem grauen bekomme ich aber nicht alles.«

»Wenn Sie ein Premium-Paket wünschen, können wir gern ein Upgrade machen.«

Ich sagte, dass das nicht nötig sei, und sie wandte sich den nächsten Gästen zu, der Frau aus Schwaben – und ihrem Mann, der im Bus ganz vorne gesessen und sich die ganze Fahrt über mit dem Busfahrer unterhalten hatte.

Alles im Hotel war weiß, die Wände, die Fliesen, die Möbel, und alles glänzte wie frisch gewischt. Im Restaurant Antigua, dem Speisesaal, eine Etage tiefer, nahm ich mir einen großen Teller und füllte ihn randvoll mit Kartoffeln, Erbsen, Tintenfischspitzen, Schweineschnitzel und

Serrano-Schinken, als ob ich nur auf eine Mahlzeit pro Tag Anspruch hätte. Auf dem Desserttisch sprudelte ein Schokobrunnen, in den Kinder Marshmallows, Hefebällchen und Kekse hielten. Ihre Augen strahlten vor Freude und Erstaunen, als könnten sie es immer noch nicht fassen, dass ihre Eltern sie mit ins Schlaraffenland genommen hatten, auf eine Insel der Freiheit, auf der sie so viel Süßes essen durften, wie sie wollten.

Mit verschmierten Mündern und Händen rannten sie zurück in den »Familienbereich«, einen Raum mit großen runden Tischen und Bildern an den Wänden. Ich dagegen setzte mich in den »Erwachsenenbereich«, in dem nur Zweiertische standen, und an jedem Tisch saßen auch zwei, außer an meinem.

»Solo?«, fragte der Kellner und streckte zum besseren Verständnis den Zeigefinger aus.

Ich nickte und wischte mir den Mund ab.

Er nahm das zweite Besteck weg und legte Messer, Gabel und Löffel auf den frisch gedeckten Tisch neben mir, an das sich sogleich das nächste Paar setzte: der junge Mann und die junge Frau, die im Bus alles kommentiert hatten. Er im grauen »Wladimir Fickdusiemir III«, sie im schräg gestreiften »Madame Unschuld Bangs«. Ihre Teller waren so voll wie meiner, und wir aßen mit der gleichen Lust und Gier, erprobt im Umgang mit Überfluss.

Nach dem Dessert wollte ich mich in die Sonne legen. Draußen auf der Terrasse aber war der Passatwind so stark, dass ich wieder hineinging. Durch die Fenster sah ich einige Gäste in braune Handtücher gewickelt am Pool liegen, im Wasser plantschten Kinder mit blau gefrorenen Lippen.

Ich bestellte mir einen Kaffee, setzte mich ins Atrium und schlug Agota Kristofs *Das große Heft* auf, einen kleinen Roman über den großen Krieg, die perfekte Urlaubslektüre für Alleinreisende – Massenmorde, Bombenterror, Vergewaltigungen und die daraus resultierende Verrohung der Gesellschaft –, und beobachtete zwischendurch all jene Paare, die wie wir Pauschalurlaub gebucht hatten. Wohin ich auch blickte, überall sah ich verbrannte Haut, unscharfe Tattoos und Naketano-Hoodies: die Damenmodelle »Fleißiges Bumserlein«, »Gartenmöbelgangster« und »Glitzermuschi«, und die Herrenmodelle »Ich hab dicke Eier«, »Discopimmel« und »Supaintelligentes Drogenopfa«. Ich kann alle auswendig, alle im Einkauf können das. Aber keiner im Verkauf. Kein Kunde.

Am nächsten Tag wurde ich vom Telefon geweckt. Auf dem Display leuchtete das Wort »Anonym« auf. Weil Samstag war, ging ich davon aus, dass es meine Eltern waren, und weil sie wussten, dass ich im Urlaub war, ging ich davon aus, dass etwas Schlimmes passiert sein musste. Es war etwas Schlimmes passiert: Meine Tante war gestorben. Ich überlegte, sofort zurückzufliegen, aber die Flüge kosteten am Wochenende zwischen siebenhundert und tausend Euro, und die Reise würde, da ich in Paris oder London umsteigen musste, zwischen zehn und siebzehn Stunden dauern. Ich rief am Flughafen an. Nur Last Minute bestehe die Möglichkeit, ein günstiges Ticket zu bekommen, ich solle es am Dienstag noch einmal versuchen. Doch am Dienstag sah es nicht besser aus. Im Gegenteil. Am Dienstag sah es schlechter aus. Es gab weniger Flüge. Und weniger Plätze. Die Preise waren teurer. Und die Distanzen länger. Meine Eltern sagten, dass ich nicht kommen müsse, niemand in der Familie würde das von mir erwarten. Und meine Cousine schrieb mir, dass man an jedem Ort der Welt trauern könne.

Der Tag, an dem meine Tante beerdigt wurde, war Valentinstag. Nichts konnte unpassender sein als die Vorstellung, dass zur gleichen Zeit in einem Teil der Welt der Tod und im anderen die Liebe zelebriert wurde. Nirgendwo fühlte ich mich deplatzierter als hier. Und in dem Moment, als ich das dachte, brach die Sonne durch. Gleißend hell stand sie über dem Meer, so dass ich auf dem Balkon die Augen beschirmen musste, um unten die Paare erkennen zu können, die einträchtig zum Frühstück pilgerten.

Ich war extra früh aufgestanden, um dem Gedränge am Buffet zu entgehen, um neun würde es kein Durchkommen mehr geben, aber als ich unten ankam, war schon alles voll. Auf der Treppe hatte sich eine Schlange gebildet wie vor einem Konzert. Im Vorraum stand eine mit Plüsch überzogene Kirchenbank, über der ein Banner mit dem Schriftzug »San Valentin« drapiert war, daneben vier aus einem Styroporblock ausgesägte Buchstaben übereinandergestapelt: ein L, ein O, ein V, ein E. Am Eingang wurde ich von vier Engeln begrüßt, zwei weiblichen, zwei männlichen, alle in weißen oder roten Kostümen und aufgeklebten Flügeln auf dem Rücken. Der eine Mann trug eine blonde Perücke auf dem Kopf, der andere einen weißen Kranz, leicht erhoben wie einen Heiligenschein, um die Hüften hatte er eine Windel geschlungen. Sein Gesicht sah kaputt aus: Die Haut war an einer Seite vernarbt, das linke Lid hing halb herunter, als hätte er einen Schlaganfall gehabt oder einen Unfall oder beides zugleich. Die Engel reichten den Paaren Sektgläser und wünschten ihnen einen schönen Valentinstag. Nur mir wünschten sie einen schönen Tag, als existiere der Valentinstag für Alleinstehende nicht, als wäre das Alleinsein kein Zustand, der es wert wäre, gefeiert zu werden.

In der Mitte zwischen den Buffettischen war eine Saftbar aufgebaut, an der eine ganz in Rot-weiß gekleidete Frau Marshmallow-Erdbeer-Milchshakes ausschenkte. Alle paar Sekunden erfüllte das Dröhnen des Mixers den Raum. Die Gespräche an den Tischen verstummten kurz, dann setzten sie mit einer Geschwindigkeit wieder ein, als hätten die Menschen Angst, gleich wieder vom Mixer unterbrochen zu werden.

Beim Hinausgehen sah ich auf dem Schwarzen Brett, dass das Sportprogramm thematisch auf den Tag abgestimmt war: »Rifle Shooting with Cupid«, »Couples Shuffleboard Tournament«, »Love Princess Game«, »Cupid Boccia«, »Stretching with Cupid«, »Romantic Aquagym«, »Dance with Love«. An den meisten Veranstaltungen aber nahm niemand teil. Die Gäste lagen lieber am Pool oder in einem der balinesischen Betten mit Blick aufs Meer, auf den Strand, den Horizont. Die Männer in Shorts. Die Frauen in Bikinis. Verschiedene Marken und Modelle. Mit Bademode kenne ich mich nicht aus. Dass die meisten ihren Trägern zu klein waren, sah aber selbst ich. Die Gäste lagen da und dösten vor sich hin, bis die Animatorenengel mit einem Herzrahmen herumgingen und sie fragten, ob sie ein Foto von sich haben wollten, ein Liebesbild als Erinnerung.

Einige willigten ein, stellten sich zu zweit ins Herz hinein oder mischten sich unter die Animateure oder posten allein, das Herz auf dem Kopf balancierend.

Beim Abendessen machte eine Fotografin Bilder unter dem »San-Valentin«-Schild. Die Engel schenkten Sangria in Schnapsgläsern aus. Ein livrierter Kellner überreichte den eintretenden Damen eine Rose. Zwei Gitarristen spielten *More Than Words* – von einer Band, deren Namen mir nicht einfallen wollte, ein One-Hit-Wonder. Über dem Buffettisch schwebten Luftballons in Herzform, und als ich an die Salatbar herantrat, sah ich, dass selbst die Melonenstücke herzförmig waren. Neben dem Schokobrunnen lagen Lutscher in Herzform aus, und auch die Kuchen, Toastbrote und Pasteten – alles herzförmig geschnitten. Die Glastabletts waren von unten rot beleuchtet, und jedes Mal, wenn jemand Eisbein oder Gambas herunternahm, blinkten rote Lichter auf, und die Umstehenden sagten »Ah« und »Oh«, als wäre etwas Sensationelles geschehen. Auch über den Esstischen schwebten rote Luftballons in Herzform, darunter saßen sich sonnenverbrannte Paare schweigend gegenüber, erschöpft vom stundenlangen Herumliegen. Ich tippte »More Than Words« ins Telefon ein und konnte nicht fassen, dass ein so seichtes Lied von einer Band geschrieben worden war, die Extreme hieß. Und dass es Extreme immer noch gab. Dass sie vor Kurzem sogar ein neues Album veröffentlicht hatten, *Pornograffiti Live 25 / Metal Meltdown*. Ich klickte mich von einem Link zum nächsten. Als der Kellner fragte, ob ich noch etwas wünsche, sie würden jetzt das Buffet abräumen, wurde mir klar, dass ich zu viel Zeit im Internet verbrachte.

Höhepunkt des Abends war die »Best Couple Competition« im Auditorium, eine Etage tiefer, auf Höhe des Pools, der jetzt von unten beleuchtet die Fenster illuminierte. Auf der mit Herzen ausgelegten Bühne standen sechs jeweils paarweise angeordnete Sessel. Davor schlugen sich Kinder gegenseitig Luftballons auf den Kopf. Nebenan in der Bar lief das Champions-League-Spiel Real Madrid gegen Paris St. Germain, weshalb von den meisten Hotelpaaren nur der weibliche Teil anwesend war.

Aus den Boxen kam Glockengeläut. Der Mann, der tagsüber eine Windel getragen hatte, trat hinter dem Vorhang hervor in einem goldenen Smoking – eine billige Armani-Imitation – und begrüßte uns in fünf Sprachen: Spanisch, Englisch, Italienisch, Niederländisch, Deutsch. Weil das Glockengeläut anhielt, verstand ich nur »Buenvenito«, »Señores y Señoras«, »Willkommen«, »Game show« und »Ideaal Paar«. Dann verstummten die Glocken, und er bat drei Paare auf die Bühne, »Freiwillige vor«, aber niemand meldete sich. Die anderen Animateure, jetzt nicht mehr als Engel verkleidet, sondern in Frack und Abendkleid – auch Imitationen, ich weiß nicht, von wem –, gingen durch die Reihen, von Tisch zu Tisch, und versuchten, die wenigen Paare dazu zu überreden, beim Spiel mitzumachen.

Bald hatten sich drei gefunden: Sandra und Mark aus London, beide Ende fünfzig, waren, wie sie ins Mikrophon sagten, erst seit fünf Monaten zusammen, sie hatten sich im Internet kennengelernt. Frank und Katharina, Mitte zwanzig, aus Schweinfurt in Unterfranken, waren seit sechs Jahren ein Paar, und ihre Beziehung hatte offenbar Früchte getragen: Unter Katharinas Kleid wölbte sich der Bauch. Und

Craig und Catherine aus Cornwall, beide etwa so alt wie ich, Anfang vierzig, kannten sich seit zweiundzwanzig Jahren, seit der Schulzeit. Allein dafür, meinte der Moderator, hätten sie einen Preis verdient. »Applauso!« Das Publikum klatschte, aber der Moderator hob abwehrend die Hand, um der Begeisterung Einhalt zu gebieten, und sagte, dass heute Abend nicht die Vergangenheit, sondern die Gegenwart zähle. »La mejor pareja ganará.« – »Het beste paar zal winnen.« – »The best couple will win.«

Die Animateure erklärten die Regeln und führten jedes Spiel vor. Zuerst sollten die Paare eine Orange zwischen die Bäuche geklemmt in ihre Münder befördern, ohne dabei die Hände zuhilfe zu nehmen. Der Moderator sagte: »You have to push the Orange up as quick as possible. Ohne Hände. Jedes Paar zur gleichen Zeit. Por favor. Tres, dos, uno, bitte, musica!« Die Musik setzte wieder ein, *Everybody Needs Somebody to Love* von den Blues Brothers. Und die Paare begannen, die Orangen an ihren Körpern auf und ab zu schieben. Das gelang den Deutschen am schnellsten. Während die anderen noch überlegten, wie sie es anstellen sollten, ging Katharina in die Hocke, klemmte die Orange unters Kinn, erhob sich wieder und schob Frank die Frucht in den Mund. Dafür erhielten sie einen Herzballon als Punkt. »Applauso!« Beim zweiten Spiel sollten die Männer Schlafbrillen aufsetzen und einen Dartpfeil in die Hand nehmen, während die Frauen Zielscheiben vor ihren Bauch hielten. Aber es war nicht wie im Zirkus, kein Messerwerfen. Die Männer mussten mit dem Pfeil in der Hand auf die Frauen zugehen und die Spitze auf ihre Instruktionen hin in die Mitte der Scheibe stecken. »Tres, dos, uno, and go!« – »Down. Down. Left. Up. To the left. Right. Up. To the left, very slightly. Down. Up. To the left. Fire.« – »Runter. Runter. Nach links. Nach links. Stopp. Ein wenig noch. Ja.« – »Left. Left. Yeah!« – »Applauso!« Das erste Paar brauchte dreißig Sekunden, das zweite fünfzehn, das dritte sechs. »The winner ist: Paar número tres.« Beim dritten Spiel sollten die Paare die herzförmigen Luftballons in vier verschiedenen Sexpositionen zwischen ihren Körpern zerplatzen lassen, von vorne, von hinten, im Sitzen, im Liegen. »On my mark. Three, two, one, go.« Die ersten brauchten siebenunddreißig Sekunden, die zweiten zwölf, die dritten sechzehn. Bei jedem Knall brachen alle um mich herum in Jubel aus, lachten und klatschten wie wild in die Hände. »Applauso!« Der dritte Herzballon ging an die Deutschen. Das vierte Spiel bestand darin, hinter von den Animateuren hochgehaltenen weißen Bettlaken die Klamotten zu tauschen, nur ihre Unterwäsche durften sie anbehalten. Und da dachte ich, das wäre vielleicht was für die nächste Betriebsfeier. Das ganze Spiel. Besser als Reise nach Jerusalem. Besser als Powerpoint-Karaoke. Ich stellte mir die Abteilungen als Paare vor und den Chef als Moderator, wie viel Spaß es ihm machen würde, seine Angestellten der Lächerlichkeit preiszugeben. »Three, two, one. Musica!« Aus den Boxen kam Benny-Hill-Musik. Während der Moderator von oben über die Laken schaute, rief er immer wieder »Lukilukiluki« ins Mikrophon, und als die Ersten fertig waren: »Ahua!« Wieder waren die Engländer aus Cornwall am schnellsten, weil sie am leichtesten bekleidet waren, beide in Trainingsanzügen. Kurz darauf fielen die anderen Laken zu Boden. Paar eins und drei hatten eine vollkommen unterschiedliche Statur, die Sachen waren den Männern und Frauen entweder deutlich zu groß oder deutlich zu klein. Am Ende stand es zwei zu zwei: Zwei Ballons für die Deutschen, zwei für die Engländer aus Cornwall. »Applauso! – Wir brauchen jetzt eine Entscheidung. We have a final now. De laatste ronde. Il grande finale. La ronda final.« Bei jedem Wort wurde seine Stimme lauter und das Klatschen um mich herum heftiger. Die Animateure trugen zwei große Würfel aus Schaumstoff auf die Bühne, und der Moderator sagte: »Jetzt zählt allein das Glück. Now it's only pure luck.« Die Engländer würfelten eine vier, aber kein Pasch, die Deutschen eine sieben. Als Frank und Katharina die Zahlen sahen, rissen sie die Arme hoch. Um mich herum sprangen einige Frauen auf und machten es ihnen nach. »One more time«, rief der Moderator ins Mikro. »Ein riesen Applauso für unser ideales Paar. Our ideal couple.« Alle klatschten, ich auch, ich erhob mich sogar von meinem Sitz.

Alle Teilnehmer erhielten eine schwarze Kappe mit Princess-Logo, eine Flasche Champagner und Goldmedaillen am Band. Die Sieger durften sich zudem über freien Eintritt im Inselzoo Oasis Park in La Lajita freuen. »Erleben Sie über dreitausend Tiere aus zweihundertdreißig Arten in einem Naturparadies von über dreihunderttausend Quadratmetern«, las der Moderator von einem Zettel ab. »This amazing park offers many attractions, such as camel-safari, shows and interactions with animals.« Ein »Muss« auf Fuerteventura, wie er sagte. »Go and see.« Er bedankte sich beim DJ, wünschte uns noch einen schönen Abend und wies auf das Feuerwerk hin, das es gleich am

Strand zu bewundern gebe. Kaum hatte er es gesagt, hörten wir von draußen schon einen Knall wie von einem Schuss. Sekunden später blitzte es über den Palmen auf, ein Feuerschweif am Nachthimmel. Alle strebten aus der Halle hinaus auf die Terrasse. An der Balustrade standen dicht gedrängt Paare Arm und Arm, und während über uns Sterne zerplatzten, musste ich an meine Tante denken – und an meinen Onkel, der jetzt allein war. Dreiundsechzig Jahre waren sie verheiratet gewesen, sie kannten sich seit sie Kinder waren, wohnten nur eine Straße voneinander entfernt, und hatten seitdem kaum einen Tag ohne einander verbracht.

Und ich musste an mich denken, an das Ende meiner Ehe. Daran, was geschehen oder nicht geschehen war. An die Arbeit. Die Firma. Den Alltag. Die Wochenenden. Die Reisen. Den Stress. Den Urlaub zweimal im Jahr. Das halbfertige Haus. Die nicht geborenen Kinder. Die Gespräche. Das Schweigen. Die Verletzungen. Die Therapie. Daran vor allem. An das, was unsere Therapeutin in der letzten Sitzung zu mir sagte, dass ich innerlich unbeteiligt sei und unter einer Affekthemmung leide.

»Ich leide nicht«, sagte ich.

Und sie sagte: »Das ist das Problem.«

»Für mich nicht.«

»Aber für alle anderen.«

Am nächsten Tag traf ich das perfekte Paar beim Abendessen im Speisesaal wieder, Frank und Katharina aus Schweinfurt in Unterfranken. Er trug ein schwarzes Polo-Shirt von Camp-David – »Urban Workout«, sie ein weißes Top von Max Mara – »Oblio«. Wir saßen im Erwachsenenbereich, Tisch an Tisch. Ich fragte sie, wie es im Zoo gewesen sei.

»Gut«, sagte er, »aber der Witz ist, wir haben nur ein Ticket bekommen.«

»Wie?«, fragte ich. »Warum? Was soll das heißen?«

»Dass ich meins selbst zahlen musste«, sagte sie. »Das war nur ein halbes Geschenk. Ein Ticket für einen, nicht für zwei.«

»Die wollen hier bloß Geld machen«, sagte Frank.

»Das wollen alle«, sagte ich.

»Aber wir haben ja auch was davon gehabt«, sagte Katharina. »Ohne den Gewinn wären wir nicht da hingefahren.«

»Wär auch nicht schlimm gewesen«, sagte Frank. »Hätten wir was anderes gemacht.«

»Was denn?«

»Weiß nicht. Irgendwas.« Er lächelte und legte seine Hand auf ihre. »Uns wär schon was eingefallen.«

»Also, wie du da auf dem Kamel gesessen bist, das war doch toll. Hast du selbst gesagt.«

»Das stimmt. Das war nicht schlecht.«

»Ich hab Fotos gemacht. Wollen Sie mal sehen?«

Und dann zeigte sie mir Bilder auf ihrem Telefon. Hunderte Bilder. Von Affen und Elefanten und Flamingos und Kamelen und sich selbst.

Am nächsten Tag hatte ich einen Tisch im hoteleigenen Restaurant El Lagar reserviert. Jeder Gast hat Anspruch auf ein Abendessen à la carte. Pamela hatte mir in ihrem Büro das Menü gezeigt – Kanarischer Salat, Cherne mit Korianderzwiebeln, Süßkartoffelpüree und Runzelkartoffeln und

Gofio-Mus –, auf meinen Erinnerungsschein ein Herz gemalt, mir zugezwinkert und gesagt: »Das ist ein Tisch für zwei. Vielleicht lernen Sie ja noch jemanden kennen.«

Aber ich lernte niemanden kennen. Ich saß allein am Tisch, in einer Reihe zwischen zwei anderen Tischen. Auf der einen Seite ein Paar aus Sachsen, er in Jeans und T-Shirt, sie in Bluse und Pluderhose, ich konnte die Marken nicht erkennen, alles einfarbig ohne Aufschrift. Schwarze Plastikbänder an den Handgelenken. All inklusive Premium. Das einzig Auffällige an ihnen – an der Frau –, war, dass sie ein rotes Nickituch mit Paisleymuster um den Hals geknotet hatte, was ich zuletzt in den Achtzigern gesehen hatte. Auf der anderen Seite Sandra und Mark aus London, die sich, dem Anlass entsprechend, schick gemacht hatten: Unter seinem offenen hellblauen Hemd trug er ein weites graues Shirt mit dem Aufdruck »This isn't a beer belly, it's a fuel tank for my love machine«, das er, wie sich herausstellte, im Internet bestellt hatte, sie ein Blumenkleid von H & M, das ich nicht benennen konnte, weil H & M eigene Produzenten und Lieferanten hat, eine Welt für sich.

Das El Lagar unterschied sich nicht sonderlich vom Speisesaal. Die Tischdecken waren rot statt weiß, und an den Wänden hingen Bilder, Schwarz-Weiß-Fotos von Fuerteventura, den Bergen, den Stränden, den Leuchttürmen.

Während des Essens unterhielten wir uns über die Show am Valentinstag.

»Wir haben da ja keine so gute Figur gemacht«, sagte Sandra.

Weder Mark noch ich widersprachen ihr. Stattdessen beglückwünschte ich die beiden zum dritten Platz.

»Schlechter hätten wir ja nicht abschneiden können«, sagte Sandra.

»Immerhin haben wir was gewonnen«, sagte Mark.

»Ja«, sagte Sandra. »Unser Mut wurde belohnt.« Sie sprach weiter, rekapitulierte den Abend in allen Einzelheiten. Ich nickte zu jedem Wort. Aber meine Aufmerksamkeit ließ mit jedem Wort nach. Irgendwann hörte ich den Mann am Nebentisch im schönsten Sächsisch fragen, was das denn sei. Er hatte ein Stück Porree aufgespießt und hielt es seiner Frau hin.

»Das ist Porree«, sagte sie, ebenfalls sächselnd. »Das ist gut, das ist ein Aphrodisiakum.«

Er legte es auf den Teller zurück und schob es, als wäre es ihm zuvor vom Tisch gefallen, an den Rand.

»Und Sie sind aus London?«, wandte ich mich wieder zu den anderen um.

Sandra sprach immer noch vom Valentinstag, brach aber auf meine Frage hin mitten im Satz ab und nickte.

Mark sagte, er wohne in Heathrow, Sandra dagegen in Whitechapel. »Eine Fernbeziehung. Anderthalb Stunden Fahrt. Einmal quer durch die Stadt. Wir sehen uns nur am Wochenende. Ich bin schon in Rente und will nicht noch mal umziehen. Das könnte ich mir auch gar nicht leisten. Das Haus ist noch nicht abbezahlt.«

»Und für mich wäre dann der Weg zur Arbeit zu weit«, sagte Sandra. »Wenn ich zu ihm rausziehen würde, meine ich. Aber wir treffen uns oft im West End und gehen in Musicals. *Mamma Mia, Les Miserables, Phantom der Oper.*«

Ich wusste nicht, was ich dazu sagen sollte. Ich hatte noch nie ein Musical gesehen und keine Absicht, es zu tun.

Also sagte ich das, was ich immer sage, wenn mir nichts Besseres einfällt: »Interessant.«

Daraufhin begann Sandra, mir ihre Eindrücke von allen Shows zu schildern, die sie in den vergangenen Monaten gemeinsam gesehen hatten. Inzwischen waren wir beim Dessert angelangt. Ich überlegte gerade, was ich als Nächstes fragen könnte, um das Thema zu wechseln, da sah ich, wie die Sächsin der Bedienung ein Zeichen gab. Die Bedienung verschwand in der Küche, keine Minute später kam sie mit zwei Kollegen wieder heraus. Der eine trug ein Stück Erdbeertorte mit Wunderkerze vor sich her, der andere ein Tablett: Zwei Teller, zwei Gabeln, zwei Gläser und eine Flasche Sekt. Während sie alles auf den Tisch stellten, stand die Sächsin auf, kniete sich vor den Sachsen und nahm seine Hand. Alle Gespräche an allen Tischen verstummten. Alle Köpfe wandten sich zu den beiden um.

»Willst du mich heiraten?«, fragte sie zu ihm aufblickend.

Der Sachse sagte nichts. Mit der freien Hand wischte er sich über die Stirn.

Ich musste an die Worte unserer Therapeutin denken, an die Affekthemmung.

Dann sagte er: »Ach, Moni. Muss das sein? Das ist doch … das haben wir doch gar nicht nötig.«

»Willst du mich heiraten?«

Wieder Schweigen. Die Wunderkerze erlosch. Ein letztes Prasseln und Knistern.

Die Kellner riefen »Sag ja«, erst zaghaft und leise, dann lauter und kräftiger, auf Deutsch und Englisch, und alle stimmten mit ein, selbst Sandra und Mark. Sie riefen so lange, bis der Sachse »Ja« sagte. »Ja, ich will.« Alle klatschten und jubelten, mehr aus Erleichterung als aus echter Freude. Trotzdem fiel ihm Moni um den Hals, küsste ihn auf Mund und Wange, und setzte sich erst wieder, als die Kellner gegangen waren. Sie aßen weiter.

Wir alle aßen weiter.

Nach und nach erhoben sich die Leute.

Jeder, der den Raum verließ, beglückwünschte sie, auch ich.

Aber in den Tagen danach machten alle einen Bogen um die beiden, als fürchteten sie, dass das, was Moni ihrem Freund abgerungen hatte, das schlaffe Bekenntnis, ansteckend sein könnte, dass es ihre emotionale Entschlossenheit erschüttern oder die Zweifel, die sie hatten, verstärken könnte. Die Tische um sie herum blieben leer. Nur die neuen Gäste, die noch nichts von dem, was im El Lagar vorgefallen war, mitbekommen hatten, setzten sich in ihre Nähe. Bis auch sie davon hörten und Abstand nahmen.

Nach der letzten Sitzung hatte ich unsere Therapeutin gefragt, wie man das behandeln könne, diese Affekthemmung.

»Erst einmal muss man die Ursache herausfinden«, hatte sie gesagt. »Nicht bloß an der Oberfläche herumkratzen. Sie müssen der Sache auf den Grund gehen.« Da sie selbst keine Einzelbehandlung mehr durchführe, hatte sie mir eine Kollegin empfohlen. »Eine Spezialistin auf dem Gebiet. Eine Koryphäe. Oder wollen Sie lieber einen Mann?« Sie setzte ihre Brille auf und blätterte in ihrem Karteikasten. »Männer kenne ich genug. Ich kann Ihnen da auch welche empfehlen. Aber die sind nicht so gut.«

Ich sagte, das sei mir egal.

Sie reichte mir eine Visitenkarte. »Es kann aber eine Weile dauern.«

»Bis ich einen Termin bekomme? Oder bis ich geheilt bin?«

Sie lachte. Ich weiß nicht, worüber. Dann sagte sie: »Beides.«

»Und was soll ich bis dahin machen?«

»Sie sollten jetzt Distanz schaffen. Zu Ihnen beiden. Zu sich selbst ... Am besten ... Fahren Sie weg. Machen Sie Urlaub.«

»Das trifft sich gut.« Ich erzählte ihr von der Reise.

»Das halte ich für keine gute Idee. Machen Sie etwas Eigenes. Fahren Sie irgendwohin, wo Sie noch nie gewesen sind. Was Sie jetzt brauchen, ist Ablenkung, eine Herausforderung. Ein Ort, wo niemand Sie kennt, wo Sie sich ... wo Sie mal aus sich herauskommen können.«

Ich hätte auf sie hören sollen.

Aber hier saß ich nun.

Im Restaurant Antigua.

Im Speisesaal des Jandía Princess.

An der Südspitze Fuerteventuras.

Hier saß ich nun und dachte über mein Leben nach.

Darüber, wie ich hierhergekommen war.

An diesen Punkt.

»Tschuldigung? ... Hallo? ... Sie da.«

Es dauerte ein paar Sekunden, bis ich begriff, dass ich gemeint war. Ich schaute vom Teller auf und sah Moni zu mir herüberwinken. Sie stand neben ihrem Tisch, halb zu mir gebeugt. Ihr Mann – ihr Freund – stand, die Hände in den Hosentaschen, hinter ihr.

»Achim und ich wollen unten an der Bar noch Cocktails trinken. Und wir dachten … Sie sind doch …« Sie nestelte an ihrem Nickituch. »Wollen Sie uns nicht Gesellschaft leisten?«

Ich hielt meinen Arm hoch, den mit dem Plastikband. »Damit krieg ich keine Cocktails.«

»Das macht nichts.« Sie sah sich zu Achim um und dann wieder zu mir hin. »Wir laden Sie ein.«

Und in dem Moment überkam mich ein seltsames Gefühl, eine Mischung aus Freude und Entsetzen, eine Art schaurige Erregung, und ich tat etwas für mich vollkommen Außergewöhnliches, etwas, über das ich selbst am meisten erstaunt war.

Ich sagte zu.

VIKTORIJA TOKARJEWA

Männertreue

Auf dem Schildchen an der Tür seines Büros stand: Professor Denis Petrowitsch Malzew. Aber das ganze Labor nannte ihn – das Schildchen ignorierend – einfach Denitschka. Alle liebten ihn, und das nicht ohne Grund: Er war ungemein begabt, gütig und offenherzig wie ein großes Kind.

Er wusste einfach alles: Wie die Erde entstanden ist, woher der erste Mensch kam, was vor Millionen Jahren war und was in Millionen Jahren sein würde. Es war ein Glück, mit ihm zu sprechen. Bloß den Mann in ihm hatte ich nie gespürt. Er war irgendwie asexuell – und das störte natürlich. Wobei? Bei allem. Obwohl ich dieses ›alles‹ gar nicht brauchte. Denn ich steckte damals mitten in einer stürmischen Romanze, und Denitschka stand unnütz neben meiner rotblonden Freundin Nadka Abakumowa herum.

Nadka spielte Schlagzeug in einer Frauen-Jazzband. Sie hatte das absolute Rhythmusgespür. Nadka fand, dass Rhythmus die Grundlage aller Grundlagen sei. Das Herz schlägt im Rhythmus, die Lungen atmen im Rhythmus, und sogar die Paarung erfolgt im Rhythmus. Es gibt auch einen kosmischen Rhythmus – den Wechsel der Jahreszeiten beispielsweise ... Aber kommen wir auf Denitschka zurück.

Ich vermutete, dass er Nadkas Liebhaber war, aber Nadka wies das weit von sich – sie seien nur befreundet.

Und überhaupt gehörte Denitschka nicht in diese Kategorie. Er war einfach eine ›beste Freundin‹ in Jungengestalt.

Obwohl, ein Junge war er damals schon nicht mehr. Wir waren alle so um die vierzig. Also im Großen und Ganzen erwachsene Leute. Jeder hatte bereits eine Familie, eine anständige Arbeit, eine Stellung in der Gesellschaft, einen bestimmten Status.

Mit vierzig sollte man so einen Status schon haben, sowohl in der Familie als auch in der Gesellschaft. Doch wenn man genauer hinsieht, ist das alles Illusion. Was ist das für ein familiärer Status, wenn der Mann fremdgeht. Und nicht nur einen Seitensprung macht, sondern sich eine sucht, zu der er dauernd hinspringt. Und das noch nicht mal verbirgt, sondern einen geradezu mit der Nase draufstößt. So war das bei Nadka.

Bei mir war es das andere Extrem: Er ging nicht fremd, stritt sich auch nicht mit mir – aber da war meine Sehnsucht. Ein schwarzbrauner Sumpf. Man hätte natürlich die Karten neu mischen können. Aber mit wem? Keiner meiner möglichen Kandidaten nahm die Trümpfe auf.

Und wozu eine Ahle gegen ein Stück Seife eintauschen, wie es im Sprichwort heißt; zumal eine Ahle viel wertvoller ist. Mein Mann und ich hatten in der Morgenröte unserer weit zurückliegenden Jugend immerhin eine gemeinsame Lovestory gehabt, und wir hatten zwei Kinder. Wie kann man sich da scheiden lassen, das Kartenspiel einfach so auseinanderpflücken? Das kann man ja nicht einmal aussprechen. Ich stellte mir die Augen meines Mannes vor, wenn ich ihm das verkünden würde. Lieber blieb ich bis zum Hals im Sumpf sitzen.

Mitgefühl ist ein gutes Gefühl. Es hält den aufrecht, der es empfindet. Es läutert und nährt, eine reine Quelle, die kristallklares, heilkräftiges Wasser hervorbringt.

Aber von Mitgefühl allein kann man auch nicht leben, daher fing ich parallel eine Affäre an. Mein Romeo liebte mich und wollte mich voll und ganz. Er fragte: »Also, wann?« Womit er meinte, wann ich mich scheiden lassen und ihn heiraten würde. Ich schwieg und sah vor mich hin, meine Miene wurde stumpf wie bei einem Bison. Er sah mein ausdrucksloses Gesicht und verstand alles. Er verstand, dass ich auf die Tanne klettern, mir dabei aber den Hosenboden nicht zerreißen wollte. Normalerweise verhalten sich eher die Männer so.

Aber ich heiratete ihn auch deshalb nicht, weil es mich intuitiv zur Ruhe zog und nicht zu herzzerreißenden Leidenschaften. Ich wollte Leidenschaft, und ich wollte sie gleichzeitig nicht. Wollte das Gefühl von Einheit und den Kampf der Gegensätze.

Meine parallele Affäre verlief leidenschaftlich, voller Konflikte. Solche Gefühle konnte man zwei Tage in der Woche aushalten. Aber mit ihnen andauernd zu leben war unmöglich. So wie man Nescafé-Pulver nicht mit dem Löffel essen kann.

Mein Leben war zwischen Ruhe und Leidenschaft genau ausbalanciert und stand stabil auf seinen Beinen, wie ein gutgebauter Hocker. Aber eben, es war ein Hocker, er hatte keine Rückenlehne. Man fällt zwar nicht, aber man hat auch nichts, woran man sich anlehnen kann.

Eines Tages organisierte Nadka einen Kulturausflug ins Theater. In voller Besetzung: sie mit ihrem Mann, Denitschka mit seiner Frau und ich mit meinem Romeo.

Damals habe ich zum ersten Mal Denitschkas Frau gesehen: Sie war schwerfällig, hatte das Gesicht einer Bäuerin und sah aus wie eine Frau aus früheren Zeiten. Bis sie zu sprechen anfing. Sobald sie den Mund aufmachte, ergoss sich daraus Humor und Klugheit, wie ein goldener Regen. Und es hatte keinerlei Bedeutung mehr, wie sie aussah. Denitschka hatte sich eine Frau aus seinen Wissenschaftskreisen genommen, dumm hätte sie also sowieso nicht sein können. Dummerchen gehen nicht in die Wissenschaft.

Im Theater, so unter Leuten, machte Denitschka keine sonderlich gute Figur. Er hatte sehr schlechte Augen, trug eine Brille: minus zehn Dioptrien. Hinter den dicken Gläsern wirkten seine Augen wie zwei Punkte. Sein Mund war klein und rund, wie eine Kopeke. Die Ohren waren zwei Zentimeter höher angesetzt als bei anderen Leuten, der obere Teil der Ohrmuscheln war nicht gewölbt, sondern gerade, als hätte man ihn flachgebügelt. Mit anderen Worten, Denitschka sah aus wie ein Wolfsjunges mit Brille. Wahrscheinlich war er in einem früheren Leben mal ein Wolf gewesen oder ein Hund. Er sah ein bisschen schrecklich aus, aber doch lieb. Und völlig harmlos.

Wir schauten uns Gogols *Der Revisor* in einer modernen Interpretation an. Für mich ist *Der Revisor* eines der langweiligsten Stücke überhaupt, und keine noch so moderne Inszenierung kann es interessant machen. Doch vielleicht habe ich auch unrecht, sehr wahrscheinlich sogar. Die Karten hatte jedenfalls Nadka besorgt.

Nadkas Mann war zwar anwesend, aber er war nicht wirklich da. Entweder langweilte ihn *Der Revisor* genauso wie mich, oder seine Seele weilte an einem anderen Ort. Es war fast wie bei einem Toten – der Körper ist da, die Seele ist ganz woanders. Nadka lächelte gekünstelt, ließ Strassschmuck glitzern. Ich saß da und dachte: Mein Mann ist langweilig, aber er ist wenigstens bei mir. Er ist nicht gerade ein Hauptgewinn, aber immerhin meiner. Und der da, das war ein ›virtueller‹ Ehemann – doch das Wort ›virtuell‹ gab es damals natürlich noch nicht. Wieso hielt Nadka an dieser Ehe fest? Sollte sie doch lieber Denitschka heiraten. Ihn seiner Frau abspenstig machen und ›privatisieren‹, wie man heute sagt. So ein vielversprechender Mann, voller Qualitäten. Bloß die Ohren … Aber Ohren konnte man notfalls mit längeren Haaren verdecken.

In der Pause beschlossen wir, zum Buffet hochzugehen. Ich stieg zuerst die Treppe hinauf. Denitschka fragte mich etwas. Ich wandte mich um. Er sah mich von unten herauf an. Sein Gesicht war leicht angehoben. Die jungenhafte Gesichtsform, der Wirbel auf dem Scheitel und der vergeistigte Gesichtsausdruck – es sah aus, als würde er das Gesicht der Sonne entgegenstrecken.

Plötzlich begriff ich, dass ich ihm gefiel. Aber die eine gegen die andere eintauschen, wie Hemingway, das konnte er nicht. Hemingway tauschte seine Frau gegen deren Freundin und schrieb dann ein Buch darüber. Doch Denitschka war anders erzogen worden und konnte sich solche Freiheiten nicht erlauben. Und ich konnte es auch nicht. Oder wollte es nicht. Oder beides zusammen. Ich antwortete einfach auf seine Frage und ging weiter die Treppe hinauf, und schon nach zwei Stufen hatte ich vergessen, was er mich gefragt hatte.

Nach der Aufführung beschlossen wir, noch zusammen zu feiern.

Nadka erwartete, dass ich sie alle zu mir einlud, aber ich schwieg. Ich kann vieles in diesem Leben: mir in einer Nacht ein Kleid nähen, vor Gericht einen verzwickten Fall gewinnen, einen schwierigen Artikel ins Englische übersetzen. Aber Gemüse putzen, am Herd stehen, Geschirr waschen … Das ist mir immer als Sklavenarbeit vorgekommen, als eine sinnlose noch dazu, was natürlich nicht stimmt. Essen ist Teil der Kultur eines Volkes, nicht weniger als etwa die Architektur. Doch die Architektur bleibt für die Ewigkeit, und das Essen … Aber das sind natürlich nur Ausflüchte – ich bin einfach bodenlos unbegabt in allem, was den Haushalt anbelangt. Mein Mann hat sicher unter diesem Mangel an Begabung gelitten, doch er hat es tapfer ausgehalten. Er hat mich verstanden. Es ist nun mal unmöglich, dass ein Mensch in sich alles vereint. Meistens geht das eine zu Lasten des anderen. Mein Beruf hat alles andere überlagert.

Nadka wartete nicht länger und lud uns zu sich ein. Ihre Wohnung war gemütlich, aber eng. Eine Küche wie ein Zugabteil. Einen Flur gab es überhaupt nicht. Wir saßen in der Küche und aßen Sülze vom Schweinskopf. Ein Armeleuteessen. Wir waren alle arm zu der Zeit, aber das störte uns nicht. Wenn man jung ist, ist es so einfach, glücklich zu sein …

Romeo drückte sein Knie an meines. Wir tranken Wodka, nagten wie die Raubtiere an Knorpeln und begehrten einander.

Denitschkas Frau erzählte irgendetwas, auf hinreißende Weise. Nadka aß wunderschön, legte die Knöchelchen zu beiden Seiten des Tellers ab. Hier war sie in ihrem Element. Sie schwankte oft zwischen verschiedenen Gemütszuständen. Doch zu Hause, in ihren eigenen vier Wänden, hatte sie festen Boden unter den Füßen.

Am Schluss sangen wir im Chor ein damals beliebtes Chanson: »Aus dem Liverpooler Hafen laufen donnerstags die Schiffe aus und schwimmen davon, auf zu fernen Ufern ...« Die Worte waren ursprünglich von Rudyard Kipling, in Marschaks russischer Bearbeitung. Nadka klatschte mit den Handflächen einen erstaunlichen Rhythmus auf den Tisch. Denitschka sang dazu mit verstellt hoher Stimme, seine Frau, die übrigens auch Nadja hieß, sang eine zweite Stimme dazu. Ich tanzte, bewegte hauptsächlich Hände und Hüften, denn es war kein Platz da, sich zu drehen. Selbst mein Romeo sah seine Gitarre voller Zärtlichkeit an, umarmte sie plötzlich und spielte uns etwas vor, was ihm sogar ziemlich gut gelang. Es war ein spontanes Feuerwerk.

Nadkas Mann wartete heldenhaft ab, bis der Anfall vorüber war. Es war ihm in jeder Beziehung zu eng: seelisch und körperlich. Er wollte seine Freiheit. Und all das stand ihm ins Gesicht geschrieben.

Wir lebten, litten, träumten, belogen uns und andere und sehnten uns nach einem besseren Los. Es schien uns, als führe das Leben über eine Piste mit Schlaglöchern – aber ins Glück. Nur ins Glück, nirgendwohin sonst.

Seither sind fünfzehn Jahre vergangen. Das Land hat sich verändert. Und auch die Menschen haben sich verändert.

Die Russen haben gelernt, genauso das Geld zu zählen wie die Deutschen.

Fünfzehn Jahre sind eine lange Zeit im Leben eines Menschen. Aus dem Prozess des Erblühens sind wir in den Prozess des Verblühens übergegangen. Und dann noch der Paradigmenwechsel: Wir hatten einen entwickelten Sozialismus, jetzt haben wir einen unterentwickelten Kapitalismus. Und nun sind wir alle arme Rentner in diesem rauhen Kapitalismus, von Natur und Gesellschaft im Stich gelassen, dem Schicksal ausgeliefert.

Meine Kinder sind erwachsen, haben ihren Weg gemacht. In dieser Hinsicht war alles gar nicht so schlecht, ja sogar besser als früher. Die Zeit für die Jungen und Unternehmerischen war angebrochen. Nadkas Mann war unerwartet reich geworden, und es gelang ihm nun mühelos, Ehefrau und ehemalige Geliebte zu unterhalten. Plus eine neue Geliebte – eine Ballerina mit Schwanenhals und Spatzengesichtchen. Er reiste viel und nahm sie überallhin mit. Nadka ärgerte das nicht sonderlich. Ihr Haupthass galt der früheren Geliebten. Nadka freute sich vor allem, dass es mit der nicht geklappt hatte, die war jetzt genauso abgeschrieben wie sie selbst.

Mein Mann blieb, was er immer gewesen war: eine langweilige, sichere Insel. Er ging in Pension. Die Pension reichte nicht aus, und ich musste ihn mit durchfüttern wie einen Sohn. Zuerst schämte er sich dafür, dann gewöhnte er sich daran. Mir kam es vor, als hätte ich ihm sein Leben kaputtgemacht und müsste nun dafür zahlen.

Dass er auch mein Leben kaputtgemacht haben könnte, kam mir gar nicht in den Sinn. Ich war immer die aktivere von uns beiden gewesen und hatte alles selbst entschieden. Und wenn ich beschlossen hatte, auf dieser düsteren Insel zu bleiben, so war es meine eigene Entscheidung gewesen.

Im Endeffekt musste ich mich mit unzähligen Dingen gleichzeitig herumschlagen. Zum Glück erwies sich mein Beruf als sehr gefragt im rauhen Kapitalismus. Ich war eine begehrte Anwältin geworden, und so traute sich niemand, mir ein niedriges Honorar anzubieten. Es reichte für ein Auto und für eine Wohnungsrenovierung. Aber … Manchmal wollte man beschützt werden, wollte eine Männerhand, ein Männerwort. Das gab es für mich nicht, und ich litt unter dieser Einsamkeit. Unzufriedenheit sammelte sich an und verwandelte sich in Depression. Ich war unglücklich, obschon in der Blüte meiner Jahre.

Mein Romeo war im Strudel der Zeit versunken. Ich dachte längst nicht mehr an ihn. Ein vergangenes Gefühl ist wie ein erloschenes Feuer. Solange das Feuer brennt, ist es schön anzusehen. Aber sobald es erloschen ist, ist da nichts mehr zum Ansehen, bleibt nur noch Asche übrig.

Eines Tages kam mein Romeo zu mir in die Kanzlei. Er war grauhaarig, ganz in Dunkelblau gekleidet, immer noch ein schöner Mann. Wir saßen ein bisschen beieinander und unterhielten uns.

Romeo klagte darüber, dass er keine Arbeit und kein Geld hatte. Ich zitierte ihm einen Satz von Dowlatow: »Reich wird man nicht, reich ist man von Geburt oder gar nicht.« Dasselbe galt für Armut. Romeo hatte nie Geld gehabt, weder damals noch heute. Aber damals war das bedeutungslos gewesen, denn niemand hatte Geld gehabt.

Romeo lachte hinter seinem Oberlippenbart, er roch nach Apfelsinen. Er bat mich, ihm eine Arbeit zu besorgen. Ich versprach es. Er ging mit dem elastischen Gang eines Basketballspielers davon, leichtfüßig, schwerelos wie ein Luftballon. Oder wie eine Seifenblase.

Als sich die Tür hinter ihm schloss, hatte ich ihn schon vergessen. Das Ende der Illusionen. ›Ohne Affäre hat man Sehnsucht – mit Affäre hat man die Hölle‹, wie die Tataren sagen. Eine Generation hatte die andere abgelöst. Die Erde hatte sich um ein paar Grad gedreht: Die Sonne schien jetzt für andere. Und wir standen im Schatten.

Man sagt, in Amerika ist es völlig egal, wie alt eine Frau ist. Wichtig ist nur die Persönlichkeit, und die sieht man in jedem Alter. Aber in Russland hat das Alter eine ganz wesentliche Bedeutung. Das Aussortiertwerden aufgrund des Alters ist bei uns besonders grausam.

Wenn man es genau besah, war ich genauso geblieben wie früher, zärtlich und aufopferungsvoll. Meine Handflächen waren noch genauso seidig zart wie früher, und die Augen funkelten immer noch.

Ich wollte mich mitteilen, meine Kenntnisse, meine Gedanken mit anderen teilen. In mir hatten sich so viel Güte und Zärtlichkeit angesammelt, dass es schwer war, sie allein zu beherbergen. Ich wollte nicht Leidenschaft, wie früher, sondern Verständnis, ein gegenseitiges Sichöffnen und Vertrauen in den kommenden Tag, Geborgenheit. Aber mit wem? Anstelle von Zärtlichkeit und Geborgenheit hatte ich Sehnsucht und das Fehlen jeglicher Perspektive.

Ab und zu gab es auch Höhenflüge. Ich nahm all meinen Elan zusammen, schminkte mich wie eine Schauspielerin vor dem Auftritt. Und trat auf – beschwingt, strahlend und jung, und bei allen, die mich ansahen, blitzten die Augen nur so. Und ich strahlte unter diesen Augen noch mehr.

Dann war alles vorbei. Ich fuhr nach Hause. Die Luft war raus, wie aus einem Luftballon, den man angestochen hat. Und von einem elegant schwebenden Wesen verwandelte ich mich in einen farblosen Lumpen.

Was war das für ein Leben? Aber sterben wollte ich noch nicht. Und plötzlich …

»Hallo …«, vernahm ich eine Männerstimme am Telefon.

»Denitschka, ach, du bist es«, sagte ich ganz ruhig.

»Du hast mich erkannt?«, fragte Denitschka erstaunt. Tatsächlich, fünfzehn Jahre, ohne sich zu sehen, waren eine lange Zeit. Aber ich habe ein phänomenales Stimmengedächtnis. Die Stimmen ändern sich nicht, im Gegensatz zu allem anderen.

»Na, wie geht es dir denn?«, fragte Denitschka.

»Ganz nett«, sagte ich.

»Ganz nett?«, wunderte sich Denitschka. Die Formulierung verblüffte ihn.

»Ja, ja«, versicherte ich. »Mit den Kindern ist alles in Ordnung. Ich arbeite. Alle sind am Leben und gesund. Was will man noch mehr?«

»Na ja …«, sagte Denitschka gedankenverloren und verstummte. Ich verstand nicht, warum er angerufen hatte und was er wollte. Aber geradeheraus zu fragen war mir unangenehm.

»Und bei dir? Alles in Butter?«, fragte ich.

»Nadka ist krank«, sagte Denitschka dumpf.

Ich wusste, dass Nadka das blühende Leben war und von einem teuren Ferienort zum nächsten fuhr.

»Meine Frau«, präzisierte Denitschka. »Ich nenne sie doch auch Nadka.«

»Ach so ...«, sagte ich gedehnt. Denitschka brauchte also Mitgefühl. Deshalb hatte er angerufen.

»Was hat sie denn?«, fragte ich.

»Einen Hirntumor.« Mir gegenüber saß ein Klient, der viel Geld für juristische Beratung gezahlt hatte. Ein Privatgespräch war jetzt fehl am Platz. Aber ich konnte doch nicht einfach auflegen. In so einer Situation konnte man doch nicht einfach sagen: ›Entschuldige, aber ich habe jetzt keine Zeit.‹

»Brauchst du einen guten Arzt?«, fragte ich, um das Gespräch in konkretere Bahnen zu lenken.

»Nein, nein ... Ich habe alles. Ich habe mich übers Internet mit den besten Spezialisten der Welt in Verbindung gesetzt. Man hat mir gesagt, dass es zwei Behandlungsarten gibt, eine kurze und eine lange. Die kurze bedeutet: noch sechs Monate. Und die lange: noch sechs Jahre. Nadja wird noch sechs Jahre leben. Allerdings ans Bett gefesselt ...«

»Und will sie das?«, fragte ich naiv.

»Na, was denkst du denn?« Ich überlegte, was besser war: Von dieser Welt zu gehen und niemanden zu quälen oder seinen wertvollen Aufenthalt bis zur allerletzten Minute hinauszuzögern ... Sein oder nicht sein ... Das weiß man erst, wenn man so einer Situation selbst Auge in Auge gegenübersteht.

»Wir werden kämpfen bis zuletzt«, sagte Denitschka. »Ein Arzt aus Oklahoma hat eine sehr interessante Heilmethode vorgeschlagen. Soll ich es dir erzählen?«

Mein Klient trommelte mit den Fingern auf den Tisch.

»Ruf mich doch zu Hause an«, bat ich.

»Darf ich wirklich?«, fragte Denitschka voller Hoffnung.

»Ja, abends«, bestätigte ich.

Denitschka rief mich seit diesem Tag einmal pro Woche an. Dann zweimal die Woche. Jedes Mal fragte er vorsichtig: »Hast du eine Minute Zeit?«

Und oft sagte ich: »Ruf mich in zwei Stunden noch mal an.«

Ich legte unsere Gespräche auf elf Uhr abends, wenn der Tag zu Ende ging, alle berufliche Arbeit erledigt, das Geschirr gespült war und man sich philosophischen Gedanken zuwenden konnte. Wir redeten und redeten, bis ich merkte, dass ich immer öfter blinzeln musste. Ich wollte schlafen. Und dann hörten die Augen wieder auf zu blinzeln, ich war über den Punkt hinweg, an dem ich fast eingeschlafen wäre, und nun würde mir eine schlaflose Nacht bevorstehen.

Worüber wir redeten? Über alles ... Darüber, dass in der zweiten Lebenshälfte alles schneller verrinnt, dass man an einem Arbeitstag weniger schafft und das Jahr wie im Fluge vergeht. Kaum war Frühling, da war auch schon wieder Winter. Und bei Nadja schmolz sowieso alles auf einen einzigen Punkt zusammen: das Fenster.

Vor dem Fenster war mal ein grüner, mal ein schneebedeckter Zweig zu sehen. Und das noch sechsmal. Sechs Jahre. Und dann war Schluss.

»Und was wird dort sein?«, fragte ich. »Was für einen Unterschied gibt es zwischen dem HIER und dem DORT?«

»Es gehört zusammen«, antwortete Denitschka. »Wie Tag und Nacht. Leben und Tod.«

»Und wenn sie nicht mehr ist, wirst du dann noch einmal heiraten?«, fragte ich direkt.

»Nein«, sagte Denitschka ruhig. »Ich geh mit ihr. Wir leben zusammen und wir sterben zusammen.«

Ich überlegte. Ich stellte mir meinen Mann an Denitschkas Stelle vor: Er würde am nächsten Tag wieder heiraten, seine neue Frau würde alle meine Bilder von der Wand nehmen und mich mit ›deine Madame‹ titulieren. Und mein Mann würde ihr nichts entgegensetzen. Er ist überhaupt einer, der Konflikten gern aus dem Weg geht.

In der Mitte des Winters kam Denitschka in meine Kanzlei und bat darum, einfach ein bisschen bei mir im Büro sitzen zu dürfen.

Ich hatte entsetzlich viel zu tun, aber ich wagte nicht, es ihm abzuschlagen, sondern sagte: »Na gut, setz dich ein bisschen …« Und ich brachte ihm eine Tasse Tee.

Denitschka rührte den Tee nicht an. Er saß in meinem Kunstledersessel und starrte vor sich hin. Ich setzte mich an den Computer, mit dem Rücken zu ihm, und machte mich an die Arbeit. Und merkwürdigerweise störte er mich nicht. Es war wie schönes Wetter. Denitschka war hinter mir und war es doch nicht. Ich arbeitete in aller Seelenruhe. Er hielt die schwere Keramiktasse mit der Aufschrift ›New York‹ in den Händen.

Meine Sekretärin Sonja klopfte an die Tür. Sie sah kurz

herein. Und verschwand sofort wieder. Später fragte sie mich: »Ob mit dem überhaupt je eine schläft …«

»Wieso?«, erwiderte ich verständnislos.

»Na, stell dir mal vor: Du wachst morgens auf – und neben dir auf dem Kissen so ein Kopf …«

»Er ist Nobelpreisträger«, platzte ich aus irgendeinem Grund heraus.

»Dann sollte er sich ein Schildchen an die Brust heften: ›Nobelpreisträger‹ …«

»An die Form gewöhnt man sich«, sagte ich. »Das Wichtigste ist der Inhalt.«

»Das Wichtigste ist die Harmonie. Die Einheit von Form und Inhalt«, meinte Sonja.

Denitschka hatte damals dagesessen und war wieder gegangen. Und es blieb unklar, warum er gekommen war. Vielleicht, um mal die Umgebung zu wechseln, um seine Batterien bei einem gesunden Menschen wieder aufzuladen. Er lud sich bei mir wieder auf, aber, wie merkwürdig, mir wurde dadurch nichts genommen. Auch ich lud mich auf irgendeine Weise bei ihm auf, mir wurde leichter zumute. Vielleicht warf ich bei ihm all die angesammelte Zärtlichkeit ab, und er saugte sie auf. Und ich befreite mich dadurch von etwas, wie eine Kuh, die zu viel Milch hat.

Ich gewöhnte mich an seine Anrufe. Ich erwartete sie und sah bereits auf die Uhr.

Abends um elf Uhr klingelte das Telefon, und ich wusste schon, dass es Denitschka war. Ich nahm meine Zigaretten und Streichhölzer und setzte mich wie zu einer Nachtwache. Eines Abends fragte ich: »Was verdienst du eigentlich?«

Das war eine sehr direkte Frage, sogar für russische Verhältnisse. Aber Denitschka war nicht gekränkt.

»Fünfhundert Dollar«, sagte er leichthin. Er hatte keine Geheimnisse vor mir. »Aber vierhundert gehen für die Pflege drauf. Eine Schwester aus einer Rehaklinik ist jeden Tag da. Karina. Abends komme ich von der Arbeit, dann geht sie weg.«

»Und wenn du mal jemanden besuchen willst, oder ins Theater …«

»Will ich nicht.«

»Hast du keine Sehnsucht nach Abwechslung?«

»Nein. Ich bin es so gewohnt. Ich arbeite gern an meinem Computer. Ich sitze tagsüber da und arbeite, dann komme ich heim zu ihr und erzähle ihr, was mir eingefallen ist.«

»Und sie versteht das?«

»Natürlich. Sie versteht alles.«

»Soll ich euch mal besuchen kommen?«

Er verstummte, als hätte er sich verschluckt, und ich ahnte, dass ich mich nicht aufdrängen sollte.

»Eigentlich brauchen wir niemanden«, sagte er. »Wir haben unsere eigene Welt. Einem Außenstehenden kommt sie sicher schrecklich vor. Aber uns geht es gut.«

Bei mir war es genau umgekehrt. Von außen betrachtet war alles in bester Ordnung. Aber innerlich war Wüste. Ich führte oft Selbstgespräche, war Patientin und Psychoanalytikerin in einer Person. Ich fragte mich selbst: ›Was fehlt dir?‹

Und ich antwortete mir selbst: ›Niemand liebt mich, alle nutzen mich nur aus.‹

›Sie brauchen dich nicht mehr, aber du bist doch wichtig für sie.‹

›Ich werde langsam alt …‹

›Wenn die ewige Jugend per Gutschein verteilt würde, und die einen bekämen sie und andere nicht, ja, da hättest du Grund, beleidigt zu sein: Wieso hab ich sie nicht bekommen? Aber die Natur behandelt die Klugen und die Dummköpfe genau gleich, die Armen und die Reichen, die Würdigen und die Unwürdigen. Nicht mal die Genies haben hier Privilegien.‹

›Aber die Einsamkeit …‹

›Und wer ist nicht einsam?‹

›Nadja, Denitschkas Frau.‹

›Willst du mit ihr tauschen?‹

›Nein. Das Leben ist mehr wert als die Liebe. Die Liebe ist nur eine Zugabe.‹

›Mit anderen Worten: Du willst gesund sein, erfolgreich im Beruf und geliebt zugleich?‹

›Ja. Darf man das denn nicht?‹

›Gesundheit – das ist die Lebensweise plus Vererbung. Deine Eltern, die Wurzeln. Der berufliche Erfolg – das bist du selbst, deine Arbeit. Und geliebt werden – dafür muss man sich reinknien: Man muss selbst lieben. Hast du selbst jemals geliebt? Oder nur die Liebe anderer benutzt?‹

Ich schwieg. Ich weiß nicht, was ich der Besserwisserin in mir antworten soll. Dann ist also die Einsamkeit die Quittung für unsere Sünden.

Eines Tages rief Denitschka an und sagte: »Ich habe eine dumme Bemerkung gemacht, da weinte sie. Sie weinte mit einem Auge.«

»Und das zweite?«, fragte ich verständnislos.

»Das zweite ist gelähmt. Nur ein Auge weinte, und die Tränen liefen an einer Wange herunter.«

Denitschka schwieg, als wäre er vom Erdboden verschluckt worden.

»Weinst du?«, erriet ich.

»Nein«, sagte er. Aber ich glaubte ihm nicht. Er weinte.

»Schenk dir einen Schluck ein«, sagte ich.

»Ich schenke mir jeden Tag einen ein«, gestand er. »Bei mir stehen schon überall Flaschen rum.«

»Pass auf dich auf, nicht dass du noch zum Säufer wirst.«

Er schwieg. Und weinte.

Sie hatten sich für das Sechsjahresprogramm des Professors aus Oklahoma entschieden. Nadja machte die Nacht zum Tag, wie ein Säugling. Tagsüber schlief sie, nachts wurde sie richtig munter. Sie wollte dann etwas essen, sich waschen, fernsehen, sich mit jemandem unterhalten …

Denitschka ging tagsüber zur Arbeit, und das nächtliche Wachen bei seiner Frau war seine zweite Schicht. Er schlief fast gar nicht mehr. Er hätte buchstäblich verrückt werden können. Als er mich anrief, war er bedrückt. Er erzählte, dass sich Nadjas Gesundheitszustand stabilisierte. Das konnte ein paar Jahre anhalten.

»Und du willst ein paar Jahre lang nicht schlafen?«, fragte ich.

»Es geht doch nicht um mich«, sagte Denitschka verwundert. »Hauptsache, Nadja bewegt sich nicht auf das Ende zu.«

»Wenn du so weitermachst, wirst du als Erster sterben«, sagte ich.

»Das wäre gar nicht schlecht«, antwortete Denitschka voller Ernst.

Er hatte Angst davor, ohne sie zurückzubleiben. Er wusste nicht, wie er ohne sie leben sollte.

»Nimm dir jemanden für die Nachtwache.«

»Nadja will nachts keine fremden Leute um sich haben. Und ich verstehe sie.«

Alle, die ich kannte, waren einen Monat lang zu Mitgefühl fähig. Nun ja, vielleicht auch zwei. Aber sich Jahr für Jahr, Tag um Tag für ein solches Leben zu entscheiden … Das war eine heroische Tat, fast schon ein religiöses Opfer. Ich kannte Nadja nicht richtig, hatte sie nur ein einziges Mal gesehen, aber ich war bereit, ihr zu helfen, indem ich Denitschka zuhörte. So gut ich konnte. Ich machte nicht einfach Konversation, ich ließ mich ganz auf seine Themen ein. Ich verlieh unseren Unterhaltungen Aufrichtigkeit und Tiefe. Als würde ich ein kleines Feuer der Barmherzigkeit entzünden. Und es erhellte die Nacht.

Meine Freundin Nadka rief mich von Zeit zu Zeit an. Wenn ich die Rede auf Denitschka brachte, unterbrach sie mich und winkte ab.

»Hör auf, hör bloß auf …«

»Wieso?«

»Weil ich ihnen nicht helfen kann, und mich in anderer

Leute Kummer wälzen, dazu bin ich nicht imstande. Ich komme dann nicht mehr da raus …«

Na gut … Das war auch eine Haltung. Wozu dumm rumreden, wenn man eh nichts machen kann.

Ich verurteilte Nadka nicht. Aber wenn der eine nicht mitfühlen wollte, noch einer und noch einer, dann blieb Denitschka am Ende mutterseelenallein im Wald stehen. Wenn aber einer ein Steinchen des Mitgefühls hinwarf und noch einer eins und dann noch einer ein anderes, so könnte Denitschka, wie im Märchen von Hänsel und Gretel, den Weg zurückfinden. Aus der Verzweiflung ins Leben.

Denitschka kam wieder einmal zu mir ins Büro. Er saß eine halbe Stunde da, dann ging er wieder.

»Wieso kommt der immer?«, fragte Sonja.

»Er muss ab und zu mal raus aus dem Ganzen«, sagte ich.

»Der sorgt vor«, sagte Sonja.

»Wie meinst du das?«

»Genau wie ich es sage. Er sorgt vor, damit er hinterher nicht ganz allein dasteht, dieser Einsiedler.«

Ich hörte auf, meine Haferflockenplätzchen zu kauen, und saß einen Moment mit vollem Mund da. Dann schluckte ich.

»Wieso Einsiedler?«, fragte ich.

»Bloß so«, sagte Sonja. »Wenn du ihn nicht brauchst, dann gib ihn mir.«

»Wozu?«

»Ich hab die Schnauze voll davon, um einen Mann zu kämpfen. Ich will einen ungebundenen, ohne Frau und Kind. Der hat doch keine Kinder, oder?«

»Nein, hat er nicht«, sagte ich. »Aber er hat eine Frau.«

Sonja verstummte. Es gibt Dinge, die darf man denken, aber nicht aussprechen. Man durfte nicht sagen, dass Denitschka Witwer war. Aber er war ein Witwer in spe, also ein potenzieller Bräutigam.

»Er hat dir doch gar nicht gefallen«, erinnerte ich Sonja.

»Ich bin schon vierzig«, gestand Sonja. »Habe in Verehrern gewühlt wie in einem Müllhaufen. Und bin leer ausgegangen. Und der ist immerhin Nobelpreisträger. Ein Gebildeter …«

Sonja machte uns einen Kaffee und schenkte ein.

Es waren keine Klienten da. Die Chefs ließen auf sich warten. Eine rare Minute der Stille und Unabhängigkeit.

»Ich will keine glühenden Leidenschaften mehr, Eifersucht, das ganze Hin- und Hergezerre, wer ist die Stärkere … Ich will ein ganz gewöhnliches Leben: morgens ins Büro, abends nach Hause. Ein Abendessen mit Kerzen. Ein Theaterbesuch … Vielleicht sogar ohne Kerzen und Theater, einfach vorm Fernseher sitzen und die jeweilige Regierung kommentieren. Derselben Meinung sein oder miteinander diskutieren …«

Sonja starrte vor sich hin, es sah aus, als ob sie im Wachen träumte.

Ich erinnerte mich plötzlich an diesen Moment im Theater, als Denitschka zu mir hochgesehen hatte, wie wenn er das Gesicht der Sonne entgegenstrecken wollte … Vielleicht ›sorgte‹ er tatsächlich ›vor‹, obwohl mir Denitschka so gar nicht vorkam wie einer, der plante, der praktisch oder pragmatisch war. Und trotzdem: Wieso nicht ich? Wieso nicht er?

Nachts träumte ich, ich ginge mit Denitschka eng umschlungen eine alte kleine Gasse entlang und auf seiner Brust prangte ein Schildchen: ›Nobelpreisträger‹.

Anscheinend störte mich sein Aussehen doch.

»Und was isst du?«, fragte ich wieder einmal. »Wovon ernährst du dich?«

»Ach, das ist schon in Ordnung«, sagte er.

»Wer kocht dir denn was?«

»Manchmal esse ich in der Uni, manchmal kocht mir Karina, die Krankenschwester aus der Rehaklinik, was. Sie kocht ja sowieso für Nadja …«

»Und was kocht sie?«, wollte ich wissen.

»Na ja, was man halt so …« Denitschka interessierte dieses Thema nicht. Er aß gern etwas Gutes, konnte sich aber auch von dem ernähren, was gerade zur Hand war. Notfalls bloß von Brot und Zwiebeln.

»Wenn du willst, gehen wir mal zusammen ins Spielkasino«, schlug ich vor.

Denitschka überlegte, dann sagte er: »Was soll ich in einem Spielkasino? Lieber arbeite ich ein bisschen am Computer.«

»Kannst du nicht, oder willst du nicht?«, fragte ich nach.

»Sowohl als auch. – Darf ich dir was vorlesen? Ich habe da etwas skizziert …« Denitschka fing an, eine witzige Begrüßungsrede zu irgendeinem Jubiläum vorzulesen. Der Text war gespickt mit Wortspielen und Allusionen.

Ich hörte zu und registrierte zu seinen Gunsten: Denitschka war nüchtern und konnte mir das Wasser reichen, und er war sogar imstande, eine gute Rede zu einem Jubiläum zu schreiben.

Der Winter zog sich lange hin, es schien, als würde er nie zu Ende gehen. Und im April lag immer noch Schnee.

Denitschka rief zu einer ungewöhnlichen Zeit an, um zwei Uhr mittags, und begann sofort in einem ungewöhnlich offiziellen Ton zu reden.

»Meine Frau Nadja ist gestorben. Die Trauerfeier findet morgen in der Leichenhalle des Krankenhauses Nummer neun statt.«

Er nannte Straße und Hausnummer und legte schnell auf.

Ich spürte, es hatte ihn wie mitten entzweigeschnitten. Die eine Hälfte fehlte. Und die andere handelte, redete, dachte nach und weinte.

Ich stand neben dem Telefon, mit gesenktem Kopf. Wie krank Nadja auch gewesen war, sie hatte immerhin existiert. Plötzlich war sie nicht mehr da. Und wo sie war, wusste Gott allein.

Ich kam etwas zu spät zur Leichenhalle, nicht viel, vielleicht zwanzig Minuten. Ich war auf den Markt gefahren, um Blumen zu kaufen. Ich war sicher, dass zwanzig Minuten, angesichts der Ewigkeit, nicht lange waren. Aber es stellte sich heraus, dass die Trauerfeier schon begonnen hatte.

Die Leichenhalle war winzig, es war ein einstöckiges, freistehendes Gebäude. Die Trauernden passten nicht alle hinein, und man stand sogar bis vor die Tür.

Ich trat näher und blieb bescheiden stehen, versuchte nicht, mich hineinzuquetschen. Vor mir ragte eine junge

Brünette auf, sie hatte offenes langes Haar, trug keine Mütze, aber einen Lammfellmantel. Das Mädchen war groß, vollbusig, mit Brüsten wie Melonen. Der Lammfellmantel, der auf Taille geschnitten war, betonte all die Pracht noch. Ihr hoher Wuchs rettete das Bild.

Sie drehte sich um und sah mich aus ruhigen braunen Augen an, und aus irgendeinem Grunde dachte ich mir, dass das bestimmt die Krankenschwester war, die bei Denitschka gearbeitet hatte. Karina. Ihre gesamte Erscheinung war sehr angenehm. Und so sollte es wohl auch sein bei einer Krankenschwester aus einer Rehaklinik.

Die Menge rückte immer enger zusammen, wie in einem überfüllten Bus, und so geriet ich doch noch in die Leichenhalle, wenn man das überhaupt eine Halle nennen konnte.

Der Sarg stand in der Mitte, von Blumen umgeben. Ich konnte die Verblichene nicht sehen, und ich versprach mir selbst, nicht in den Sarg hineinzuschauen. Ich wusste, dass sich mir das tote Gesicht für immer und ewig ins Gedächtnis brennen würde und ich nichts dagegen tun könnte. Ich würde umherlaufen, essen und schlafen, immer mit diesem Bild vor Augen. Es ist nicht so, dass ich Angst vor Toten habe. Es ist mehr. Ich erstarre bei ihrem Anblick. Ich kann das Bild nicht verarbeiten. Mein Nervensystem scheint das Bild nicht anzunehmen, verweigert es, schüttelt es ab. So wie meine Freundin Nadja fremden Kummer abschüttelt.

Ruhig und voller Anteilnahme bleiben angesichts eines Toten kann wohl nur ein gläubiger Mensch. Oder jemand, der dem Toten sehr nahe stand. Ich war weder das eine noch das andere. So erkannte ich, dass mir hier eine wichtige Tür verschlossen war.

Denitschka erblickte mich und kam schnell und energisch auf mich zu. Er stellte sich neben mich und drückte meinen herabhängenden Arm.

Er sah gefasst aus. Das hieß nicht, dass er wieder ganz war. Er war natürlich immer noch in zwei Hälften geschnitten. Aber die handelnde Hälfte war tapfer und edel.

Einer nach dem anderen gingen die Menschen vorbei und sprachen Abschiedsworte. Ich kannte niemanden, konnte nur raten: Verwandte, Freunde, Kollegen. Sie sagten, was man in solchen Fällen sagt: »Der Tod nimmt uns die Besten …« Als wäre das von Bedeutung. Als hätten die weniger Guten weniger Recht auf das Leben. Nadja war um mindestens dreißig Jahre ihres Lebens gebracht worden, war vorzeitig aus dieser wunderbaren Welt gegangen, in der sie geliebt worden war.

Denitschka konnte sich nicht auf den Kummer konzentrieren. Er musste sich um alles kümmern: die Geldangelegenheiten, um den Friedhofsbus und weiteren Kleinkram des Lebens, den der Tod mit sich bringt.

Er stand eine ganze Weile hinter mir, und plötzlich war er verschwunden. Ich war ihm dankbar, dass dieser Abschied von Nadja aufrichtig und natürlich war, ohne Schauspielerei und Theater.

Dann gerieten alle in Bewegung. Man musste am offenen Sarg vorbei. Blumen niederlegen. Ich scherte aus der Menschenschlange aus und legte gelbe Rosen am Fußende des Sarges nieder, und dann – hielt ich es doch nicht aus und sah hin. Ihr Gesicht war wie eine Gipsmaske, die mit einer rituellen Schminke bemalt war: bräunliches Make-up, akkurat nachgezogene Lippen. Die Schminke verstärkte das Fehlen von Leben noch. »Toter geht es nicht«, wie Dawlatow einmal gesagt hatte. Das war es also, worein sich das Leben verwandelte, das Leben, das »sang und überschäumte«. Das Unvermeidliche sprang mich an.

Ich verließ die Leichenhalle. Der Schnee lag in Klumpen herum oder war zu Eis festgetreten worden. Vom Erdboden wehte mir Kälte entgegen. Aber die Sonne schien frühlingshaft, beharrlich und frech, falls man so etwas über die Sonne sagen kann.

Ich hob ihr das Gesicht entgegen. Ich wollte zum Frühling, zur Wärme dazugehören. Und zum Leben. Ich stand mit geschlossenen Augen da und fühlte plötzlich, dass man Gott für jeden durchlebten Tag danken sollte, und ihm nicht die Rechnung präsentieren für all die leeren Hoffnungen, für die Illusionen, die sich zerschlagen haben. Beerdigungen sind dazu da, dass man innehält, sich umsieht …

Da kam Denitschka und sagte, wenn ich Zeit und den Wunsch hätte, könne ich Nadja bis ins Krematorium begleiten.

»Natürlich«, antwortete ich.

Ich konnte ihn doch an einem solchen Tag nicht im Stich lassen. So einen Tag erlebt ein Mensch einmal im Leben. Und ich wollte ihm meine Schulter anbieten. Dann würde seine Bürde nicht ganz so schwer sein.

›Wenn du Zeit hast‹ … Denitschka war feinfühlig wie immer. Ein feinfühliger Mensch kann sich in andere Leute hineinversetzen und stellt ihre Interessen mit seinen eigenen auf gleiche Stufe.

Je besser ich Denitschka kennenlernte, desto mehr gefiel er mir.

Ich setzte mich in den Bus, der zum Krematorium fuhr. Die Bänke waren an den Seitenwänden entlang angebracht, wie in einem Transportflugzeug. Der Sarg stand am Boden, auf der rechten Seite. Der Bus fuhr an der kleinen Leichenhalle vorbei. Denitschka stieg ein und setzte sich neben mich.

Es waren nicht viele Leute mit im Bus. Die Bank mir gegenüber war leer, weil davor der Sarg stand und man keinen Platz für die Füße gehabt hätte. Man hätte sie ja schlecht auf den Sarg stellen können. Der einzige bequeme Platz war hinten in der Ecke. Dort saß die vollbusige Brünette und sah vor sich hin. Ihr Gesichtsausdruck war schön, dem Moment angemessen. Sie war weit weg, in aufrichtige Trauer versunken. Der dunkelbraune Samt ihrer Augen, die pfirsichzarte Haut … Die Nase war ein bisschen groß, aber das störte nicht, fiel nicht ins Gewicht. Das Wichtigste war die Reinheit einer jungen Seele, die noch nicht vom Leben verschrammt war.

Wir fuhren los. Der Weg war lang, wir fuhren quer durch Moskau. Offensichtlich war in den näher gelegenen Krematorien alles ausgebucht gewesen. Und man kann sich ja schließlich nicht schon vorher auf eine Warteliste setzen lassen.

Denitschka erzählte mir leise davon, wie er bei Nadja die ersten Krankheitssymptome wahrgenommen hatte. Wir hatten uns bis vor kurzem ja fünfzehn Jahre lang nicht gesehen. Und davor hatten wir uns auch nur selten getroffen. Krass ausgedrückt, kannten wir uns eigentlich kaum, wenn man von den Telefongesprächen absah. Und trotzdem hatte ich nie jemanden so gut gekannt, mich nie jemandem so nahe gefühlt wie diesem Kind-Mann, der jetzt verwaist und ganz verloren war.

Denitschka saß neben mir, mit seiner Wollmütze, die ihm über den Ohren spannte. Seine Augen schauten einsam und verwirrt über den Rand der Brillengläser. Zwei einsame Punkte. Ich hätte gern seine Hand genommen, um ihm etwas von meiner Energie zukommen zu lassen. Aber ich genierte mich. Man hätte es falsch verstehen können.

Denitschka erzählte leise von der ersten Operation, zu der sie, er und Nadja, leichten Herzens und fast euphorisch gegangen waren. Es schien, als wären nun ein paar Qualen auszustehen, und dann wäre sie wieder gesund, und alles wäre wieder wie früher. Aber ein halbes Jahr nach der Operation bildete sich ein neuer Tumor, und man sprach von einer weiteren Operation. Da überfiel sie beide Panik. Der Kopf ist ja schließlich keine Kiste, die man ein ums andere Mal aufmachen kann ... Sie nahmen alle Kraft zusammen und gingen die zweite Operation an. Doch dann war eine dritte nötig ... Die Frage war unausweichlich: Wofür? Und es stellte sich heraus: für gar nichts. So war das Schicksal.

Eine einsame, trübe Träne lief Denitschkas Wange hinunter. Und Nadja lag mit gleichgültigem, totem Gesicht zwischen all den Blumen wie eine Braut, unter dem Sargdeckel, auf dem kalten Boden.

Ich wollte Nadja in Gedanken begleiten, sie in die Arme der Ewigkeit übergeben. Und dann mit Denitschka nach Hause fahren, ihm ein Bad einlaufen lassen, ihn ausziehen und ins heiße Wasser setzen. Er sollte sich richtig aufwärmen, bis die ganze innere Kälte aus ihm gewichen wäre.

Wir schwiegen. Jeder hing seinen eigenen Gedanken nach.

Denitschka beugte sich zu mir und sagte leise: »Entschuldige bitte, ich muss mich ein bisschen um Karina kümmern.«

»Ja, natürlich …« Ich nickte.

Laut Protokoll bekundet der Gastgeber bei einem Empfang wichtigen Gästen seine Aufmerksamkeit, indem er vom einen zum anderen geht. Das gehörte sich so.

Denitschka hatte beschlossen, zu Karina zu gehen, aber er wusste nicht, wie er das anstellen sollte. Sie saß in der gegenüberliegenden Ecke beim Sarg, und man konnte nur zu ihr gelangen, wenn man über die Bank kroch. Und genau das tat Denitschka. Er ging auf der Seite der Fahrerkabine um den Sarg herum, kniete sich dann auf die Bank und kroch auf allen vieren zu Karina. Ich sah mit Verwunderung, wie geschickt er das tat. Es sah aus wie in einem Zeichentrickfilm. Sein Gesicht war nach oben gerichtet, zu Karina, und strahlte wie ein Kronleuchter in einem großen Theater. Die Augen, so schien es, fielen ihm fast aus dem Kopf vor Ungeduld. Ein glückliches Wolfsjunges kroch voran und zitterte, erfüllt von einer nur für es selbst hörbaren Musik.

Nadjas Bruder, ein grauhaariger, aber kräftiger Kerl, beugte sich zu mir herüber und stellte Fragen bezüglich der Teilung der Erbschaft. Ihm war offensichtlich bekannt, dass ich Anwältin war. Ich wusste Bescheid und beantwortete entsprechend seine Fragen. Und Denitschka kroch die Bank entlang. Und Nadja lag unter dem Sargdeckel.

Schließlich war Denitschka angekommen und ließ die

Beine hinunter. In der Ecke war noch etwas Platz für seine Füße. Er flüsterte Karina etwas ins Ohr, Karina hörte zu und reagierte nur mit den Mundwinkeln.

Wahrscheinlich sprach er darüber, dass sie später nach Hause gehen und vierhändig den Boden schrubben würden, um die Spuren fremden Leidens und Erlöschens wegzuwischen. Karina war jung und stark, sie würde dazu keinen Schrubber benutzen, so wie ich das täte, sondern einen schweren Putzlappen, den sie mit den Händen kräftig auf den Boden drücken würde.

Der Bus hielt vor dem Krematorium, das aus Beton war wie alle modernen Gebäude. In geringer Entfernung war ein Dorf zu sehen, und die Sonne schien auf dörflich-idyllische Weise, weithin und gutmütig. Nichts störte sie hier. Der Frühling nahte schon. Ein weiterer Frühling auch meines Lebens.

Ein zweiter Bus kam angefahren. Aus ihm stieg die Mehrzahl der Trauernden aus – Freunde von Nadja und Denitschka, Gelehrte, alle um die sechzig.

Abgewetzte Gesichter, abgewetzte Kleidung. Vor dem Hintergrund des grellblauen Himmels und vor dem Schnee sahen sie aus wie ein Haufen menschlichen Trödelkrams. Aber ihre Augen waren jung. Sie selbst hatten wahrscheinlich gar nicht bemerkt, dass sie älter geworden waren.

Eine Frau in Jeans kam auf mich zu. Wohl eine Studentin aus einem höheren Semester.

»Ich heiße Sweta«, stellte sie sich vor. Ich wartete darauf, dass sie ihren Vatersnamen sagte, aber der kam nicht. »Ich arbeite mit Denis im selben Labor.«

Denis hatte übrigens auch einen Vatersnamen. Na schön, schon gut.

»Wir wissen, dass Denis oft mit Ihnen telefoniert hat …«

Ich nickte. Also hatte er davon erzählt. Hatte unsere Gespräche zu Allgemeingut gemacht.

»Wissen Sie, er blühte immer auf nach den Gesprächen mit Ihnen … Er war wie verwandelt … Sie haben ihm sehr geholfen. Haben Sie vielen Dank, im Namen von uns allen.«

»Bitte schön …«

Wir schwiegen einen Moment. Sweta beschäftigte wohl noch irgendetwas.

»Entschuldigen Sie …«, fasste sie sich schließlich ein Herz. »Könnten Sie sich nicht auch weiterhin mit unserem Denis unterhalten?«

Ich machte eine vage Geste in Richtung Karina. Sie stand drei Schritte weiter, das Gesicht der Sonne entgegengereckt. Den Südländern fehlt bei uns immer die Wärme.

Sweta sah in ihre Richtung, überlegte und sagte: »Das ist doch was ganz anderes …«

»Na, wieso denn?«, fragte ich ruhig. »Sie kann ihm viel mehr geben.«

»Sie haben mich nicht verstanden.«

»Doch, doch.«

Chemie und Physik. Der Intellekt – das ist die Chemie. Chemische Prozesse im Gehirn. Und der Körper ist Physik. Ihre Brüste wie Melonen. Sie könnte ihm ein Kind gebären, und Denitschka würde das Wunder der Vaterschaft erfahren.

Und die Gespräche … Wenn man es recht bedachte, konnte man auch ohne zu reden auskommen.

Dann waren wir an der Reihe. Besser gesagt, Nadja war an der Reihe.

Der Saal des Krematoriums hatte eine hohe Decke, er erinnerte an eine Kirche. Eine Frau, eine ›Ritualarbeiterin‹, wie das bei uns heißt, leitete taktvoll die Abschiedszeremonie.

Sweta trat an den Sarg. Sie beugte sich zu der toten Nadja hinunter und flüsterte ihr etwas ins Ohr. Was sie wohl sagte? Vielleicht beruhigte sie sie: Alles verlaufe gut, viele Blumen, viele Menschen, Nadja sehe im Sarg wunderschön aus … Vielleicht überzeugte sie Nadja davon, dass sie sich keine Sorgen um die Hinterbliebenen machen müsse. Für Denis war gesorgt, er war in guten Händen. Er würde schon zurechtkommen.

Vielleicht riet Sweta Nadja aber auch, Egoistin zu sein: Alles Irdische von sich abzuwerfen, sich nur auf die Schwierigkeiten des neuen Weges zu konzentrieren und sie auszuhalten.

Sweta flüsterte lange, und ich sah, wie Nadjas Gesicht heller und ruhiger wurde, als wenn sie alles hörte und in sich aufnähme.

Dann trat Sweta zurück. Die Flügeltüren unter dem Sarg öffneten sich, heiße Luft war zu spüren.

Langsam wurde der Sarg in den Höllenofen hinuntergelassen.

Denitschka schwankte, er schien gleich über dem Sarg zusammenbrechen zu wollen. Instinktiv griff ich nach seiner Hand. Die Hand zitterte. Als wäre Denitschka an eine Hochspannungsleitung angeschlossen. Ich sah ihm ins Gesicht. Darin war so viel Kummer zu lesen, dem man sich nicht entziehen konnte.

Sein Kummer griff auf mich über, und ich begann zu weinen. Alle standen da und weinten um Nadja, um Denitschka und um sich selbst.

Als ich nach Hause kam, schlief mein Mann schon. Ich zog mich im Flur aus und hörte, wie er sich im Bett hin und her wälzte. Das Quietschen der Sprungfedern klang genauso unzufrieden wie sein Herumwälzen.

Mein Mann drehte sich noch einmal auf die andere Seite, dann stand er auf. Seine Silhouette zeichnete sich im Türrahmen ab.

»Wir haben Nadja beerdigt«, erklärte ich meine späte Heimkehr. Mein Mann schwieg. Das war ein respektabler Grund. »Und, wie war es?«, fragte er.

»Wir dachten, ihr Mann würde vor Kummer auch sterben, aber er hatte die ganze Zeit schon ein Verhältnis mit der Pflegerin.«

»Na und?«, sagte mein Mann ganz ruhig. »Man kann vor Kummer sterben und mit der Pflegerin schlafen. Das eine hat mit dem anderen nichts zu tun.«

»Doch, das hat es wohl«, widersprach ich. »Es schließt sich gegenseitig aus.«

Ich rief mir die zwei Gesichter von Denitschka ins Gedächtnis. Das eine neben Karina, strahlend vor Glück, das andere am Sarg, unter der Hochspannung des Kummers. Denitschka war da wie dort aufrichtig gewesen. Das eine hatte mit dem anderen tatsächlich nichts zu tun, es waren die beiden Seiten einer Medaille. Denitschka starb wirklich vor Kummer, aber ›lebend kriecht man nicht in den Sarg‹, wie es im Sprichwort heißt, und so schlief er mit der Pflegerin. Und überlebte.

Außerdem hatte er einen Menschen gebraucht, bei dem er alles laut aussprechen und so überdenken konnte. Und alle um ihn herum waren besorgt gewesen, dass Denitschka beides bekam: Physik und Chemie. Man konnte es verstehen …

Verstehen konnte man es, aber akzeptieren nicht.

»Es gab Anrufe für dich«, sagte mein Mann.

»Wer war's?«

»Klienten. Wer denn sonst …«

Natürlich. Wer denn sonst? Aber das machte nichts, ich würde jeden Fall sorgfältig prüfen und für Gerechtigkeit sorgen. Viele kleine Gerechtigkeiten würden sich zu einer großen summieren.

Ich warf alle Kleider ab und ging ins Bad, stellte mich unter den heißen Wasserstrahl. Das Wasser lief über mein emporgerecktes Gesicht, meine Schultern, die Arme, rann meine Beine entlang und strömte in die Abflussöffnung, in das schwarze Loch, wie in die Hölle.

Ich kroch ins Bett und schlief ein, ehe mein Kopf noch das Kissen berührt hatte. Und ich träumte von gar nichts.

Kaffeeduft weckte mich auf. Mein Mann kochte Kaffee. Ein fremdes Aroma wehte mich an. Es war der Geruch Brasiliens, der Duft der Kaffeeplantagen und der portugiesischen Sprache. Auch die Sprache hat einen Duft: Das Englische riecht nach Nebel, das Finnische nach Milch und das Spanische und Portugiesische nach Kaffee. *Aus dem Liverpoo-*

ler Hafen laufen donnerstags die Schiffe aus und schwimmen davon, auf zu fernen Ufern, nach Brasilien, Brasilien, Brasilien, auch ich will nach Brasilien zu fernen Ufern … Wie schön hatte Denitschka damals mit hoher Stimme dieses Lied gesungen, und seine Frau etwas tiefer die zweite Stimme. Nadka hatte mit den Händen auf dem Tisch den Takt dazu geschlagen, ich hatte getanzt, geschmeidig wie eine Katze, und mein Romeo hatte seine Gitarre umarmt und die Saiten in einem ganz bestimmten Rhythmus gezupft. Es war der Rhythmus der Jugend, der Hoffnung auf Glück. Damals schien es uns, als wäre das Glück zum Greifen nah und man bräuchte bloß die Hand auszustrecken …

Nach Brasilien zu fernen Ufern …

AXEL HACKE

Wenn es den Osterhasen gäbe ...

Was den Osterhasen angeht: Ich habe zehn Jahre meines Lebens gebraucht, um zu begreifen, dass es ihn nicht gibt. Dann benötigte ich weitere dreißig Jahre, um den Gedanken fassen zu können, dass es ihn doch geben könnte und sollte.

Manchmal stelle ich mir jedenfalls vor, wie es wäre, es existierte aus irgendeiner entwicklungsgeschichtlichen Laune heraus neben dem Menschen eine zweite aufrecht gehende, denkfähige, im Durchschnitt einssiebzig große Art, welche Autos fährt, in Häusern lebt und in Supermärkten einkauft.

Der Hase nämlich.

(Welcher, wenn er mit einem Fahrrad führe, die Fahrtrichtung durch nach links oder rechts herausgcklappte Hasenohren anzeigen könnte. Aber das nur nebenbei.) Wir müssten uns also die Welt mit den Hasen teilen. Es könnte jederzeit passieren, dass du eines Abends nach Hause kommst, es steht ein Möbelwagen vor der Tür, Möbelpacker schleppen Sachen treppauf. Du kommst in deine Wohnung. Und du sagst, während du deinen Mantel an der Gaderobe aufhängst:

»Na, ist im zweiten Stock endlich eine neue Familie eingezogen?«

Und deine Frau antwortet: »Ja, es sind Hasen.«

Fortan spielt dein Sohn im Hinterhof mit den Hasenkindern, und der Hasenmann von nebenan zieht morgens im Flur höflich einen Hut von den Löffeln, um deine Frau zu grüßen, und du flirtest beim Bäcker mit seiner süßen Hasenfrau und entdeckst eine kleine sodomitische Neigung bei dir, aber nur eine klitzekleine. Na, die Frage ist ja nun, ob die Hasen eine andere Sprache sprechen würden, die man an der Volkshochschule erst lernen müsste, so wie Dr. Dolittle erst die Sprache der Tiere lernen musste, um sich mit ihnen zu verstehen. Nein, das glaube ich nicht. Haben Sie mal *Mein Freund Harvey* mit James Stewart gesehen? Stewart spielt einen wohlhabenden Trunkenbold namens Elwood P. Dowd, der sich einbildet, mit einem zwei Meter zehn großen Kaninchen zusammenzuleben. Oder vielleicht bildet er es sich auch nicht ein, sondern es gibt tatsächlich…? Jedenfalls ist von einer besonderen Kaninchensprache nicht die Rede. Stewart / Dowd redet mit dem Tier ganz normal.

Und was würden die Hasen beruflich so machen?

Das ist klar: Sie wären wirklich nur für Ostern zuständig, für Herstellung, Einkauf, Verteilung und Versteckung von Ostersüßwaren. Entweder in lauter kleinen Hasenfirmen, welche sich gegenseitig Konkurrenz machten. Oder in einer einzigen großen, weltweit operierenden *Easter Bunny Inc.* mit einem fetten Bonzenhasen an der Spitze, welcher, an einer Möhre lutschend, sich in einem Riesenbüro in Manhattan in einem mit Ostergras gepolsterten Chefsessel räkelte.

Könnte man sich auch einen Osterminister vorstellen, welcher Jahr für Jahr vor die Presse tritt, um mit bedeutender Gebärde den Umfang der diesjährigen Eierkontingente bekanntzugeben?

Ja, das könnte man.

Ich weiß nicht, wie diese Hasen sonst noch wären. Langweilig, weil sie nur über Ostern, Eier und ihr Business zu sprechen in der Lage wären? Oder geduldig interessierte Zuhörer, die, weil sie ja sonst das Jahr über wenig zu tun haben und weil sie nun einmal sehr große Ohren haben, stundenlang auf unseren Sofas sitzen könnten, um unserem Weltgejammer zu lauschen?

Egal. Worauf es ankommt, ist doch, dass etwas Neues in unser rätselloses Dasein käme, etwas ganz anderes, bisher Undenkbares: große, sprechende, denkende Hasen, welche auch uns Erwachsenen an Ostern etwas zu suchen geben.

Gerade lese ich, in Japan nehme die Zahl der Roboterhaustiere weiter zu; es gebe nicht mehr bloß Robothunde und -katzen, sondern auch künstliche Fische, Hummer und Quallen. Vielleicht surrt eines Tages ein großer, mechanisch sprechender Kunsthase durchs Treppenhaus, hmmm, nun ja…

Immer noch besser als gar nichts.

IAN McEWAN

Unschuldige

Amerikanische Schlager markierten von nun an für Leonard und Maria die Wochen und Monate. Im Januar und Februar 1956 standen sie auf Screamin' Jay Hawkins *I Put a Spell on You* und *Tutti Frutti.* Zu letzterem, von Little Richard an der äußersten Grenze angestrengt klingender Freude gesungen, fingen sie an, Jive zu tanzen. Danach kam *Long Tall Sally.* Mit den Tanzschritten kannten sie sich aus. Im Resi hatten die jüngeren amerikanischen Soldaten und ihre Bräute schon seit längerem so getanzt. Bisher hatten Leonard und Maria den Tanz zwar missbilligt. Die Jive-Tänzer nahmen zu viel Platz in Anspruch und stießen die anderen Tänzer in den Rücken. Maria meinte, für so etwas sei sie zu alt, und Leonard fand den Tanz angeberhaft und kindisch, eben typisch amerikanisch. So hatten sie sich während der Quicksteps und Walzer weiter aneinandergeklammert. Aber bei Little Richard reichte das nicht mehr hin. Der Musik erst einmal verfallen, kannten sie nichts anderes mehr, als Leonards Radio laut aufzudrehen und die Schritte, Hüpfer, Positionswechsel und Drehungen auszuprobieren. Freilich vergewisserten sie sich vorher immer, dass die Blakes unten ausgegangen waren.

Auf diese Weise übten sie sich lebhaft darin, die Gedanken des andern zu lesen, die Absichten des Partners zu erraten. Bei ihren ersten Versuchen kollidierten sie noch oft. Dann jedoch setzte sich, ohne von einem von ihnen bewusst herbeigeführt worden zu sein, ein bestimmtes Muster durch, Resultat nicht so sehr dessen, was sie taten, sondern wer sie waren. Stillschweigend kamen sie überein, dass Leonard führen sollte und Maria ihm durch ihre Bewegungen anzeigte wie. Bald waren sie gewandt genug fürs Tanzparkett. Im Resi und in den anderen Tanzsälen gab es zwar nichts vom Schlage der *Long Tall Sally* zu hören, die Bands spielten *In the Mood* und *Take the A Train*, aber inzwischen fanden sie auch schon an den Schritten Genüge. Abgesehen von der inneren Erregung empfand Leonard Genugtuung darüber, dass er anders tanzen konnte und wollte als seine Eltern und deren Freunde, dass er Musik mochte, die sie verabscheuten, und sich in einer Stadt zu Hause fühlte, die sie nie besuchen würden. Er war frei.

Im April kam ein Schlager heraus, der alle mitriss und den Anfang vom Ende seiner Berliner Zeit signalisierte. Zum Tanzen eignete er sich ganz und gar nicht, vielmehr handelte er von Einsamkeit und unaufhebbarer Verzweiflung. Seine Melodie kam äußerst verstohlen daher, seine Schwermut wirkte auf komische Weise übertrieben. Leonard mochte jede Einzelheit, die trostlosen Stufenschritte des Basses, den grellen Sound der Gitarre, das dürre Geklimper eines Barklaviers, vor allem aber den bösen, männlichen Ratschlag, mit dem das Lied endete: »Now if your baby leaves you, and you've got a tale to tell, just take a walk down Lonely Street ...« Eine Zeitlang brachte AFN *Heartbreak Hotel* beinahe stündlich. Das Selbstmitleid des Songs hätte Leonard übermütig stimmen müssen. Statt dessen kam er sich mondän, tragisch, irgendwie erwachsener vor.

Der Schlager bildete den Hintergrund für die Vorbereitungen zu der Verlobungsfeier, die Leonard und Maria in der Platanenallee zu geben gedachten. Er ging ihm im Kopf herum, als er im Laden der britischen Armee Getränke und Erdnüsse einkaufte. In der Geschenkabteilung traf er auf einen jungen Offizier, der sich lustlos über eine Vitrine mit Armbanduhren beugte. Es dauerte mehrere Sekunden, bis Leonard ihn erkannte. Es war Lofting, der Lieutenant, der ihm am ersten Tag Glass' Telefonnummer gegeben hatte. Auch Lofting wusste nicht gleich, wo er ihn hintun sollte. Aber als er ihn wiedererkannte, wurde er gesprächig und war sehr viel freundlicher als früher. Ohne Einleitung erzählte er ihm, dass er endlich ein weites, offenes Gelände ausfindig gemacht und einen privaten Bauunternehmer überzeugt habe, es zu räumen und zu planieren. Mit Unterstützung von irgend jemandem im Amt des Regierenden Bürgermeisters hatte er Gras säen lassen, so dass es als Cricketfeld benutzt werden konnte. »Das Gras wächst vielleicht schnell! Ich habe eine Bewachung rund um die Uhr angeordnet, um die Gören fernzuhalten. Sie müssen sich das Spielfeld bei Gelegenheit mal ansehen.« Er wirkte einsam, fand Leonard, und bevor er die Sache recht durchdacht hatte, erzählte er Lofting von seiner bevorstehenden Verlobung mit einer Deutschen und lud ihn zu der Party ein. Schließlich hatten sie ja gar nicht genügend Gäste.

Am Spätnachmittag vor der Party *(Drinks 18 – 20 Uhr)* trug Leonard einen Sack mit Küchenabfällen zu den Mülleimern im Hinterhof. Dabei summte und sang er *Heart-*

break Hotel vor sich hin. Der Aufzug war an dem Tag gerade außer Betrieb. Beim Hinaufgehen begegnete er zufällig Mr. Blake. Seit der Szene auf Leonards Treppenabsatz im Vorjahr hatten sie nicht mehr miteinander gesprochen. Anscheinend war inzwischen genügend Zeit verstrichen, um den Vorfall in Vergessenheit geraten zu lassen, denn als Leonard nickte, lächelte Mr. Blake und sagte hallo. Wieder sagte Leonard in überschwänglicher Laune, ohne sich lange zu besinnen: »Hätten Sie und Ihre Frau nicht Lust, heute Abend auf einen Drink vorbeizukommen? So ab sechs?«

Blake suchte in seiner Manteltasche nach seinem Schlüssel. Schließlich kramte er ihn hervor und starrte ihn an. Dann sagte er: »Das wäre uns sehr angenehm. Danke!«

Während Leonard und Maria auf das Eintreffen des ersten Gastes warteten, wurde im Radio wieder *Heartbreak Hotel* gespielt. Auf Untertassen lagen Erdnüsse bereit, auf einem an die Wand gerückten Tisch standen flaschenweise Bier, Wein, Limonade, Pimms, Tonic und ein Liter Gin, alles zollfrei. Es gab ausreichend Aschenbecher. Leonard hatte Ananasstücke mit Cheddarkäse auf Zahnstochern servieren wollen, aber Maria hatte über die verrückte Kombination so heftig lachen müssen, dass er seinen Plan fallenließ. Während sie ihre Blicke über das Ergebnis ihrer Mühen wandern ließen, hielten sie sich bei den Händen, wohl wissend, dass ihrer Liebe der Eintritt ins öffentliche Dasein bevorstand. Maria trug ein weißes Volantkleid, das bei jeder Bewegung raschelte, und hellblaue Tanzpumps. Leonard hatte seinen besten Anzug an und – gewagte Note! – eine weiße Krawatte.

»... he's been so long in Lonely Street ...« Es klingelte,

und Leonard ging zur Tür. Es war Russell vom AFN. Merkwürdigerweise kam Leonard sich albern vor, weil sein Radioapparat ausgerechnet auf diesen Sender eingestellt war. Dabei schien Russell es nicht einmal zu bemerken. Er hatte Marias Hand ergriffen und hielt sie viel zu lange fest. Aber da waren plötzlich auch schon Jenny und Charlotte, ihre Freundinnen von der Arbeit, und hielten ihnen kichernd Geschenke hin. Russell trat zurück, und unter Umarmungen und Berliner Slangausdrücken entführten die Deutschen die Braut und lagerten sich mit ihr auf dem Sofa. Leonard mixte für Russell einen Gin Tonic und für die Frauen Pimms und Limonade.

Russell sagte: »Ist das die, die diese Botschaft mit der Rohrpost geschickt hat?«

»Genau die.«

»Die weiß, was sie will. Wollen Sie mich nicht ihren Freundinnen vorstellen?«

Glass traf ein, gefolgt von Lofting, den die Frauen auf dem Sofa mit Lachsalven auf sich aufmerksam machten. Leonard mixte die Getränke und führte den Radiosprecher und den Lieutenant hinüber. Kaum waren die Honneurs gemacht, begann Russell auch schon forsch mit Jenny zu schäkern und sagte ihr, dass er sie irgendwo schon einmal gesehen und sie das hübscheste Gesicht von der Welt habe. Lofting verwickelte, eher in Leonards Stil, Charlotte in ein qualvoll höfliches Gespräch. Als er sagte: »Das ist ja bezaubernd. Und wie lange brauchen Sie morgens bis Spandau?«, bekamen sie und ihre Freundinnen einen Lachkrampf.

Glass hatte sich bereit erklärt, eine Rede zu halten. Leonard war gerührt, dass sein Freund sich die Mühe gemacht hatte, den Text auf Kärtchen zu tippen. Mit dem Flaschenöffner klopfte er leicht gegen sein Ginglas, um Ruhe herzustellen. Glass begann mit einer amüsanten Schilderung von Leonard mit der Rose hinterm Ohr und dem Billett, das mit der Rohrpost kam. Er hoffe, eines Tages mit einer ähnlich theatralischen Geste aus seinem Junggesellendasein erlöst zu werden, und zwar von einer in jeder Hinsicht ebenso prachtvollen und schönen Frau wie Maria. Russell rief aus: »Hört, hört!« Maria brachte ihn zum Schweigen.

Glass legte eine Kunstpause ein, um anzudeuten, dass er jetzt einen anderen Ton anschlagen werde. Er holte eben tief Luft, um neu anzusetzen, als es an der Tür klingelte. Es waren die Blakes. Während die Übrigen warteten, schenkte Leonard den beiden ein. Mrs. Blake zog einen Sessel heran. Ihr Mann blieb an der Tür stehen und starrte mit ausdrucksloser Miene Glass an, der zum Dank, dass die Unterbrechung nun vorüber war, seinen Bart in die Höhe reckte.

Er sprach leise. »Wir alle in diesem Zimmer, Deutsche, Briten, Amerikaner, haben uns an unserer jeweiligen Arbeitsstätte dazu verpflichtet, ein neues Berlin aufzubauen. Ein neues Deutschland. Ein neues Europa. Ich weiß sehr wohl, dass, selbst wenn es stimmt, sonst nur Politiker so geschwollen daherreden. Ich weiß auch, wenn ich mich an einem Wintermorgen um sieben Uhr ankleide, um zur Arbeit zu gehen, denke ich nicht unbedingt an den Aufbau eines neuen Europa.« Es erklang ein verhaltenes Lachen. »Wir alle wissen, was für eine Art Freiheit wir wollen und wünschen, und wir alle wissen, wovon diese bedroht ist. Wir alle wissen, dass der Ort, der einzige Ort, an dem wir damit beginnen können, ein freies und gegen Krieg gefeites

Europa zu schaffen, genau hier ist, in uns selbst, in unseren Herzen. Leonard und Maria stammen aus Ländern, die noch vor zehn Jahren miteinander im Krieg lagen. Indem sie sich verloben, schenken sie ihren Völkern auf ihre Weise Frieden. Ihre Ehe und Ehen wie die ihre binden Länder enger aneinander, als irgendein Vertragswerk es könnte. Ehen über Grenzen hinweg tragen zur Verständigung zwischen den Völkern bei und erschweren es ihnen jedesmal ein bisschen mehr, jemals wieder in den Krieg zu ziehen.«

Glass blickte von seinen Postkarten auf und schmunzelte, womit er seinen Ernst plötzlich wieder in Abrede stellte. »Deswegen halte ich doch auch immer Ausschau nach einem netten Russenmädel, das ich nach Cedar Rapids heimführen kann. Auf Leonard und Maria!«

Sie hoben ihre Gläser, und Russell, der seinen Arm um Jennys Taille gelegt hatte, rief: »Nun man los, Leonard, wir wollen eine Rede von Ihnen!«

Das einzige Mal, dass Leonard eine öffentliche Ansprache gehalten hatte, war während seiner Schulzeit gewesen, als er in seiner Funktion als Klassensprecher der Abgangsklasse alle zwei Wochen bei der Morgenandacht die Bekanntmachungen verlesen musste. Als er jetzt nach Worten suchte, merkte er, wie schnell und flach sein Atem ging. Er konnte immer nur drei oder vier Wörter auf einmal hervorstoßen.

»Vielen Dank, Bob! Was mich betrifft, so kann ich mich nicht dafür verbürgen, Europa wiederaufzubauen. Ich kann ja kaum ein Regalbrett im Badezimmer anbringen.« Sein Witz kam gut an. Sogar Blake musste lächeln. Maria strahlte ihn von der anderen Seite des Zimmers an, oder weinte sie etwa? Leonard errötete. Sein Erfolg stieg ihm zu Kopfe. Er wünschte, er könnte noch ein Dutzend Witze anbringen. Er sagte: »Was uns beide betrifft, so versprechen wir euch und uns als Einziges, glücklich zu sein. Vielen Dank, dass ihr gekommen seid.«

Es gab Applaus, und unter den ermunternden Zurufen Russells durchschritt Leonard das Zimmer und gab Maria einen Kuss. Russell küsste Jenny, dann setzten sich alle hin und widmeten sich ihren Getränken.

Blake kam auf Leonard zu, um ihm die Hand zu schütteln und ihm seinen Glückwunsch auszusprechen. Er sagte: »Der Amerikaner da mit dem Bart. Woher kennen Sie ihn?«

Leonard zögerte. »Von der Arbeit.«

»Ich wusste gar nicht, dass Sie für die Amerikaner arbeiten?«

»Doch, ja. Eine intersektorale Angelegenheit. Telefonleitungen.«

Blake blickte Leonard durchdringend an. Er ging mit ihm in eine ruhige Ecke. »Ich will Ihnen mal einen guten Rat geben. Der Bursche da drüben – Glass, nicht wahr? – arbeitet für Bill Harvey. Wenn Sie mir verraten, dass Sie mit Glass zusammenarbeiten, dann verraten Sie mir damit zugleich, was Sie treiben. Alt-Glienicke. Operation Gold. So etwas brauche ich nicht zu wissen. Sie haben soeben die Sicherheitsbestimmungen verletzt.«

Leonard hätte ihm gern erwidert, dass Blake mit der Andeutung, auch er gehöre der Welt der Nachrichtendienste an, ebenfalls gegen die Bestimmungen verstoßen habe.

Blake sagte: »Ich weiß nicht, wer die anderen Leute hier sind. Aber ich weiß, dass Berlin in derartigen Angelegenheiten eine Kleinstadt ist. Ein Kuhdorf. Sie sollten sich mit

Glass nicht in aller Öffentlichkeit zeigen. Damit verraten Sie sich doch. Mein Rat an Sie lautet, dass Sie Ihr Berufsleben und Ihr Privatleben strikt getrennt halten. Jetzt will ich aber noch rasch Ihrer Zukünftigen alles Gute wünschen, dann werden wir uns verabschieden.«

Die Blakes gingen. Leonard hielt sich eine Weile abseits mit seinem Drink. Ein Teil von ihm, ein, wie er fand, garstiger Teil wollte wissen, ob sich zwischen Maria und Glass irgendetwas abspielte. Sie beachteten einander überhaupt nicht. Als nächster ging Glass. Lofting hatte mehrere Drinks intus und machte bei Charlotte große Fortschritte. Jenny saß auf Russells Schoß. Die vier hatten beschlossen, erst in ein Restaurant und anschließend in ein Tanzlokal zu gehen. Sie gaben sich alle Mühe, Leonard und Maria zum Mitkommen zu überreden. Erst als sie merkten, dass ihre Überredungskünste nichts fruchteten, verabschiedeten auch sie sich mit Küsschen, Umarmungen und durchs ganze Treppenhaus gerufenen Adieus.

Auf sämtlichen Abstellflächen standen leere Gläser herum, Zigarettenqualm hing in der Luft. Die Wohnung war wieder friedlich.

Maria schlang ihre bloßen Arme um Leonards Nacken. »Deine Rede war wunderbar. Du hast mir ja gar nicht gesagt, dass du dich so gut darauf verstehst.« Sie küssten einander.

Leonard sagte: »Du wirst noch lange brauchen, bis du alle meine Qualitäten herausgefunden hast.« Er hatte vor einer achtköpfigen Zuhörerschaft gesprochen. Er fühlte sich anders als sonst, zu allem fähig.

Sie legten ihre Mäntel an und gingen aus. Sie hatten vor,

in Kreuzberg zu essen und die Nacht in der Adalbertstraße zu verbringen, damit beide Wohnungen in die Feierlichkeiten einbezogen würden. Maria hatte das dortige Schlafzimmer mit frischen Bettlaken, neuen Kerzen in Flaschen und duftenden Rosenblättern in zwei Suppenschalen hergerichtet.

In einer Kneipe in der Oranienstraße, die sie zu ihrem Stammlokal gemacht hatten, verzehrten sie Rippchen mit Erbsenpüree. Der Wirt wusste von ihrem Verlöbnis und brachte ihnen auf Kosten des Hauses zwei Glas Sekt. Sie saßen in einer schlafzimmer-, ja fast bettähnlichen Nische im tiefsten Innern des Lokals, an einem Tisch mit einer fünf Zentimeter dicken, dunkelgebeizten Holzplatte, eingekeilt von hohen Bänken, die von all den vielen Hinterteilen blank gescheuert waren. Das Tischtuch aus schwerem Brokat, über das der Kellner ein gestärktes weißes Leinentuch gebreitet hatte, hing ihnen bis in den Schoß. Eine rote Glaslaterne, die an einer schweren Kette von der niedrigen Decke baumelte, spendete schwaches Licht. Die feuchtwarme Luft hüllte sie in einen dichten Mief aus Brasilzigarren, starkem Kaffee und Bratengeruch ein. Um den Stammtisch herum saß ein halbes Dutzend alter Männer, die Bier und Korn tranken; neben ihnen wurde Skat gespielt.

Einer der alten Gesellen torkelte an Leonards und Marias Tisch vorbei und blieb stehen. Er blickte mit theatralischer Gebärde auf seine Uhr und sagte: »Auf zur Ollen!«

Als er entschwunden war, erklärte Maria ihm den Berliner Ausdruck. »Vielleicht bist du das in fünfzig Jahren?«

Er erhob sein Glas. »Auf meine Olle!«

Eine andere Feier stand bevor, über die er mit ihr freilich

nicht reden durfte. Wenn man, worüber Einigkeit bestand, vom Datum des ersten abgehörten Telefongesprächs ausging, wurde der Tunnel in drei Wochen ein Jahr alt. Man war sich ebenfalls einig, dass der Jahrestag gebührend gefeiert werden musste, zwar ohne die Sicherheitsbestimmungen zu verletzen, aber doch mit einigem Aufwand und trächtiger Symbolik. Ein Ad-hoc-Komitee wurde gebildet. Glass schwang sich zum Vorsitzenden auf. Es gab einen US-amerikanischen Sergeanten, einen deutschen Verbindungsoffizier und Leonard. Um die Zusammenarbeit zwischen den drei Völkern hervorzuheben, sollten sich in den Beiträgen Aspekte aller drei Kulturen widerspiegeln. Es wollte Leonard scheinen, dass Glass die Verantwortungsbereiche ein wenig unfair aufgeteilt hatte, aber er schwieg. Die Amerikaner sollten sich um das Essen kümmern, die Deutschen Getränke beschaffen und die Briten für die Unterhaltung sorgen, für eine überraschende Partynummer.

Ausgestattet mit einem Budget von dreißig Pfund, hatte Leonard auf der Suche nach einer Nummer, die seinem Land Ehre machen würde, die Schwarzen Bretter im CVJM, im NAAFI und in den TOC H Clubs abgegrast. Die Frau eines Korporals im Royal Army Ordonance Corps las aus dem Kaffeesatz. Es gab einen singenden Hund, Eigentum eines Ortsleiters des amerikanischen Hundebesitzerverbands, der freilich nicht zum Verleih, sondern nur zum Verkauf angeboten wurde, und eine nicht vollbesetzte Gruppe Moriskentänzer, Ableger des RAF-Rugbyclubs. Dann war da eine Art Leihtante, die Kinder und altersschwache Anverwandte von Flugzeugen und Zügen abholte, und ein »erstklassiger« Zauberkünstler für Kinder unter fünf Jahren.

Am Morgen vor seiner Verlobungsfeier war Leonard einem Hinweis nachgegangen und hatte Kontakt mit einem Sergeanten der Scots Greys aufgenommen, der ihm gegen eine Beteiligung am Fonds des Offizierskasinos in Höhe von dreißig Pfund einen Dudelsackpfeifer in voller Traditionsuniform zusagte: Schottenrock, Schmuckfeder, Felltasche, einfach alles. Das und seine kurze Ansprache mit dem zündenden Witz, der Sekt und der Gin, der ihm vorausgegangen war, die neue Sprache, die er allmählich beherrschen lernte, und die Gaststätte, in der er sich so zu Hause fühlte, vor allem aber seine schöne Verlobte, die mit ihm anstieß, dies alles stimmte ihn nachdenklich, und es kam ihm in den Sinn, dass er sich eigentlich gar nicht richtig gekannt hatte, dass er sehr viel interessanter und, nun ja, kultivierter war, als er sich je hatte träumen lassen.

Aus Anlass der Party hatte sich Maria ihre Haare in Locken gelegt. Kunstvoll verwirrte Strähnen hingen ihr in die hohe Shakespearestirn, und unter dem Scheitel saß eine neue weiße Haarspange – jene kindliche Note, die sie nur ungern aufgab. Jetzt schaute sie ihn mit belustigter Nachsicht an, mit demselben ebenso besitzergreifenden wie selbstverlorenen Blick, der ihn zu Beginn ihrer Beziehung genötigt hatte, sich mit Schaltkreisen und Denksportaufgaben abzulenken. Sie trug den Silberring, den sie bei einem Araber auf dem Kudamm erstanden hatten. Gerade dass er so billig gewesen war, war eine Bestätigung ihrer Freiheit. Vor den großen Juweliergeschäften betrachteten junge Paare Verlobungsringe, die mehr als drei Monatslöhne verschlangen. Nachdem Maria hartnäckig gefeilscht hatte – Leonard war vor lauter Verlegenheit mehrere Schritte entfernt stehen geblieben und hörte nicht hin –, bekamen sie ihren für weniger als fünf Mark.

Jetzt stand nur noch ihre Mahlzeit zwischen ihnen und Marias Wohnung, dem gerichteten Schlafzimmer und dem Vollzug ihres Eheversprechens. Sie wollten über Sex reden, also redeten sie über Russell. Leonard übte sich in einem Ton verantwortungsbewusster Vorsicht. Das entsprach zwar so gar nicht seiner Stimmung, aber die Macht der Gewohnheit war stark. Er wollte, dass Maria ihrer Freundin Jenny eine Warnung übermittelte. Russell war ein Draufgänger, eine Sexmaschine, wie Glass sich ausdrücken würde, der einmal von ihm behauptet hatte, dass er während seines vierjährigen Berlinaufenthalts mehr als hundertfünfzig Frauen aufgerissen habe. Leonard sagte auf deutsch: »Abgesehen davon, dass er ganz bestimmt den Tripper hat« – er hatte das Wort erst kürzlich einem Anschlag in einer öffentlichen Bedürfnisanstalt entnommen –, »meint er es mit Jenny nicht ernst. Das sollte man ihr sagen.«

Maria hielt die Hand vor den Mund und lachte bei dem Wort »Tripper« auf. »Sei nicht doof! Du bist so … schüchtern. Wie heißt das auf englisch?«

»Prüde, glaube ich«, musste Leonard übersetzen.

»Jenny wird schon auf sich aufpassen. Weißt du, was sie gesagt hat, als dieser Russell hereinspaziert kam? Sie hat gesagt: ›Genau den will ich. Ich werde erst Ende nächster Woche bezahlt, und ich will doch essen gehen. Danach will ich tanzen gehen. Und er hat eine wunderbare Kinnpartie, wie Superman.‹ Schon macht sie sich an ihn heran, und dieser Russell denkt, er hätte sie von ganz allein herumgekriegt.«

Leonard legte Messer und Gabel hin und rang in gespielter Qual die Hände. »Mein Gott! Warum bin ich nur so unwissend?«

»Nicht unwissend. Unschuldig. Und jetzt heiratest du die erste und einzige Frau, die du je ›erkannt‹ hast. Wie ideal! Es sind die Frauen, die Jungfrauen heiraten sollten, nicht die Männer. Wir wollen euch frisch …«

Leonard schob seinen Teller weg. Es ließ sich nicht essen, wenn man verführt wurde.

»Wir wollen euch frisch, damit wir euch zeigen können, wie ihr es uns besorgen könnt.«

»Wir?« fragte Leonard. »Soll das heißen, es gibt noch mehr von deiner Sorte?«

»Es gibt nur mich. Über die anderen brauchst du dir nicht den Kopf zu zerbrechen.«

»Ich brauche dich«, sagte Leonard. Er winkte dem Kellner. Der Satz war keine konventionelle Übertreibung. Wenn er nicht bald mit ihr ins Bett ging, würde ihm schlecht werden. Das Erbsenpüree lag ihm schwer und kalt im Magen und drückte nach oben.

Maria erhob ihr Glas. Er hatte sie noch nie so schön erlebt. »Auf die Unschuld.«

»Auf die Unschuld. Und auf die deutsch-englische Zusammenarbeit.«

»Das war vielleicht eine furchtbare Rede«, sagte Maria, obwohl er ihrem Blick entnehmen zu können glaubte, dass sie es gar nicht so meinte. »Denkt er vielleicht, ich sei das Dritte Reich? Meint er etwa, du wolltest dich mit dem Reich verheiraten? Glaubt er wirklich, dass Menschen für Länder stehen? Selbst der Major hält bei unseren Weihnachtsfestessen bessere Ansprachen.«

Aber als sie gezahlt und ihre Mäntel angezogen hatten und zur Adalbertstraße zurückliefen, fuhr sie in einem ernsteren Ton fort: »Ich traue ihm nicht über den Weg. Ich konnte ihn schon nicht leiden, als er mich verhört hat. Er denkt zu viel und zu simpel. Das ist die gefährliche Sorte. In seinen Augen liebt man Amerika oder spioniert für die Russen. Das ist die Sorte Leute, die einen neuen Krieg anzetteln wollen.«

Es freute Leonard zu hören, dass sie Glass nicht leiden mochte, und es widerstrebte ihm, einen Streit vom Zaun zu brechen. Trotzdem sagte er: »Er nimmt sich sehr wichtig, aber so schlimm ist er nun auch wieder nicht. In Berlin ist er mir ein guter Freund gewesen.«

Maria zog ihn enger an sich. »Schon wieder die reinste Unschuld. Du magst aber auch jeden, der nett zu dir ist. Wenn Hitler dir einen ausgibt, sagst du wohl auch, er sei ein anständiger Kerl.«

»Und du würdest dich in ihn verlieben, wenn er dir sagt, er sei noch Jungfrau.«

Ihr Gelächter schallte laut in der menschenleeren Straße. Als sie im Haus Nummer 84 die Treppe hinaufstiegen, ließ das nackte Holz ihre fröhliche Ausgelassenheit widerhallen. In der vierten Etage öffnete jemand einen Zollbreit seine Wohnungstür und schlug sie wieder zu. Auf dem Rest der Treppe machten sie fast ebensoviel Lärm, mit viel Schsch! und Gekicher.

Zur Begrüßung hatte Maria in ihrer Wohnung sämtliche Lichter angelassen. Im Schlafzimmer brannte das Heizöfchen.

Während sie sich im Badezimmer zu schaffen machte, entkorkte Leonard die Flasche Wein, die sie hingestellt hatte. In der Luft lag ein Geruch, den er nicht recht einordnen konnte. Es roch wie nach Zwiebeln und nach irgendetwas anderem. Aber es wollte sich keine Assoziation einstellen. Er füllte ihre Gläser und stellte das Radio an. Jetzt konnte er eine weitere Dosis *Heartbreak Hotel* vertragen, aber er fand nur irgendwelche klassische Musik und Jazz. Beides verabscheute er.

Als Maria aus dem Badezimmer kam, vergaß er, den Geruch zu erwähnen. Sie nahmen ihre Gläser mit ins Schlafzimmer, steckten sich Zigaretten an und beredeten leise den Erfolg ihrer Party. Der Geruch, von dem auch dieses Zimmer erfüllt gewesen war, verlor sich ebenso im Zigarettenqualm wie der Duft des Blütenpotpourris. Sie fanden wieder zu der Dringlichkeit zurück, die sie bei ihrer Mahlzeit verspürt hatten, und während sie noch sprachen, begannen sie sich auszukleiden, zu berühren und zu küssen. Ihre aufgestaute Erregung und ihre ungezwungene Vertrautheit machten alles so leicht. Als sie völlig nackt waren, hatten sie ihre Stimmen zu einem Flüsterton gesenkt. Von draußen drang das abflauende Dröhnen einer Großstadt, die sich langsam zur Ruhe bettet, ins Zimmer herein. Sie krochen unter die Decken, die jetzt, da der Frühling gekommen war, viel leichter wogen. Etwa fünf Minuten lang schwelgten sie in einer langen Umarmung, mit der sie ihre Wollust hinauszögerten. »Verlobt«, wisperte Maria. »Verlobt! Verlobt!« Allein schon das Wort war eine Art Einladung, eine Art Anreiz. Sie begannen träge. Sie lag unter ihm. Er presste seine rechte Wange gegen ihre. Er hatte nur das Kissen und ihr Ohr im Blick, sie nur seine Schulter, das Spiel seiner Rückenmuskeln und dahinter die dunkle Kammer im Kerzenschein. Er schloss die Augen und sah eine weite Fläche glatten Wassers. Es hätte der sommerliche Wannsee sein können. Mit jedem Schwimmzug zog es ihn die sanfte Kurve seiner Bahn hinab, immer weiter und tiefer, bis die Oberfläche hoch oben über seinem Kopf zu flüssigem Silber wurde. Als sie sich rührte und ihm etwas zuflüsterte, quollen ihre Worte wie Quecksilberkügelchen hervor, aber fielen leicht wie Federn. Er stöhnte. Als sie sie wiederholte, direkt ins Ohr, schlug er die Augen auf, aber gehört hatte er immer noch nichts. Er stützte sich auf den Ellbogen.

War es Unkenntnis oder Unschuld, dass er sich einbildete, das immer raschere Pochen ihres Herzens an seinem Arm sei Erregung, die weitaufgerissenen Augen, die winzigen Schweißperlen auf ihrer Oberlippe, die Schwierigkeiten, die sie hatte, ihre Zunge zu bewegen, um ihre Worte zu wiederholen – das alles gelte ihm? Er neigte sich ihr näher zu. Sie wisperte im denkbar leisesten Flüsterton. Ihre Lippen streiften sein Ohr, die Silben klangen pelzig. Er schüttelte den Kopf. Er hörte, wie sich ihre Zunge löste und es noch einmal versuchte. Endlich hörte er sie sagen: »Da ist jemand im Schrank.«

Dann hämmerten ihre Herzen um die Wette. Ihre Brustkörbe berührten sich, und sie spürten, auch wenn sie es nicht hören konnten, ein unrhythmisches Getrappel wie von Pferdehufen. Er versuchte, sich nicht ablenken zu lassen, sondern zu lauschen. Ein Auto fuhr davon, und die Rohrleitungen knackten, aber dahinter war nichts, nichts als Schweigen und unzerteilbares Dunkel, eine kratzende Stille, die er zu hastig untersuchte. Er prüfte sie von neuem, ergründete die Schwingungen und suchte ihr Gesicht nach einem Hinweis ab. Aber jeder einzelne Gesichtsmuskel war bereits angespannt; sie kniff ihn in den Arm. Sie hörte es immer noch, lenkte seine Aufmerksamkeit darauf, zwang ihn, auf dieses Wellenband des Schweigens zu horchen, auf die schmale Frequenz. Er war in ihr völlig zusammengeschrumpft. Sie waren wieder unterschiedene Wesen. Wo sich ihre Bäuche berührten, war es nass. War sie betrunken oder verrückt? Beides hätte er vorgezogen. Er hielt den Kopf schräg und lauschte, und dann hörte er es und wusste, dass er es schon die ganze Zeit über gehört hatte. Er hatte nach etwas Anderem geforscht, nach Lauten, nach einer bestimmten Tonhöhe, nach der Reibung fester Körper. Aber dies war nichts als Luft, eingesogene, ausgestoßene Luft, ein gedämpftes Atmen in einem geschlossenen Raum. Er stützte sich auf Hände und Knie und wandte sich um. Der Schrank stand bei der Tür, neben dem Lichtschalter. Auf dem Fußboden fand er seine Brille. Sie half ihm keineswegs, die große dunkle Masse zu durchdringen. Sein Instinkt sagte ihm, dass er nichts tun, niemanden stellen, sich niemandem unterwerfen könne, solange er unbekleidet sei. Er fand seine Unterhose und zog sie an. Maria hatte sich aufgerichtet. Sie hielt sich die Hände vor Nase und Mund.

Leonard kam der Gedanke – vielleicht war es eine Angewohnheit aus seiner Zeit im Lagerhaus –, unter keinen Umständen zu verraten, dass sie das Phänomen wahrgenommen hatten. Ein Gespräch vorzutäuschen war unmöglich. So stand Leonard in seiner Unterhose im Dunkeln und begann aus zusammengeschnürter Kehle seinen Lieblingsschlager zu summen, während er voller Angst überlegte, was zu tun sei.

Maria griff nach ihrem Rock und ihrer Bluse. Durch die Luftbewegung flackerte die Kerze zwar, erlosch aber nicht. Leonard nahm seine Hose vom Stuhl. Er hatte das Tempo seines Gesummes beschleunigt und es in eine heitere Weise mit hingetupften Rhythmen verwandelt. Sein einziger Gedanke galt dem Ankleiden. Sobald er seine Hose anhatte, verspürte er im Dunkeln ein kribbelndes Gefühl auf der nackten Brust. Als er das Hemd übergestreift hatte, waren seine Füße verwundbar. Er fand zwar seine Schuhe, aber seine Socken nicht. Während er die Schuhriemen schnürte, verstummte er. Sie standen auf beiden Seiten des Bettes – das Brautpaar. Das Rascheln des Stoffs und Leonards Schlager hatten das Atmen übertönt. Jetzt vernahmen sie es erneut. Es war schwach, dafür aber tief und regelmäßig und ließ Leonard an unbeirrbare Entschlossenheit denken. Marias Körper verstellte das Kerzenlicht und warf einen gewaltigen Schatten auf Türe und Schrank. Sie blickte ihn an. Mit den Augen dirigierte sie ihn zur Tür.

Er ging rasch darauf zu und versuchte auf den nackten Dielen so leise wie möglich aufzutreten. Er benötigte vier Schritte. Der Lichtschalter befand sich unmittelbar neben dem Schrank. Es war unmöglich, die Erscheinung nicht zu bemerken, an den Fingerspitzen und auf der Kopfhaut nicht das Kräftefeld eines menschlichen Wesens zu spüren. Sie waren drauf und dran, sich zu verraten, kundzutun, dass sie Bescheid wussten. Als er nach dem Schalter griff, streiften seine Knöchel die glattpolierte Oberfläche. Maria stand hinter ihm, er fühlte ihre Hand in seinem Kreuz. Die Explosion von Licht betrug bestimmt mehr als sechzig Watt. Er blinzelte in die grelle Helligkeit. Die Hände hielt er schlagbereit. Jetzt würden die Schranktüren auffliegen. Jetzt.

Aber es tat sich nichts. Der Schrank hatte zwei Türen. Die eine öffnete sich auf eine Reihe von Schubladen hin und war fest geschlossen. Die andere Tür, die auf das Mantelabteil hinging, das groß genug war, dass ein Mann darin stehen konnte, war angelehnt. Das Schnappschloss war nicht eingeklinkt. Mit Hilfe eines großen Messingrings drehte man einen abgenutzten Zapfen. Leonard streckte seine Hand aus. Sie hörten ein Atmen. Sie hatten sich also nicht getäuscht. Es war nichts, worüber sie in zwei Minuten fröhlich lachen würden. Es war Atem, menschlicher Atem. Mit Finger und Daumen fasste er den Ring und hob ihn an, ohne ein Geräusch zu verursachen. Während er ihn festhielt, trat er auf leisen Sohlen zurück. Was auch immer passierte, er wollte Abstand wahren. Je größer der Abstand, desto mehr Zeit würde er gewinnen. Diese geometrischen Gedanken kamen ihm in starren, festverschnürten kleinen Paketen. Zeit wozu? Auch diese Frage war fest verpackt. Er drückte den Ring fester und riss die Tür mit einem Ruck weit auf.

Nichts. Nur die Schwärze eines Sergemantels und ein Geruch, ein Miasma von Alkohol und Essigsoße, das der Sog der Türbewegung ihm entgegenwirbelte. Dann das Gesicht, der Mann. Er kauerte, die Knie angewinkelt, auf dem Schrankboden und schlief. Ein Betrunkener, der seinen Rausch ausschlief. Es roch nach Bier und Korn und Zwiebeln oder Sauerkraut. Der Mund stand ihm offen. Entlang der Unterlippe verlief eine Spur weißlichen Schleims, die in der Mitte, im rechten Winkel dazu, von einem großen schwarzen Fleck geronnenen Bluts unterbrochen wurde. Entweder eine Bläschenflechte oder ein Faustschlag von einem anderen Betrunkenen. Vor der Wolke süßlichen Gestanks zogen sie sich zurück.

Maria flüsterte: »Wie ist er bloß hereingekommen?« Dann beantwortete sie ihre Frage auch schon selbst: »Er könnte einen Ersatzschlüssel an sich genommen haben. Als er das letzte Mal hier war.«

Sie starrten ihn an. Die erste Gefahr war überstanden. An die Stelle von Furcht traten Ekel und Wut über den verletzten Hausfrieden. Was die Sache nicht unbedingt besser machte. So hatte Leonard sich die Konfrontation mit seinem Feind nicht vorgestellt. Er hatte Muße, ihn zu taxieren. Der Kopf war schmal, die Haare begannen sich oben zu lichten und hatten die sandige, tabakartige, an den Wurzeln fast grünliche Farbe, die Leonard in Berlin schon häufig aufgefallen war. Die Nase war groß, sah aber dünn aus. Die Blutgefäße unter der straffen, glänzenden Haut an den Nasenwänden waren aufgeplatzt. Nur die Hände, aufgerauht, knochig und an den Knöcheln dick, erweckten den Eindruck von Körperkraft. Nicht nur der Kopf war schmal, sondern auch die Schultern. Es war zwar schwer zu sagen, weil er so in sich zusammengesackt war, aber fast wirkte er wie ein Zwerg, ein Maulheld und Zwerg. Die Bedrohung, die er dargestellt hatte, die Art, wie er mit Maria umgesprungen war, hatte ihn größer erscheinen lassen, als er war. Der Otto in Leonards Vorstellung war ein wettergegerbter, zäher Soldat gewesen, Veteran eines Krieges, in dem mitzukämpfen Leonard zu jung gewesen war.

Maria drückte die Schranktür zu. Sie schalteten die Schlafzimmerbeleuchtung aus und gingen ins Wohnzimmer. Sie waren zu aufgeregt, um sich zu setzen. Marias Stimme krächzte vor Verbitterung – eine Verbitterung, die er an ihr gar nicht kannte.

»Er sitzt auf meinen Kleidern. Er wird alles vollpinkeln.«

Das war Leonard überhaupt noch nicht in den Sinn gekommen, aber jetzt, da sie davon sprach, schien es ihm das vordringlichste Problem zu sein. Wie war eine weitere Entweihung zu verhindern? Sollten sie ihn herausheben und in die Toilette tragen?

Leonard sagte: »Wie sollen wir ihn loswerden? Wir könnten die Polizei rufen.« Es kam ihm kurz der glänzende Gedanke, dass zwei Polizisten Otto zur Wohnungstür hinausschaffen würden und sie den angebrochenen Abend nach einem beruhigenden Drink und einem herzhaften Lachen einfach fortsetzen könnten.

Doch Maria schüttelte den Kopf. »Bei der Polizei ist er bekannt, die geben ihm ab und zu sogar einen aus. Die würden gar nicht erst kommen.« Sie war außer sich. Sie murmelte noch etwas auf deutsch und wandte sich ab, dann überlegte sie es sich anders und drehte sich wieder zu ihm um. Sie wollte etwas sagen, besann sich aber eines Besseren.

Leonard klammerte sich immer noch an die Möglichkeit, ihre Feier zu retten. Es drehte sich doch bloß darum, wie man einen Betrunkenen loswurde. »Ich könnte ihn hinaustragen, die Treppe hinunterschleifen und vor die Haustür setzen. Wetten, dass er nicht einmal wach würde?«

Marias Erregung ging in Zorn über. »Was hat der in meinem Schlafzimmer, in unserem Schlafzimmer zu suchen?«, fragte sie gebieterisch. Als ob Leonard ihn dorthin gesteckt hätte. »Wieso denkst du nicht darüber nach? Weshalb versteckt er sich im Schrank? Nun los, sag mir, was du denkst!«

»Weiß ich doch nicht«, sagte er. »Ist mir jetzt auch egal. Ich will ihn nur aus der Wohnung haben …«

»Das ist dir also egal! Du willst also darüber nicht nachdenken.« Sie ließ sich plötzlich auf einem der Küchenstühle nieder. Sie saß neben dem Schuhhaufen, der sich um den Schusterleisten herum stapelte. Sie schnappte sich ein Paar und zog sich die Schuhe an.

Leonard merkte, dass sie drauf und dran waren, sich zu streiten. Ausgerechnet in ihrer Verlobungsnacht mussten sie miteinander Streit haben. Zumindest Maria. Dabei war es doch gar nicht seine Schuld.

»Aber mir macht es was aus. Immerhin war ich mit diesem Schwein verheiratet. Mir macht es was aus, dass dieses Schwein, dieser verdammte Dreckskerl, sich im Schrank versteckt, wenn ich mit dir schlafe. Ich kenne ihn schließlich. Verstehst du?«

»Maria …«

Diesmal erhob sie ihre Stimme. »Ich kenne ihn.« Sie versuchte sich eine Zigarette anzuzünden und schaffte es nicht.

Leonard wollte ebenfalls eine rauchen. Begütigend sagte er: »Na, komm schon, Maria…«

Endlich hatte sie ihre Zigarette angekriegt und nahm einen Zug. Es half alles nichts, sie schrie noch immer fast. »Sprich nicht so mit mir. Ich will mich nicht beruhigen lassen. Warum bist du überhaupt so gelassen? Weshalb bist du nicht wütend? In deinem eigenen Schlafzimmer spioniert dir ein Mann hinterher. Du solltest die Möbel zertrümmern! Und was machst du? Du kratzt dich am Kopf und sagst hübsch und nett, wir sollen die Polizei holen!«

Es wollte ihm scheinen, als ob alles, was sie sagte, zuträfe. Er hatte nicht gewusst, wie er reagieren sollte, hatte nicht einmal darüber nachgedacht. Er wusste einfach nicht genug. Sie war älter als er und schon verheiratet gewesen. So verhielt man sich also, wenn man jemanden fand, der sich im Schlafzimmer eingenistet hatte. Zugleich aber ärgerte er sich über ihre Bemerkungen. Sie bezichtigte ihn, nicht Manns genug zu sein. Er bekam die Zigaretten zu fassen und nahm eine. Sie schnauzte ihn immer noch an. Zur Hälfte auf deutsch. Sie hielt das Feuerzeug in der Faust und bemerkte kaum, wie er es ihr entwand.

»Eigentlich müsstest du mich anschreien«, sagte sie. »Immerhin ist er mein Mann, oder? Bist du denn gar nicht wütend, nicht ein bisschen?«

Da wurde es ihm zu viel. Er hatte tief inhaliert und stieß den Rauch mit einem Aufschrei aus: »Halt's Maul! Halt wenigstens mal eine Minute lang die Schnauze!«

Sie verstummte auf der Stelle. Sie schwiegen beide und zogen an ihren Zigaretten. Sie blieb auf dem Stuhl sitzen. Er stellte sich so weit weg von ihr auf, wie es in dem winzigen Zimmer möglich war. Da blickte sie ihn an und lächelte um Verzeihung bittend. Er setzte eine gleichgültige Miene auf. Sie hatte gewollt, dass er ein bisschen wütend auf sie sei, bitte schön, den Wunsch konnte er ihr eine Weile erfüllen.

Sie beschäftigte sich eine Zeitlang damit, ihre Zigarette auszudrücken, und blickte zuerst nicht auf, als sie sprach:

»Ich will dir mal sagen, weshalb Otto da drin hockt. Ich werde dir sagen, was er will. Ich wünschte, ich wüsste es nicht, es ist mir sehr unlieb, dass ich es weiß. Aber so…« Als sie von neuem ansetzte, war ihr Tonfall heller. Sie hatte eine Theorie. »Wenn man Otto kennenlernt, ist er nett. Jedenfalls war er es, bevor er zu trinken anfing, vor sieben Jahren. Zuerst ist er nett. Sehr beflissen. So war er, als ich ihn geheiratet hatte. Dann merkst du langsam, dass diese Freundlichkeit nichts als Besitzdenken ist. Er ist besitzergreifend, glaubt andauernd, dass du andere Männer angaffst oder sie dir nachstarren. Er ist eifersüchtig, fängt an, mich zu schlagen, erfindet Geschichten, alberne Geschichten über mich und irgendwelche Männer, Leute, die er kennt, oder auch Leute auf der Straße, das ist ganz egal. Immerzu glaubt er, dass sich etwas abspielt. Er denkt, halb Berlin ist zu mir ins Bett gestiegen, und die andere Hälfte wartet nur darauf. Zu der Zeit ist es mit dem Saufen schlimmer geworden. Und endlich, nach all den Jahren, geht mir ein Licht auf.«

Sie langte nach einer neuen Zigarette, aber dann schauderte sie und besann sich anders. »Diese Sache, ich mit einem anderen Mann, das *braucht* er. Es macht ihn wütend, aber er braucht das. Er will mich mit einem anderen Mann sehen, will darüber reden oder will, dass ich darüber rede. Es erregt ihn.«

Leonard sagte: »Der ist ja wohl … pervers.« Er hatte das Wort noch nie in den Mund genommen. Es bereitete ihm Genugtuung.

»Genau. Er findet das mit dir heraus und schlägt mich. Dann geht er fort und muss dauernd daran denken. Alle seine Träume werden wahr, aber diesmal wirklich. Er denkt und trinkt, und die ganze Zeit hat er von irgendwoher einen Schlüssel. Heute Abend säuft er noch mehr als sonst, dringt bei mir ein und lauert uns auf …«

Maria begann zu weinen. Leonard durchquerte das Zimmer und legte ihr die Hand auf die Schulter.

»Er lauert uns auf, aber wir verspäten uns, und er schläft ein. Vielleicht wollte er herausspringen, während, als … es passierte, und mir Vorwürfe machen. Er glaubt immer noch, mich zu besitzen, er glaubt, dass ich Schuldgefühle hätte…«

Vor lauter Tränen konnte sie nicht weiterreden. Sie tastete in ihrem Rock nach einem Taschentuch. Leonard reichte ihr das große weiße Tuch aus seiner Hosentasche. Als sie sich geschneuzt hatte, holte sie tief Luft.

Leonard wollte zum Sprechen ansetzen, aber sie übertönte ihn: »Ich hasse ihn, und ich hasse es, dass ich weiß, warum er da drin ist.«

Da sagte er, was er die ganze Zeit schon hatte sagen wollen: »Ich sehe mal eben nach.« Er ging ins Schlafzimmer und knipste das Licht an. Um die Schranktür zu öffnen, musste er die Schlafzimmertür hinter sich schließen. Er stierte den Voyeur an. Ottos Stellung war unverändert. Maria rief etwas von nebenan. Er öffnete die Schlafzimmertür eine Handbreit. »Alles in Ordnung«, beschied er sie. »Ich sehe ihn mir nur an.«

Er starrte ihn weiterhin an. Diesen Kerl also hatte Maria zu ihrem Mann genommen. Darauf kam es an. Sie mochte noch so oft sagen, dass sie ihn hasste – sie hatte ihn erwählt. Und sie hatte auch Leonard erwählt. Denselben Geschmack walten lassen. Er und Otto, sie beide hatten ihr gefallen, das also hatten sie gemein – Aspekte ihrer Persönlichkeit, ihres Aussehens, ihres Schicksals, irgend so etwas. Jetzt war er wirklich wütend auf sie. Durch ihre Wahl hatte sie ihn an diesen Mann gekettet, den sie zu verleugnen vorgab. Sie tat so, als sei es reiner Zufall, als habe sie damit eigentlich nichts zu schaffen. Aber dieser Spanner hielt sich in ihrem Schlafzimmer auf, im Kleiderschrank, schlief seinen Rausch aus, war nahe daran, auf ihre Kleider zu pinkeln – und warum? Wegen der Wahl, die sie getroffen hatte. Jawohl, jetzt war er wirklich wütend! Otto war ihre Verantwortung, ihre Schuld, gehörte zu ihr. Und sie hatte die Stirn, auf ihn, Leonard, böse zu sein!

Er schaltete das Schlafzimmerlicht aus und ging wieder ins Wohnzimmer. Er hatte Lust fortzugehen. Maria rauchte. Sie lächelte nervös.

»Es tut mir leid, dass ich dich angeschrien habe.«

Er griff nach den Zigaretten. Es waren nur noch drei übrig. Als er die Schachtel hinschleuderte, fiel sie zu Boden, neben die Schuhe.

Sie sagte: »Sei mir nicht böse.«

»Ich dachte, genau das wolltest du?«

Sie sah überrascht auf. »Du bist ja richtig wütend. Komm, setz dich. Sag mir, weshalb.«

»Ich will mich nicht setzen.« Jetzt genoss er die Szene. »Deine Ehe mit Otto geht noch weiter. Im Schlafzimmer. Deshalb bin ich wütend. Entweder wir reden davon, wie wir ihn loswerden können, oder ich gehe nach Hause, und ihr zwei könnt euer Verhältnis fortsetzen.«

»Verhältnis?« Ihr Akzent verlieh dem vertrauten Wort

einen federnden Klang. Die beabsichtigte Drohung war nicht herauszuhören. »Was willst du damit sagen?«

Es ärgerte ihn, dass sie ihm wieder im Zorn antwortete, statt ihm seine Szene zu gönnen. Schließlich hatte er ihr ja auch ihre gegönnt. »Ich will damit sagen, dass du den Abend gern mit ihm verbringen kannst, wenn du mir nicht helfen willst, ihn wegzuschaffen. Unterhaltet euch über alte Zeiten, trinkt den Wein aus, was immer. Aber lasst mich aus dem Spiel!«

Sie legte die Hand auf ihre schöne, hohe Stirn und sprach quer durch das Zimmer einen fiktiven Zeugen an. »Das ist ja nicht zu glauben. Er ist eifersüchtig.« Dann zu Leonard gewandt: »Du also auch? Genau wie Otto? Du willst nach Hause gehen und mich mit diesem Mann zurücklassen? Du willst zu Hause sitzen und über Otto und mich nachdenken. Vielleicht legst du dich gar aufs Bett und denkst an uns …«

Er war aufrichtig entsetzt. Er hatte nicht geahnt, dass sie, ja dass irgendeine Frau so reden konnte. »Rede doch nicht so einen Blödsinn daher! Ich hab' doch gerade eben gesagt, dass ich dafür bin, ihn auf die Straße zu schaffen. Aber du willst ja bloß herumsitzen, mir eine liebevolle Beschreibung seines Charakters liefern und in mein Taschentuch heulen!«

Sie knüllte das Taschentuch zusammen und schleuderte es ihm vor die Füße. »Hier hast du's. Es stinkt.«

Er hob es nicht auf. Sie wollten beide etwas sagen, aber sie kam ihm zuvor. »Du willst ihn vor die Tür setzen, ja? Warum tust du's denn dann nicht? Tu's doch! Warum kannst du nicht einfach handeln? Weshalb musst du herumstehen und darauf warten, dass ich dir sage, was du tun sollst? Du willst ihn hinauswerfen? Du bist doch ein Mann, also wirf ihn hinaus!«

Schon wieder seine Männlichkeit. Er schritt durch das Zimmer und packte sie an der Bluse. Ein Knopf sprang ab. Er schob sein Gesicht dicht an ihres heran und schrie: »Weil er deiner ist. Du hast ihn dir ausgesucht, er war dein Mann, er hat deinen Schlüssel, du hast die Verantwortung für ihn.« Seine freie Hand war zur Faust geballt. Sie war erschrocken. Die Zigarette war ihr in den Schoß gefallen. Sie brannte noch, aber das war ihm einerlei, war ihm scheißegal. Er schrie von neuem: »Du willst dasitzen und zusehen, wie ich dein verpfuschtes Leben wieder in Ordnung bringe ...«

Sie schrie zurück, ihm mitten ins Gesicht: »Genau! Ich hab' Männer gehabt, die mich angebrüllt, geschlagen, halb vergewaltigt haben. Jetzt will ich einen Mann, der sich um mich kümmert. Ich dachte, du wärst der Richtige. Ich dachte, du schaffst das. Aber nein, du willst genauso eifersüchtig sein, mich genauso anbrüllen und schlagen und vergewaltigen wie er und der ganze Rest ...«

In diesem Augenblick ging Maria in Flammen auf.

Von dort, wo die Zigarette glomm, schoss eine einzige Stichflamme empor, züngelte und flocht sich im Nu um andere, die aus den Falten des weißen Stoffs aufloderten. Bevor sie noch zu einem ersten Schrei Luft holen konnte, hatten sich die Flammen schon in alle Richtungen ausgebreitet. Sie waren blau und gelb und vermehrten sich rasend schnell. Maria rappelte sich auf und schlug mit den Händen auf sich ein. Leonard griff nach der Weinflasche und dem halbgefüllten Glas, das daneben stand. Er leerte das Glas über ihrem Schoß aus, aber es half nichts. Als sie aufstand und zu einem zweiten langgezogenen Schrei ansetzte, versuchte er die Flasche Wein über ihr auszuschütten. Aber der Wein wollte nicht schnell genug fließen. Einen Augenblick lang sah ihr Rock aus wie der einer Flamenco-Tänzerin, ganz in Orange und Rot, mit einem eingewebten Blau, und zu einem knisternden Geräusch stampfte sie auf und drehte Pirouetten, als könne sie dadurch aus dem Rock steigen. Es handelte sich nur um einen Augenblick, um den Bruchteil einer Sekunde, bevor Leonard beide Hände in den Bund hakte und ihr den Rock herunterriss. Er fiel in einem Stück herab und flammte auf dem Boden wieder auf. Froh darüber, dass er seine Schuhe anhatte, trampelte Leonard auf ihm herum, und als die Flammen einem dichten Rauch gewichen waren, konnte er sich umdrehen und ihr Gesicht ansehen.

Dort sah er Erleichterung geschrieben, verblüffte Erleichterung, nicht körperliche Schmerzen. Der Rock hatte ein Futter, einen gesteppten Petticoat aus Atlas oder irgendeinem anderen Naturstoff, der nicht so leicht entzündlich war. Dieser hatte sie geschützt. Jetzt lag er unter seinen Füßen, versengt, aber intakt.

Er konnte nicht mehr aufhören. Solange es noch Flammen gab, musste er weitertrampeln. Der Rauch war bläulich-schwarz und dick. Er musste das Fenster öffnen und wollte seine Arme um Maria schlingen, die reglos dastand, vielleicht in einem Zustand des Schocks, bis auf die Bluse nackt. Er musste ihren Morgenmantel aus dem Bad holen. Das würde er als Erstes tun, sobald er sicher sein konnte, dass der Teppich nicht Feuer fing. Aber als er sich endlich davon überzeugt hatte und zur Seite trat, war es nur natürlich, dass er sich umdrehte und sie zuerst umarmte. Sie zitterte, aber er wusste, dass ihr nichts passiert war. Sie nannte wieder und wieder seinen Namen. Und er sagte in einem fort: »O Gott, Maria, o mein Gott.«

Schließlich lösten sie sich aus der Umarmung, wenn auch nur ein paar Zentimeter weit, und blickten einander an. Sie hatte aufgehört zu zittern. Sie küssten sich, danach gleich noch einmal, da wandte sie plötzlich die Augen ab und riss sie weit auf. Er drehte sich um. In der Schlafzimmertür lehnte Otto. Die Reste des schwelenden Rocks lagen zwischen ihnen. Maria stellte sich hinter Leonard. Sie sagte rasch etwas auf deutsch, aber Leonard erfasste nicht, was. Otto schüttelte den Kopf, wie es schien, mehr um einen klaren Kopf zu bekommen, als um zu bestreiten, was sie gesagt hatte. Dann bat er um eine Zigarette, eine vertraute Wendung, die Leonard gerade eben verstand. Wie sehr sich auch sein Deutsch in letzter Zeit verbessert haben mochte, es würde ihm schwerfallen, der Unterhaltung dieser einstigen Eheleute zu folgen.

»Raus«, sagte Maria.

Und Leonard sagte auf englisch: »Hau ab, bevor wir die Polizei rufen.«

Otto trat über den Rock hinweg und kam auf den Tisch zu. Er trug eine alte britische Armeejacke. Wo sich der Ärmelstreifen eines Korporals befunden hatte, sah man ein V aus dunklerem Material. Er durchstöberte den Aschenbecher. Den größten Stummel fischte er heraus und zündete ihn mit Leonards Feuerzeug an. Da er immer noch Maria decken musste, konnte Leonard sich nicht vom Fleck rühren. Otto nahm einen Zug, während er um sie herumtrat und zur Wohnungstür ging. Sollte es wirklich möglich sein, dass er aus ihrem Abend hinaustrat? Aber er tat es nicht. Als er das Badezimmer erreichte, ging er hinein. Sobald sich die Tür schloss, rannte Maria ins Schlafzimmer. Leonard füllte einen Topf mit Wasser und begoss damit den Rock. Als er völlig durchnässt war, hob er ihn auf und warf ihn in den Papierkorb. Aus dem Badezimmer drang das Geräusch entsetzlichen Hustens und Spuckens, eines schleimigen Auswurfs, begleitet von obszönem Gebrüll. Maria kam vollständig angekleidet zurück. Sie wollte gerade etwas sagen, als sie einen lauten Krach vernahmen.

Sie sagte: »Er hat dein Regal heruntergerissen. Er muss dagegengestoßen sein.«

»Das hat er absichtlich getan«, sagte Leonard. »Er weiß, dass ich es gebaut habe.« Maria schüttelte den Kopf. Er konnte nicht verstehen, weshalb sie Otto in Schutz nahm.

Sie sagte: »Er ist betrunken.«

Die Tür ging auf, und Otto stand wieder vor ihnen. Maria zog sich zu ihrem Stuhl neben dem Schuhhaufen zurück, setzte sich aber nicht. Otto hatte sein Gesicht mit Wasser bespritzt und sich nur halb abgetrocknet. Patschnasse Haarsträhnen hingen ihm in die Stirn, und an der Nasenspitze hatte sich ein Tropfen gebildet. Er wischte ihn mit dem Handrücken ab. Vielleicht war es Schleim. Er blickte zum Aschenbecher hin, aber Leonard verstellte ihm den Weg. Leonard hatte die Arme verschränkt und die Beine gespreizt. Die Zerstörung seines Regals ärgerte ihn und veranlasste ihn zu Überlegungen. Otto war fünfzehn Zentimeter kleiner als er und womöglich fünfunddreißig Pfund leichter. Er war entweder betrunken oder verkatert und in schlechter körperlicher Verfassung. Er war schmal und schmächtig. Demgegenüber musste Leonard seine Brille aufbehalten und war es nicht gewohnt, sich zu prügeln. Dafür war er aufgebracht, erbost. Das hatte er Otto voraus.

»Raus jetzt«, sagte Leonard auf englisch, »oder ich werfe Sie hinaus.«

Maria hinter ihm sagte: »Er spricht kein Englisch.« Dann übersetzte sie, was Leonard gesagt hatte. Ottos käsiges Gesicht registrierte die Drohung nicht. Aus seiner aufgerissenen Lippe sickerte Blut. Er schmeckte es mit der Zunge. Gleichzeitig langte er erst in die eine, dann in die andere Jackentasche und holte einen zusammengefalteten braunen Umschlag hervor, den er emporhielt.

Er sprach um Leonard herum zu Maria. Für einen so schmächtigen Körper hatte er eine ziemlich tiefe Stimme. »Ich hab's. Ich hab' das Soundso vom Amt für Soundso-Soundso«, war alles, was Leonard verstehen konnte.

Maria erwiderte nichts. Ihr Schweigen lastete so schwer, dass Leonard sich zu ihr umdrehen wollte. Aber er mochte den Deutschen nicht an sich vorbeilassen. Otto hatte bereits einen Schritt nach vorn getan. Er grinste. Infolge einer Muskelasymmetrie bog sich seine dünne Nase zur Seite.

Schließlich sagte Maria: »Es ist mir egal, was es ist.«

Ottos Grinsen wurde breiter. Er öffnete den Umschlag und faltete einen einzelnen Bogen auseinander, der bereits durch viele Hände gegangen sein musste. »Sie haben unsern Brief von 1951. Sie haben ihn gefunden. Und unser Soundso, von uns beiden unterzeichnet. Von dir und von mir.«

»Das liegt doch alles weit zurück«, sagte Maria. »Denk nicht mehr dran.« Aber ihre Stimme zitterte.

Otto lachte. Von dem Blut, das er geleckt hatte, war seine Zunge orangefarben.

Ohne sich umzudrehen, fragte Leonard: »Maria, was geht hier vor?«

»Er glaubt, ein Anrecht auf diese Wohnung zu haben. Wir hatten sie beantragt, als wir noch verheiratet waren. Mit dem Trick kommt er mir jetzt schon seit zwei Jahren.«

Plötzlich wollte Leonard dies wie eine Lösung vorkommen. Otto konnte diese Wohnung übernehmen, und sie würde zu ihm in die Platanenallee ziehen, wo Otto sie niemals aufstöbern würde. Sie würden bald heiraten, sie brauchten nicht zwei Wohnungen. Sie würden Otto nie wiedersehen. Ideal!

Aber als ob sie seine Gedanken lesen konnte oder wollte, dass er sie sich aus dem Kopf schlug, zischte Maria: »Er hat seine eigene Wohnung, sein eigenes Zimmer. Das tut er doch nur, um mir Unannehmlichkeiten zu bereiten. Er glaubt immer noch, mich zu besitzen, allein darum geht es ihm.«

Otto hörte geduldig zu. Sein Blick ruhte auf dem Aschenbecher, er wartete eine Gelegenheit ab.

»Das ist meine Wohnung«, sagte Maria zu Otto. »Sie gehört mir! Damit basta! Und jetzt hau endlich ab!«

Innerhalb von drei Stunden könnten sie gepackt haben, dachte Leonard. Marias Habseligkeiten würden in zwei Taxis passen. Vor dem Morgengrauen könnten sie in seiner Wohnung, in Sicherheit sein. Und wenn sie noch so müde wären, sie könnten triumphierend weiterfeiern.

Otto schnipste mit dem Fingernagel auf den Brief. »Lies mal. Sieh doch selbst.« Wieder trat er einen halben Schritt vor. Leonard pflanzte sich vor ihm auf. Aber vielleicht sollte Maria ihn doch lieber lesen?

Maria sagte: »Du hast ihnen nicht gesagt, dass wir geschieden sind. Deshalb nehmen sie an, du hättest einen Anspruch.«

Otto frohlockte: »Doch, die wissen Bescheid. Allerdings. Wir müssen zusammen vor einem Soundso-Soundso erscheinen, damit sie nachprüfen können, wer den größeren Wohnbedarf hat.« Er blickte erst Leonard an, dann wieder Maria hinter ihm. »Der Engländer hat eine Wohnung, und du hast einen Ring. Das Soundso-Soundso wird wissen wollen, was es damit auf sich hat.«

»Er wird hier einziehen«, sagte Maria. »Und damit ist die Sache gelaufen.«

Diesmal hielt Otto Leonards Blick aus. Der Deutsche wurde langsam stärker, er war nicht mehr der heruntergekommene Trunkenbold, sondern gab den Ton an. Er glaubte zu gewinnen. Er sprach durch ein Lächeln hindurch. »Nee, nee. Die Platanenallee 26 wäre besser für euch.«

Es war genauso, wie Blake gesagt hatte. Berlin war eine Kleinstadt, ein Kuhdorf.

Maria schrie etwas. Es musste sich um eine Schmähung handeln. Und die saß. Ottos Lächeln gefror. Er schrie zurück. Leonard befand sich mitten im Kreuzfeuer eines Ehestreits, eines alten Krieges. Aus den Salven konnte er nur die Verben heraushören, die sich wie leere Patronenhülsen am Ende der Maschinengewehrsätze häuften, sowie die Rückstände einiger Schimpfwörter, die er gelernt hatte und die jetzt zu neuen, hitzigeren Ausdrücken abgewandelt wurden. Sie schrien sich gleichzeitig an. Maria war grimmig, eine fauchende Wildkatze, ein Tiger. Er hätte nie gedacht, dass sie so leidenschaftlich sein könnte, und schämte sich flüchtig, weil er nie derartige Gefühle in ihr geweckt hatte. Otto strebte vorwärts. Leonard streckte ihm die Hand entgegen, um ihn abzuwehren. Der Deutsche bemerkte den Körperkontakt kaum, aber Leonard war die Berührung zuwider. Ottos Brust fühlte sich fest und schwer an, wie ein Sandsack. Der Atemhauch seiner Worte streifte Leonards Arm. Ottos Brief hatte Maria in Bedrängnis gebracht, aber was sie jetzt sagte, traf ins Schwarze. »Du hast noch nie, das hast du noch nie gekonnt, du kannst ja nicht einmal…« Sie zielte auf seine Schwächen ab, Alkohol vielleicht, Sex oder Geld, und er bebte und schrie. Seine Lippe blutete stärker. Sein Speichel benetzte Leonards Gesicht. Er drängte wieder nach vorn. Leonard fasste seinen Oberarm. Auch der war so kräftig, dass er ihn nicht zurückbiegen konnte.

Dann aber sagte Maria etwas für ihn Unerträgliches; Otto befreite sich aus Leonards Umklammerung und stürzte auf sie los, direkt auf ihre Kehle zu, drückte ihr das Wort ab und jeden möglichen anderen Ton. Die freie Hand hatte er erhoben und zur Faust geballt. Leonard konnte sie mit beiden Händen gerade noch abfangen, bevor sie ihre Fallkurve auf Marias Gesicht zu antrat. Otto presste ihre Luftröhre so fest, dass ihre Zunge rötlich-schwarz heraushing, ihre Augen hervortraten und nicht einmal mehr flehend blickten. Der Schlag riss Leonard nach vorn, aber es gelang ihm, an Ottos Arm zu zerren, ihn hochzureißen und hinter den Rücken zu drehen, um ihn auszukugeln. Otto war gezwungen, sich nach rechts zu wenden, und als Leonard den beidhändigen Griff um sein Handgelenk verstärkte und den Arm das Rückgrat hinauf weiter nach oben drehte, ließ Otto von Maria ab und wirbelte herum, um seinen Arm zu befreien und den Angreifer abzuschütteln. Leonard ließ los und trat einen Schritt zurück.

Seine schlimmsten Befürchtungen hatten sich erfüllt. Genau das hatte er auf sich zukommen sehen. Er lief Gefahr, ernstlich verletzt, verkrüppelt zu werden. Hätte die Wohnungstür offen gestanden, hätte er womöglich das Weite gesucht. Otto war klein, dafür aber unglaublich stark und tückisch. Was Maria gegolten hatte, sein ganzer Hass und Zorn, richtete sich jetzt gegen den Engländer. Leonard schob die Brille hoch. Er wagte sie nicht abzusetzen. Er musste sehen können, was ihm bevorstand. Er hob die Fäuste, wie er es bei Boxern gesehen hatte. Otto hatte die Hände sinken lassen, wie ein Cowboy, der bereit war zu ziehen. Seine glasigen Augen waren rot unterlaufen. Was er tat, war ganz einfach. Er holte mit dem rechten Fuß aus und trat den Engländer vors Schienbein. Leonard vernachlässigte seine Deckung. Otto versetzte ihm einen Schlag, der genau auf den Adamsapfel abzielte. Leonard konnte gerade noch ausweichen, und der Schlag erwischte ihn am Schlüsselbein. Es schmerzte, schmerzte über alle Maßen. Was, wenn es gebrochen war? Als Nächstes würde seine Wirbelsäule drankommen. Er hob die Hände, die Handteller nach außen gekehrt. Er wollte etwas sagen, wollte, dass Maria etwas sagte. Über Ottos Schulter hinweg konnte er sie sehen. Sie stand bei dem Schuhhaufen. Sie könnten in der Platanenallee wohnen. Wenn sie es gründlich durchdachte, würde sie sich bestimmt damit einverstanden erklären. Otto schlug erneut mit aller Gewalt zu, diesmal aufs Ohr. Es gab ein schepperndes Geräusch, als läuteten in allen vier Ecken des Zimmers elektrische Klingeln. So etwas Hundsgemeines, es war einfach nicht … fair. Das war Leonards letzter Gedanke, bevor sie in den Clinch gingen. Sie hatten die Arme umeinander geschlungen. Sollte er den straffen, festen, widerwärtigen kleinen Körper an sich ziehen oder von sich stoßen, wo er erneut zuschlagen konnte? Er spürte, dass seine Körpergröße ein Nachteil war. Otto drängte sich an ihn heran, und plötzlich wurde ihm klar, weshalb. Zwischen seinen Beinen tasteten Hände, fanden und umschlossen seine Hoden. Derselbe Griff wie um Marias Kehle. Vor seinen Augen flammte verbranntes Ockergelb auf, ein Schrei erscholl. Das Wort »Schmerz« erfasste die Sache nicht. Sein ganzes Bewusstsein wand und krümmte sich. Er würde alles tun, alles daran geben, um sich aus ihm zu befreien oder zugrunde zu gehen. Er krümmte sich zusammen, bis sein Kopf auf gleicher Höhe war wie Ottos, seine Wange streifte Ottos, er drehte sich leicht, öffnete den Mund und senkte die Zähne tief in Ottos Gesicht. Das war kein Kampfmanöver. Es waren seine unerträglichen Schmerzen, die ihm die Kiefer zusammenpressten, bis seine Zähne aufeinanderstießen und sein Mund sich gefüllt hatte. Es ertönte ein Gebrüll, das nicht von ihm herrühren konnte. Der Schmerz hatte nachgelassen. Otto versuchte sich freizukämpfen. Er ließ ihn los und spie etwas aus, das die Konsistenz einer halbverzehrten Orange besaß. Er konnte nichts schmecken. Otto jaulte. Durch seine Backe war ein gelber Mahlzahn zu erkennen. Und Blut. Wer hätte gedacht, dass ein Gesicht so viel Blut enthielt? Otto ging wieder auf ihn los. Leonard wusste, diesmal gab es kein Entrinnen mehr. Mit blutverschmiertem Gesicht kam Otto auf ihn zu, aber da war noch etwas. Von hinten, am oberen Rand seines Gesichtsfelds, näherte sich etwas Schwarzes. Um sich auch davor zu schützen, streckte Leonard die Rechte in die Höhe, und wie in Zeitlupe schlossen sich seine Finger um etwas Kaltes. Er konnte es nicht in seinem Kurs beirren, sondern nur noch ergreifen und daran teilhaben, es herabsausen lassen. Und so senkte es sich denn herab, ganz Kraft und Eisen, das Zeichen strampelnder Füße, senkte sich herab wie die Gerechtigkeit selbst; geführt von seiner und Marias Hand, das volle Gewicht eines Urteils, krachte der eiserne Fuß herab auf Ottos Schädel, durchbohrte, mit der Zehe voran, die Schädeldecke und senkte sich tiefer hinein und warf ihn zu Boden. Otto stürzte, das Gesicht nach unten, ohne einen Laut hin und streckte alle viere von sich.

Aus seinem Kopf ragte noch immer der Schusterleisten, und die Stadt lag totenstill.

JOHANN PETER HEBEL

Das Mittagessen im Hof

Man klagt häufig darüber, wie schwer und unmöglich es sei, mit manchen Menschen auszukommen. Das mag denn freilich auch wahr sein. Indessen sind viele von solchen Menschen nicht schlimm, sondern nur wunderlich, und wenn man sie nur immer recht kennte, inwendig und auswendig, und recht mit ihnen umzugehen wüsste, nie zu eigensinnig und nie zu nachgebend, so wäre mancher wohl und leicht zur Besinnung zu bringen. Das ist doch einem Bedienten mit seinem Herrn gelungen. Dem konnte er manchmal gar nichts recht machen, und musste vieles entgelten, woran er unschuldig war, wie es oft geht. So kam einmal der Herr sehr verdrüßlich nach Hause, und setzte sich zum Mittagessen. Da war die Suppe zu heiß oder zu kalt, oder keines von beiden; aber genug, der Herr war verdrüßlich. Er fasste daher die Schüssel mit dem, was darinnen war, und warf sie durch das offene Fenster in den Hof hinab. Was tat der Diener? Kurz besonnen warf er das Fleisch, welches er eben auf den Tisch stellen wollte, mir nichts, dir nichts, der Suppe nach, auch in den Hof hinab, dann das Brot, dann den Wein, und endlich das Tischtuch mit allem, was noch darauf war, auch in den Hof hinab. »Verwegener, was soll das sein?«, fragte der Herr, und fuhr mit drohendem Zorn von dem Sessel auf. Aber der Bediente erwiderte kalt und ruhig: »Verzeihen Sie mir, wenn ich Ihre Meinung nicht erraten habe. Ich glaubte nicht anders, als Sie wollten heute in dem Hof speisen. Die Luft ist so heiter, der Himmel so blau, und sehen Sie nur, wie lieblich der Apfelbaum blüht, und wie fröhlich die Bienen ihren Mittag halten.« – Diesmal die Suppe hinabgeworfen, und nimmer! Der Herr erkannte seinen Fehler, heiterte sich im Anblick des schönen Frühlingshimmels auf, lächelte heimlich über den schnellen Einfall seines Aufwärters und dankte ihm im Herzen für die gute Lehre.

EVA STRITTMATTER

Atem

Wieder noch einmal ist Juni geworden.
Wieder noch einmal solch eine Nacht.
Halbhelle Nacht im halbhohen Norden.
Wieder noch einmal zur Liebe erwacht.

Wieder noch einmal das sichere Wissen:
Es gibt keine höhere Weisheit als Glück.
In einem Atem zur Lust hingerissen.
Das Leben bäumt auf. Der Tod fällt zurück.

Gesegneter Juni mit seinen Jasminen,
Holundern, Rosen und all ihrem Duft.
Wie winterlich alt wir uns eben noch schienen.
Und nun diese Juninacht! Lenzjunge Luft.

RAFIK SCHAMI

Liebesübungen

Ich war vierzehn, als ich mich in Samira verliebte. Bei unserer zweiten Begegnung fragte sie mich, ob wir uns nicht irgendwo allein treffen könnten. Ich eilte mit der Frage zu meiner Freundin, der alten Hebamme Nadime. Denn ich wollte gerne mit Samira allein sein und wusste nicht wo.

»Hier bei mir«, war Nadimes knappe Antwort.

»Bei dir?«, fragte ich entsetzt.

»Ja, wo denn sonst, in der katholischen Kirche vielleicht?«

»Und du?«

»Ich verdrücke mich für ein Stündchen zu deiner Mutter und lasse mich mit Kaffee und Klatsch so lange verwöhnen, bis du mir den Schlüssel bringst.« Sie lachte laut.

Bis heute weiß ich nicht, wie mir die nächste Frage über die Lippen gestolpert kam: »Und was machen wir dann hier?«

Nadime verstand mich nicht recht. »Wen meinst du mit wir?«

»Samira und mich«, sagte ich und zitterte bei der Vorstellung, ich könnte mich vor dem Mädchen blamieren.

»Ach so!« Die Hebamme wunderte sich über meine Verlegenheit. »Komm doch zu mir heute Nachmittag um drei. Ich muss erst noch zu einer Entbindung und dann einen Besuch bei einer kranken Frau machen. Sie bekommt Schröpfgläser, um ihre Grippe zu vertreiben. Mittags muss ich mich ein Stündchen hinlegen. Und wenn du mich danach besuchst, sage ich dir, was du mit Samira hier machst.«

Gegen drei war ich da, doch Nadime war gerade erst aufgestanden.

»Eine schwere Geburt war das. Ein bildhübsches Baby, von zwei Monstren gezeugt. Aber wer weiß, Kinder verändern sich beim Wachsen sehr«, sagte sie und stand auf, um mit mir in ihren kleinen Innenhof zu gehen, der über und über mit Blumen und Zitronenbäumen bewachsen war. Sie setzte sich auf ein rotes Sofa neben dem kleinen Springbrunnen und sagte, mehr zu sich als zu mir: »Mal sehen, wie du Samira empfangen willst.«

Eine Tortur folgte. Wirklich! *Liebesübungen* nannte Nadime die folgenden Stunden.

Wir lernen in der Schule alles. Jeden unnützen Unsinn, aber nicht das Allerwichtigste: den ersten Schritt in der Liebe. Wir tappen wie unsere Ururgroßeltern im Dunkeln und hoffen, dass es irgendwie klappen wird. Welch ein Glück hatte ich jedoch mit Nadime. Sie führte mich Schritt für Schritt auf dem Pfad der Liebe entlang.

»Nehmen wir an, ich bin Samira«, sagte sie. »Ich klopfe an die Tür und du rufst herein und ich komme durch diesen Korridor zum Innenhof. Was machst du?«

Ich saß auf dem Sofa. »Ah, Samira? Bist du da?«, sagte ich allen Ernstes.

»Was soll das?«, sagte Nadime. »Natürlich ist sie da. Noch einmal. Lass dir was einfallen!«

Nadime verschwand im Korridor, und ich hörte sie bald tock, tock, tock rufen.

»Herein«, gab ich zurück und konnte mein Lachen nur mühsam unterdrücken. Nadime stürmte herein, dabei wäre sie beinahe in die Rosenhecke gestürzt, weil sie mit Schwung in den Hof gelaufen kam. Ich sprang ihr entgegen, stolperte über einen Hocker und fiel lachend zu Boden.

»Das ist ja wunderbar, bald setzen wir unseren Unterricht über die Liebe im Krankenhaus fort.« Nadime lachte schallend, dann half sie mir aulzustehen und streichelte mir die Wange. »Noch einmal!«, bat sie höflich. Ich kehrte auf das Sofa zurück, sie in den Korridor. »Tock, tock, tock!«

»Herein«, gab ich zurück, stand auf und lief ihr entgegen. Noch bevor sie in den Hof trat, flüsterte ich: »Samira, schön, dass du da bist« und nahm sie zärtlich an die Hand, um sie zum Sofa zu führen. Nadime folgte willig.

»Sehr schön, begabter Junge«, sagte sie. »Nicht mehr und nicht weniger. Das kommt schon wunderbar an.«

»Und jetzt?«, fragte ich hilflos.

»Alles, nur nicht schweigen. Du musst Samira etwas sagen, mit sanfter Stimme und schönen Worten.«

»Ja, genau«, sagte ich. Mir war es etwas peinlich, Nadime anzuschauen und sie als Samira anzusprechen.

»Du siehst blendend aus, Samira. Was hast du zuletzt für einen Film gesehen? War die Fahrt mit dem Bus oder dem Taxi anstrengend?«

»Wie? Willst du sie auch noch nach dem Wetter und dem Dollarkurs fragen? Nein, nein, mein Freund, so geht das nicht! Du musst ihr ganz knapp sagen, was du für sie fühlst und wie sehr du dich freust, dass sie gekommen ist, und dann kannst du ihr was zum Trinken anbieten. Filme und andere Ablenkungen vergisst du bei solchen Gelegenheiten. Sie zerstören die Begegnung.«

»Was? Ich soll ihr in deinem Haus etwas zum Trinken anbieten? Das geht doch nicht. Fehlte nur noch, dass wir hier essen«, protestierte ich.

»Selbstverständlich darfst du mit Samira hier essen und trinken, mein Kleiner. Was sonst willst du ihr anbieten? Einen Rosenkranz, damit sie Hunger und Durst wegbetet? Nein, wenn du mich lieb hast, musst du Samira verwöhnen, damit sie noch einmal kommt. Der Kühlschrank ist voll, kümmere dich nicht wie ein Geizkragen um das Geld, sondern um Samira. Und nun bewirte mich, bitte schön, oder ich spiele Samira nicht mehr.«

Ich holte aus dem Kühlschrank Limonade für sie und Wasser für mich. Sie trank, stellte das Glas zurück und fragte, fast in sich versunken: »Und nun, was würdest du nun machen?«

Ich wusste keine Antwort.

»Deine Hand muss zu einem leichten, schüchternen Vogel werden, der sie immer wieder anschwärmt und leicht liebkost, ohne sie zu belästigen.«

»Ja, genau«, sagte ich.

»Was heißt, ja genau«, empörte sie sich. »Zeig mir gefälligst, wie du das machen willst.«

Ich nahm sie in den Arm und drückte sie fest an mich. »He, he, Junge, halt, ich kriege keine Luft mehr«, hörte ich sie röcheln. »Liebe leidenschaftlich, ja – aber nicht erwürgen, bitte«, fügte sie hinzu und zeigte mir, wie man einander zärtlich umarmt.

Es waren harte Stunden der Übung, und ich war am Ende erschöpft. Nadime schien Vergnügen daran zu haben und war sehr geduldig mit mir. Wir wiederholten diese Lektion bei jedem Besuch in den nächsten Tagen, bis ich wirklich verstanden hatte, was Liebe und Zärtlichkeit ist.

F. SCOTT FITZGERALD

Liebe in der Nacht

I

Die Worte erregten Val. Sie waren ihm irgendwann während des frischen, goldenen Aprilnachmittags in den Sinn gekommen, und in Gedanken wiederholte er sie immer wieder: »Liebe in der Nacht; Liebe in der Nacht.« Er probierte sie in drei Sprachen aus – Russisch, Englisch und Französisch – und entschied sich für Englisch. In jeder Sprache bedeuteten die Worte eine andere Art von Liebe und eine andere Art von Nacht, und die englische Nacht kam ihm am wärmsten und weichsten vor, mit dem dünnsten und kristallensten Sternenschimmer. Die englische Liebe kam ihm am zerbrechlichsten und romantischsten vor – ein weißes Kleid und darüber ein verwischtes Gesicht mit Augen wie Brunnen aus Licht. Und wenn ich hinzufüge, dass die Nacht, die ihm solche Gedanken eingab, schließlich und endlich eine französische Nacht war, wird mir klar, dass ich weiter ausholen und mit dem Anfang beginnen muss.

Val war halb Russe und halb Amerikaner. Seine Mutter war die Tochter jenes Morris Hasylton, der 1892 die Weltausstellung in Chicago mitfinanziert hatte, und sein Vater war – sehen Sie ruhig im Gotha von 1910 nach – Fürst Paul Sergej Boris Rostow, Sohn des Fürsten Vladimir Rostow,

Enkel eines Großherzogs – genannt Sergej mit dem kantigen Kinn – und Cousin des Zaren um drei Ecken. Man sieht, auf dieser Seite war alles ziemlich eindrucksvoll, Stadtpalais in Sankt Petersburg, Jagdhütte in der Nähe von Riga und eine dicke, fette Villa, fast schon ein Palast, mit Blick auf das Mittelmeer. In dieser Villa in Cannes verbrachten die Rostows den Winter, und Fürstin Rostow hätte es nicht besonders amüsant gefunden, daran erinnert zu werden, dass diese Villa an der Riviera, vom Marmorspringbrunnen – nach Bernini – bis zu den vergoldeten Likörgläsern – nach dem Abendessen –, mit amerikanischem Geld gekauft worden war.

Die Russen waren in der ausgelassenen Zeit vor dem Krieg besonders fröhlich. Von den drei Völkern, denen Südfrankreich als Lustgarten diente, waren sie dasjenige, dessen hochherrschaftliches Auftreten am natürlichsten wirkte. Die Engländer waren zu pragmatisch, die Amerikaner waren zwar freigebig, besaßen aber keine romantische Tradition. Die Russen hingegen – ein Volk, das sich so ritterlich benahm wie die Südländer und außerdem noch reich war! Wenn die Rostows gegen Ende Januar in Cannes eintrafen, bestellten die Restaurants telegraphisch in nördlicheren Regionen die Lieblingsetiketten des Fürsten, um sie auf ihre Champagnerflaschen zu kleben, und die Juweliere legten unvorstellbar prachtvolle Schmuckstücke beiseite, um sie ihm zu zeigen (aber nicht der Fürstin), und die russisch-orthodoxe Kirche wurde für die Feiertage gekehrt und geschmückt, damit der Fürst orthodoxe Vergebung für seine Sünden erbitten konnte. Sogar das Mittelmeer war so entgegenkommend, an den Frühlingsabenden die Farbe dunklen Weins anzunehmen, und Fischerboote mit rotkehlchenfarbenen Segeln schaukelten entzückend vor dem Ufer.

Undeutlich war Val bewusst, dass all das für ihn und seine Familie geschah. Die kleine weiße Stadt am Wasser, in der er die Freiheit hatte zu tun, was ihm gefiel, weil er reich und jung war und das Blut Peters des Großen indigoblau in seinen Adern rann, war das Paradies der Privilegierten. Im Jahr 1914, in dem diese Geschichte beginnt, war er erst siebzehn Jahre alt, doch er hatte bereits ein Duell mit einem vier Jahre älteren jungen Mann ausgetragen und besaß als Beweis eine kleine haarlose Narbe oben auf seinem schönen Kopf.

Doch Liebe in der Nacht war das, was ihm am Herzen lag. Es war ein schemenhafter schöner Traum, etwas, was ihm eines Tages widerfahren würde, einzigartig und unvergleichlich. Er hätte nicht mehr darüber sagen können, als dass ein bezauberndes, unbekanntes Mädchen darin vorkam und dass sich alles unter dem Mond der Riviera abzuspielen hatte.

Das Merkwürdige an dem Ganzen war nicht, dass er in der erregten und zugleich beinahe spirituellen Hoffnung auf eine Romanze lebte, denn solche Hoffnungen unterhalten alle Knaben, die nur eine Spur Phantasie besitzen, sondern dass sie ihm tatsächlich widerfuhr. Und als es geschah, war es so unerwartet, so ein Gewirr aus Eindrücken und Gefühlen und eigenartigen Wendungen, die ihm auf die Lippen gerieten, aus Anblicken und Tönen und Augenblicken, die sich ereigneten und im nächsten Moment vorbei waren, vergangen waren, dass er kaum begriff, wie ihm geschah. Vielleicht war es gerade das Unfassbare, das die Begebenheit in sein Herz einprägte, so dass er sie nie vergessen konnte. In jenem Frühling sprach alles um ihn herum von Liebe; da waren die zahlreichen und indiskreten Liebschaften seines Vaters, die Val partiell zu Ohren kamen, wenn er zufällig das Gerede der Dienstboten hörte, und definitiv, als er eines Nachmittags seine amerikanische Mutter dabei überraschte, dass sie dem Porträt seines Vaters an der Wand des Salons eine hysterische Szene machte. Auf dem Porträt trug sein Vater eine weiße Uniform mit einem pelzbesetzten Dolman und erwiderte den Blick seiner Frau unbeeindruckt, als wollte er sagen: »Meine Liebe, hattest du dir etwa eingebildet, in eine Familie von Betbrüdern eingeheiratet zu haben?«

Val entfernte sich auf Zehenspitzen, überrascht, verwirrt – und erregt. Es hatte ihn nicht schockiert, wie es einen amerikanischen Jungen seines Alters schockiert hätte. Seit Jahren wusste er, wie das Leben der Reichen in Europa beschaffen war, und seinem Vater warf er nur vor, dass er seine Mutter zum Weinen gebracht hatte.

Um ihn herum war alles Liebe, vorwurfslose Liebe genauso wie verbotene Liebe. Als er um neun Uhr die Seepromenade entlangspazierte und die Sterne so hell strahlten, dass sie mit den hellen Lampen wetteiferten, spürte er die Liebe ringsum. Von den Caféterrassen mit den fröhlichen Kleidern frisch aus Paris drang der würzige Geruch von Blumen, Chartreuse, frischem schwarzem Kaffee und Zigaretten, und damit vermischt nahm er einen anderen Duft wahr, den rätselhaften Duft der Liebe. Hände berührten juwelenblitzende Hände auf weißen Tischen. Fröhliche

Kleider und weiße Hemdbrüste wogten, und Streichhölzer wurden ein wenig zittrig an langsam Feuer fangende Zigaretten gehalten. Jenseits des Boulevards schlenderten unter den schattigen Bäumen weniger vornehme Liebende, junge Franzosen, die in den Läden von Cannes arbeiteten, mit ihren Bräuten, doch in diese Richtung blickten Vals junge Augen seltener. Der Luxus der Musik, der bunten Farben und leisen Stimmen, all das gehörte zu seinem Traum. All das war der unerlässliche Dekor der Liebe in der Nacht.

Doch Val begann sich allmählich unglücklich zu fühlen, auch wenn er sich größte Mühe gab, das großspurige Gehabe zur Schau zu stellen, das von einem jungen russischen Adeligen erwartet wurde, der allein unterwegs war. Die Aprildämmerung hatte die Märzdämmerung abgelöst, die Saison war fast vorbei, und er hatte bisher keine Verwendung für die warmen Frühlingsabende gefunden. Die Sechzehn- und Siebzehnjährigen aus seinem Bekanntenkreis wurden von der Dämmerung bis zum Schlafengehen streng beaufsichtigt – vergessen wir nicht, es war die Zeit vor dem Krieg –, und die anderen Mädchen, die ihn gerne begleitet hätten, sprachen seiner romantischen Sehnsucht Hohn. So verging der April – eine Woche, zwei Wochen, drei Wochen …

Er hatte bis um sieben Uhr Tennis gespielt und eine weitere Stunde auf dem Tennisplatz vertrödelt, und es war halb neun geworden, als ein müder Droschkengaul den Hügel meisterte, auf dem die Fassade der Rostow-Villa leuchtete. In der Auffahrt funkelten die gelben Scheinwerfer der Limousine seiner Mutter; die Fürstin trat aus der hell erleuchteten Haustür und knöpfte ihre Handschuhe zu. Val warf dem Droschkenkutscher zwei Franc zu und ging zu seiner Mutter, um sie auf die Wange zu küssen.

»Berühr mich nicht«, sagte sie abwehrend. »Du hast Geld angefasst.«

»Aber nicht mit dem Mund, Mutter«, wandte er scherzhaft ein. Die Fürstin sah ihn ungehalten an.

»Ich bin verärgert«, sagte sie. »Warum musst du dich ausgerechnet heute so verspäten? Wir sind zum Abendessen auf eine Yacht eingeladen, und die Einladung galt auch für dich.«

»Was für eine Yacht?«

»Amerikaner.« Ihre Stimme klang immer leicht ironisch, wenn sie ihr Herkunftsland erwähnte. Ihr Amerika war das Chicago der neunziger Jahre, und in ihrer Vorstellung war es noch immer eine riesige Wohnung über einem Metzgerladen. Selbst die Verfehlungen Fürst Pauls waren kein zu hoher Preis für ihr Entkommen.

»Zwei Yachten«, fuhr sie fort, »und wir wissen nicht, welche die richtige ist. Die Einladung war sehr ungenau. Ausgesprochen schlechte Manieren.«

Amerikaner. Vals Mutter hatte ihrem Sohn beigebracht, Amerikaner mit Geringschätzung zu betrachten, aber es war ihr nicht gelungen, ihn davon zu überzeugen. Amerikanische Männer behandelten einen nicht wie Luft, auch wenn man erst siebzehn war. Val mochte Amerikaner. Er fühlte sich zwar durchaus als Russe, aber nicht lupenrein; das genaue Mengenverhältnis betrug wie das einer berühmten Seife neunundneunzig drei viertel Prozent.

»Ich komme mit«, sagte er. »Ich beeile mich, Mutter. Ich –«

»Wir sind jetzt schon zu spät dran.« Die Fürstin drehte sich um, als ihr Ehemann in der Tür erschien. »Jetzt sagt Val, dass er mitkommen will.«

»Das kommt nicht in Frage«, sagte Fürst Paul schroff. »Er hat sich scheußlich betragen.«

Val nickte. Russische Aristokraten erzogen ihre Kinder ausnahmslos mit bewundernswerter Strenge, auch wenn sie selbst gern über die Stränge schlugen. Widerspruch wurde nicht geduldet.

»Es tut mir leid«, sagte Val. Fürst Paul begnügte sich mit einem Schnauben. Der Lakai in rot-silberner Livree öffnete die Wagentür. Doch das Schnauben entschied die Sache, denn Fürstin Rostow hegte zufällig einen nicht grundlosen Groll gegen ihren Mann, und das verschaffte ihr die Oberhand.

»Wenn ich es recht überlege, kommst du doch besser mit, Val«, verkündete sie ungerührt. »Nicht zum Essen, dafür ist es zu spät, aber danach. Die Yacht ist entweder die *Minnehaha* oder die *Privateer.*« Sie stieg in die Limousine. »Die, auf die wir eingeladen sind, ist wahrscheinlich die, auf der mehr los ist, die Yacht der Jacksons –«

»Nur Grips«, brummte der Fürst rätselhaft, womit er ausdrücken wollte, dass Val die Yacht finden würde, wenn er nur die geringste Spur Grips besaß. »Zeig dich meinem Diener, bevor du gehst. Nimm eine von meinen Krawatten und nicht den scheußlichen Bindfaden, auf den du dich in Wien kapriziert hast. Werd erwachsen. Höchste Zeit.«

Die Limousine entfernte sich knirschend aus der gekiesten Einfahrt, und Val blieb mit vor Scham brennendem Gesicht zurück.

II

Im Hafen von Cannes war es dunkel, besser gesagt: Es wirkte dunkel nach der Helligkeit der Promenade, die Val gerade verlassen hatte. Im trüben Lichtschein dreier schwacher Hafenlaternen lagen zahllose Fischerboote wie leere Muschelschalen am Strand. Weiter draußen, wo eine Flotte schlanker Yachten bedächtig und würdevoll auf dem Meer schaukelte, waren Lichter zu sehen, und noch weiter draußen rundete der Vollmond das Wasser zu einem blankgewienerten Tanzparkett. Hin und wieder ertönte ein Klatschen, Knarren und Glucksen, wenn ein Ruderboot sich im seichten Wasser bewegte und sein schattenhafter Umriss sich durch das Labyrinth enggedrängter Fischerkähne und Barkassen schlängelte. Val stieg das samtige Sandufer hinunter, stolperte über einen schlafenden Schiffer und atmete den ranzigen Geruch von Knoblauch und billigem Wein ein. Er schüttelte den Mann an den Schultern, bis dieser ihn erschrocken ansah.

»Wissen Sie, wo die *Minnehaha* und die *Privateer* ankern?«

Als sie in die Bucht hinausglitten, lehnte er sich im Bootsheck zurück und blickte mit leisem Missbehagen zu dem Mond über der Riviera hinauf. Es war der richtige Mond, keine Frage. Oft genug, in fünf von sieben Nächten war es der richtige Mond. Und da waren die warme Luft mit ihrem beinahe schmerzlichen Zauber und die Musik, viele Melodien, von vielen Kapellen gespielt, die vom Ufer herüberklang. Im Osten lag das dunkle Kap von Antibes und dahinter Nizza und dahinter Monte Carlo, wo Klang und Klirren von Geld die Nacht erfüllten. Eines Tages würde auch er all das erleben, alle Freuden und alles Glück – dann, wenn er zu alt und vernünftig wäre, um Wert darauf zu legen.

Doch diese Nacht, diese Nacht, dieser Silberstrom, der wie eine breite Strähne lockigen Haars zum Mond hinaufwehte, diese warmen, romantischen Lichter von Cannes hinter ihm und die unwiderstehliche und unbeschreibliche Liebe in dieser Luft – blieben für immer vergeudet.

»Welches?«, fragte der Schiffer unerwartet.

»Welches was?«, fragte Val, der sich aufrichtete.

»Welches Schiff?«

Er zeigte hin. Val drehte sich um; über ihnen erhob sich der graue, wie ein Schwert vorspringende Bug einer Yacht. Während der anhaltenden Sehnsucht seines Verlangens hatten sie eine halbe Meile zurückgelegt.

Er las die Messingbuchstaben über seinem Kopf. *Privateer* stand da, doch das Licht an Bord war gedämpft, und keine Musik war zu hören, kein Stimmengewirr, sondern nur das murmelnde Plätschern der Wellen, die das Schiff berührten.

»Das andere«, sagte Val. »Die *Minnehaha.*«

»Warten Sie.«

Val schrak zusammen. Die Stimme war leise und sanft aus der Dunkelheit über ihm gekommen.

»Warum so eilig?«, sagte die sanfte Stimme. »Ich dachte, es wäre vielleicht jemand zu Besuch gekommen, und jetzt bin ich schrecklich enttäuscht.«

Der Schiffer hob die Ruder aus dem Wasser und sah Val unsicher an. Val aber schwieg, und der Schiffer senkte die

Ruderblätter ins Wasser und führte das Boot in das Mondlicht hinaus.

»Augenblick!«, rief Val laut.

»Ade«, sagte die Stimme. »Kommen Sie wieder, wenn Sie bleiben können.«

»Aber ich bleibe jetzt«, sagte er aufgeregt.

Er gab die entsprechende Anweisung, und das Ruderboot wendete zum Fuß des kleinen Fallreeps zurück. Jemand, der jung war, jemand in einem wolkigen weißen Kleid, jemand mit einer bezaubernden leisen Stimme hatte ihn tatsächlich aus der samtenen Dunkelheit angerufen. »Wenn sie Augen hat!«, murmelte Val im Selbstgespräch. Der romantische Klang seiner Worte gefiel ihm, und er wiederholte flüsternd: »Wenn sie Augen hat.«

»Wer sind Sie?« Sie stand unmittelbar über ihm; sie blickte herunter, und er blickte hinauf, als er die Leiter hochkletterte, und als ihre Blicke sich begegneten, mussten beide lachen.

Sie war sehr jung, zierlich, fast zerbrechlich, in einem Kleid, dessen fahle Schlichtheit ihre Jugend betonte. Zwei flache dunkle Flecken auf ihren Wangen zeigten an, wo sich tagsüber die Farbe befand.

»Wer sind Sie?«, fragte sie wieder, trat einen Schritt zurück und lachte erneut, als sein Kopf über der Reling auftauchte. »Jetzt fürchte ich mich und will Auskunft.«

»Ich bin ein Gentleman«, sagte Val und verneigte sich.

»Was für ein Gentleman? Es gibt alle möglichen Arten. In Paris gab es einen – einen farbigen Gentleman am Nebentisch, und deshalb –« Sie verstummte. »Sie sind kein Amerikaner, oder?«

»Ich bin Russe«, sagte er in einem Ton, als wäre er ein Erzengel. Er dachte kurz nach und sagte: »Und ich bin der glücklichste aller Russen. Den ganzen Tag, das ganze Frühjahr habe ich davon geträumt, mich in einer solchen Nacht zu verlieben, und jetzt hat mir der Himmel Sie geschickt.«

»Einen Augenblick bitte!«, sagte sie und holte schnell Luft. »Jetzt weiß ich mit Sicherheit, dass Ihr Besuch hier ein Irrtum ist. Für so etwas bin ich nicht zu haben. Bitte!«

»Verzeihen Sie.« Er sah sie verwirrt an; ihm war nicht klar, dass er sich zu weit vorgewagt hatte. Dann nahm er Haltung an.

»Ich habe mich geirrt. Wenn Sie mich bitte entschuldigen wollen, verabschiede ich mich jetzt.«

Er wandte sich ab. Seine Hand lag auf der Reling.

»Gehen Sie nicht«, sagte sie und strich sich eine Haarsträhne von undefinierbarer Farbe aus den Augen. »Ich habe es mir überlegt; Sie können so viel Unsinn reden, wie Sie wollen, wenn Sie nur bleiben. Ich bin todunglücklich, und ich will nicht allein sein.«

Val zögerte; irgendetwas entzog sich seinem Verständnis. Er hatte angenommen, dass ein Mädchen, das nachts einen Fremden anspricht, sogar vom Deck einer Yacht aus, eine Romanze im Sinn haben müsse. Und er wollte unbedingt bleiben. Dann fiel ihm ein, dass dieses Schiff eine der zwei Yachten war, nach denen er gesucht hatte.

»Ich nehme an, dass das Essen auf dem anderen Schiff stattfindet«, sagte er.

»Das Essen? Ach ja, das ist auf der *Minnehaha.* Waren Sie auf dem Weg dorthin?«

»Das war ich – vor langer Zeit.«

»Wie heißen Sie?«

Er war im Begriff, es zu sagen, als ihn etwas veranlasste, stattdessen eine Frage zu stellen.

»Und Sie? Warum sind Sie nicht auf der Party?«

»Weil ich lieber hierbleiben wollte. Mrs. Jackson hat gesagt, dass Russen kommen würden – vermutlich Sie.« Sie sah ihn aufmerksam an. »Sie sind jung, oder?«

»Ich bin wesentlich älter, als ich aussehe«, sagte Val steif. »Das fällt allen auf. Jeder wundert sich darüber.«

»Wie alt sind Sie?«

»Einundzwanzig«, log er. Sie lachte.

»So ein Unsinn! Sie sind höchstens neunzehn.«

Er war so sichtlich verärgert, dass sie sich beeilte, ihn zu besänftigen. »Nur Mut! Ich bin selbst erst siebzehn. Ich hätte die Party besucht, wenn ich gewusst hätte, dass Gäste unter fünfzig dort sein würden.«

Den Themenwechsel nahm er freudig auf.

»Und Sie wollten lieber hier sitzen und im Mondlicht träumen.«

»Ich habe über Irrtümer nachgedacht.« Sie setzten sich in zwei benachbarte Liegestühle. »Ein ausgesprochen fesselndes Thema: Irrtümer. Frauen grübeln fast nie über Irrtümer – sie sind viel eher bereit zu vergessen als Männer. Aber wenn sie es tun –«

»Sie haben einen Irrtum begangen?«, fragte Val.

Sie nickte.

»Etwas, was man nicht rückgängig machen kann?«

»Ich fürchte, ja«, antwortete sie. »Ich weiß es nicht. Darüber dachte ich nach, als Sie herkamen.«

»Vielleicht kann ich irgendwie nützlich sein«, sagte Val.

»Vielleicht lässt sich Ihr Irrtum doch noch rückgängig machen.«

»Das können Sie nicht«, sagte sie traurig. »Denken wir nicht mehr daran. Ich bin meinen Irrtum schrecklich leid und fände es viel schöner, von Ihnen zu hören, was für fröhliche und heitere Dinge heute Abend in Cannes vor sich gehen.«

Sie blickten uferwärts zu der geheimnisvollen und verlockenden Lichterkette, zu den großen Spielzeugkisten, in denen Kerzen leuchteten und die in Wirklichkeit elegante Grandhotels waren, zu der beleuchteten Uhr in der Altstadt, zu dem verschwommenen Widerschein des Café de Paris und zu den ausgestanzten Punkten der Villenfenster, die sich auf den sacht ansteigenden Bergen zum Himmel reckten.

»Was tun die Leute dort?«, fragte sie flüsternd. »Es sieht aus, als wäre es etwas Herrliches, aber was es ist, kann ich nicht erkennen.«

»Sie sind alle verliebt«, sagte Val ruhig.

»Wirklich?« Mit einem eigenartigen Ausdruck in ihren Augen sah sie lange hin. »Dann will ich lieber nach Amerika zurückfahren«, sagte sie. »Hier ist mir zu viel Liebe. Am liebsten führe ich schon morgen.«

»Fürchten Sie sich denn davor, sich zu verlieben?«

Sie schüttelte den Kopf.

»Das ist es nicht. Es ist nur, dass – für mich gibt es hier keine Liebe.«

»Für mich auch nicht«, fügte Val ruhig hinzu. »Wie traurig, dass wir beide in einer so schönen Nacht an einem so schönen Ort sind und nichts davon haben.«

Er neigte sich eindringlich zu ihr, mit einem Blick voll inniger und keuscher Romantik – und sie wich zurück.

»Erzählen Sie mir von sich«, sagte sie schnell. »Wenn Sie Russe sind, wo haben Sie dann so gut Englisch gelernt?«

»Meine Mutter ist Amerikanerin«, räumte er ein. »Mein Großvater auch, so dass sie keine andere Wahl hatte.«

»Dann sind Sie auch Amerikaner!«

»Ich bin Russe«, sagte Val würdevoll.

Sie sah ihn aufmerksam an, lächelte und gab nach. »Nun gut«, sagte sie diplomatisch, »dann haben Sie sicher einen russischen Namen.«

Er wollte ihr seinen Namen jedoch nicht jetzt sagen. Ein Name, selbst der Name Rostow, wäre eine Entweihung dieser Nacht gewesen. Sie waren ihre leisen Stimmen, ihre zwei bleichen Gesichter, und das war genug. Ohne zu wissen, warum, aber mit einem Instinkt, der triumphierend in seinem Geist vibrierte, war er überzeugt, dass er binnen kurzem, in einer Minute oder Stunde, in die romantische Liebe eingeweiht werden würde. Sein Name war bedeutungslos neben dem, was sich in seinem Herzen regte.

»Sie sind wunderschön«, sagte er plötzlich.

»Wie wollen Sie das wissen?«

»Weil das Mondlicht das gefährlichste Licht für eine Frau ist.«

»Sehe ich im Mondlicht nett aus?«

»Sie sind das Bezauberndste, was mir je vor Augen gekommen ist.«

»Oh.« Sie dachte darüber nach. »Ich hätte Sie natürlich nie an Bord kommen lassen dürfen. Ich hätte wissen müssen, dass es zu diesem Thema kommen würde – in diesem

Mondlicht. Aber ich kann mich nicht damit abfinden, hier zu sitzen und zum Ufer zu sehen, Tag für Tag. Dafür bin ich zu jung. Finden Sie nicht auch, dass ich dafür zu jung bin?«

»Viel zu jung«, pflichtete er ihr in tiefem Ernst bei.

Unversehens wurden sie auf eine neue Musik aufmerksam, die aus nächster Nähe erklang, als stiege sie keine hundert Meter entfernt aus dem Wasser auf.

»Hören Sie nur!«, rief sie. »Das kommt von der *Minnehaha.* Das Essen ist vorbei.«

Einen Augenblick lang lauschten sie schweigend.

»Danke«, sagte Val plötzlich.

»Wofür?«

Er hatte fast nicht gemerkt, dass er etwas gesagt hatte. Er dankte den tiefen und leisen Blasinstrumenten für ihren Gesang in der Brise, dem Meer für seine warmen, geflüsterten Klagelaute, die den Bug berührten, dem milchigen Sternenlicht dafür, dass es sich über sie ergoss, bis er sich von einer Substanz getragen fühlte, die dichter war als Luft.

»So bezaubernd«, flüsterte sie.

»Was wollen wir damit anfangen?«

»Müssen wir etwas damit anfangen? Ich dachte, wir könnten einfach dasitzen und …«

»Das dachten Sie nicht«, fiel er ihr unaufgeregt ins Wort. »Sie wissen, dass wir etwas damit anfangen müssen. Ich werde Ihnen den Hof machen – und Sie werden sich darüber freuen.«

»Das kann ich nicht«, sagte sie sehr leise. Sie hätte gern gelacht, irgendeine leichtfertige, knappe Bemerkung gemacht, die das Ganze in das sichere Fahrwasser einer harmlosen Liebelei zurückbugsiert hätte. Doch dafür war es zu spät. Val wusste, dass die Musik vollendet hatte, was der Mond begonnen hatte.

»Ich will Ihnen die Wahrheit sagen«, sagte er. »Sie sind meine erste Liebe. Ich bin siebzehn, genauso alt wie Sie, und nicht mehr.«

Dass sie gleichaltrig waren, hatte etwas ganz und gar Entwaffnendes. Es machte sie schwach vor dem Geschick, das sie zusammengebracht hatte. Die Liegestühle quietschten, und er war sich eines schwachen und trügerischen Dufts bewusst, als sie sich plötzlich kindlich aneinanderschmiegten.

III

Ob er sie einmal oder mehrmals geküsst hatte, hätte er später nicht zu sagen gewusst, obwohl sie sicherlich eine Stunde in enger Nähe verbrachten und er ihre Hand hielt. Was ihn am meisten verblüffte, war der Umstand, dass das keimende Liebesglück frei von wilder Leidenschaft war – kein Kummer, kein Begehren, keine Verzweiflung –, sondern eine so berauschende Vorahnung auf ein Glück, wie er es in der Welt und im Leben noch nie gekannt hatte. Die erste Liebe – denn das war nichts als die erste Liebe! Was war dann erst die Liebe in ihrer Gänze, in ihrer Blüte? Er konnte nicht wissen, dass das, was er empfand, dieses unwirkliche, wunschlose Gemisch aus Ekstase und Frieden, nie wieder erreichbar sein würde.

Die Musik war seit einiger Zeit verstummt, als das Geräusch eines Ruderboots, das die Wellen bewegte, die flüsternde Stille unterbrach. Sie sprang auf, und ihre Augen suchten die Bucht ab.

»Hören Sie!«, sagte sie schnell. »Sagen Sie mir Ihren Namen.«

»Nein.«

»Bitte!«, sagte sie flehend. »Ich reise morgen ab.«

Er schwieg.

»Ich will nicht, dass Sie mich vergessen«, sagte sie. »Ich heiße –«

»Ich werde Sie nicht vergessen. Ich verspreche Ihnen, immer an Sie zu denken. Jede Frau, die ich vielleicht einmal lieben werde, werde ich immer an Ihnen messen, an meiner ersten Liebe. Solange ich lebe, werden Sie immer der erste Eindruck in meinem Herzen bleiben.«

»Ich will, dass Sie sich erinnern«, flüsterte sie stammelnd. »Oh, es hat mir mehr bedeutet als Ihnen, viel mehr.«

Sie stand so nahe neben ihm, dass er ihren warmen jungen Atem auf seinem Gesicht spürte. Wieder schmiegten sie sich aneinander. Er drückte ihre Hände und Handgelenke, denn so schien es ihm geboten, und küsste ihren Mund. Es war, wie er dachte, der richtige Kuss – nicht zu viel, nicht zu wenig. Doch der Kuss war wie ein Versprechen weiterer Küsse, die möglich gewesen wären, und ein wenig enttäuscht hörte er, wie das Ruderboot sich der Yacht näherte, und begriff, dass ihre Familie zurückgekommen war. Der Abend war vorbei.

›Aber das ist nur der Anfang‹, sagte er sich. ›Mein ganzes Leben wird so sein wie diese Nacht.‹

Sie sprach leise und schnell, und er hörte ihr aufmerksam zu.

»Eines müssen Sie wissen: Ich bin verheiratet. Seit drei Monaten. Das ist der Irrtum, über den ich nachdachte, als der Mond Sie herbrachte. Gleich werden Sie es verstehen.«

Sie verstummte, als das Boot am Fallreep anlegte und eine Männerstimme aus der Dunkelheit aufstieg.

»Bist du es, meine Liebe?«

»Ja.«

»Was ist das hier für ein Ruderboot?«

»Einer von Mrs. Jacksons Gästen ist aus Versehen hierhergekommen, und ich habe ihn gebeten, für eine Stunde dazubleiben und mir etwas zu erzählen.«

Im nächsten Augenblick zeigten sich über der Reling das dünne weiße Haar und die müden Gesichtszüge eines Sechzigjährigen. Und zu spät erkannte und begriff Val, wie viel es ihm ausmachte.

IV

Als die Saison an der Riviera im Mai endete, schlossen die Rostows und alle anderen Russen ihre Villen und begaben sich in nördlichere Regionen, um dort den Sommer zu verbringen. Die russisch-orthodoxe Kirche wurde zugesperrt, das Gleiche geschah mit den Fässern teurer Weine, und das elegante Frühlingsmondlicht wurde bis zu ihrer Rückkehr weggeräumt.

»Zur nächsten Saison kommen wir wieder«, sagten sie wie gewohnt.

Doch das war voreilig, denn sie sollten nie wiederkommen. Die wenigen, die nach fünf schrecklichen Jahren den

Weg in den Süden wiederfanden, waren froh, als Zimmermädchen oder *valets de chambre* in den Grandhotels, in denen sie einst diniert hatten, Arbeit zu finden. Viele von ihnen waren im Krieg und in der Revolution umgekommen, viele dämmerten als Schmarotzer und kleine Gauner in den Metropolen Europas dahin, und nicht wenige beendeten ihr Leben in ratloser Verzweiflung.

Als die Kerenskij-Regierung 1917 gestürzt wurde, war Val Leutnant an der Front im Osten und versuchte verzweifelt, in seiner Truppe Autorität durchzusetzen, nachdem es längst keine Autorität mehr gab, und er versuchte es immer noch, als Fürst Paul Rostow und seine Frau an einem verregneten Vormittag aus dem Leben schieden, um für die Verfehlungen des Hauses Romanow zu sühnen, so dass die beneidenswerte Laufbahn der Tochter Morris Hasyltons in einer Stadt endete, die weit mehr Ähnlichkeit mit einem Metzgerladen hatte als das Chicago des Jahres 1892.

Danach kämpfte Val eine Zeitlang in Denikins Armee, bis ihm klar wurde, dass er in einer lächerlichen Farce mitwirkte und dass der Glanz des Russischen Kaiserreichs vergangen war. Dann ging er nach Frankreich und sah sich dort zu seiner Überraschung mit der verblüffenden Frage konfrontiert, wie er überleben sollte.

Natürlich erwog er, nach Amerika zu gehen. Zwei entfernte Tanten, mit denen seine Mutter sich vor vielen Jahren zerstritten hatte, lebten dort in verhältnismäßigem Wohlstand. Doch diese Vorstellung widersprach den Vorurteilen, die seine Mutter ihm eingeimpft hatte, und außerdem konnte er die Überfahrt nicht bezahlen. Bis eine eventuelle Konterrevolution ihn wieder in den Besitz der

Rostow'schen Ländereien in Russland brachte, musste er sich in Frankreich irgendwie über Wasser halten.

Deshalb suchte er die kleine Stadt auf, die er am besten kannte. Er ging nach Cannes. Mit seinen letzten zweihundert Franc kaufte er eine Fahrkarte dritter Klasse, und als er ankam, überließ er seinen Abendanzug einem entgegenkommenden Zeitgenossen, der mit solchen Dingen handelte, und erhielt Geld für Nahrung und Unterkunft. Im Nachhinein bedauerte er, dass er den Abendanzug verkauft hatte, denn der Anzug hätte ihm zu einer Anstellung als Kellner verhelfen können. Stattdessen fand er Arbeit als Taxifahrer, und in dieser Funktion war er genauso glücklich oder elend.

Manchmal fuhr er Amerikaner zu Villenbesichtigungen, und wenn die Trennscheibe geschlossen war, drangen seltsame Gesprächsfetzen aus dem Fond zu ihm.

»… gehört, dass dieser Bursche ein russischer Fürst sein soll.« – »Psst!« – »Nein, der hier.« – »Esther, halt den Mund!« – und dann unterdrücktes Kichern.

Wenn der Wagen anhielt, drängelten sich die Passagiere, um den Fahrer zu beäugen. Zuerst hatte es Val schrecklich unglücklich gemacht, wenn Mädchen sich so benahmen, aber nach einer Weile machte es ihm nichts mehr aus. Einmal fragte ihn ein angeheiterter Amerikaner, ob er echt sei, und lud ihn zum Lunch ein, und ein andermal ergriff eine ältere Frau, als sie ausstieg, seine Hand, schüttelte sie heftig und drückte ihm dann einen Hundertfrancschein in die Hand.

»So, Florence, jetzt kann ich zu Hause sagen, dass ich einem russischen Fürsten die Hand geschüttelt habe.«

Der beduselte Amerikaner, der ihn zum Lunch eingeladen hatte, war zuerst der Ansicht gewesen, Val sei ein Zarensohn, und Val hatte ihm erklären müssen, dass ein russischer Fürst nichts weiter war als ein x-beliebiger englischer Lord. Doch er hatte nicht verstehen können, warum jemand wie Val nicht einfach hinging und richtig Geld machte.

»Das ist Europa«, hatte Val ernst erklärt. »Hier macht man nicht einfach Geld. Geld wird entweder vererbt oder langsam über viele Jahre verdient, bis eine Familie nach drei Generationen in eine andere Klasse aufsteigt.«

»Erfinden Sie etwas, worauf die Leute fliegen, so wie wir es machen.«

»Das liegt daran, dass es in Amerika mehr Geld gibt, mit dem man sich einen Wunsch erfüllen kann. Was die Leute sich hier wünschen können, ist schon vor langer Zeit erfunden worden.«

Doch ein Jahr später und mit Hilfe eines jungen Engländers, mit dem er vor dem Krieg Tennis gespielt hatte, fand Val den Weg in die örtliche Niederlassung einer englischen Bank. Er leitete Briefe weiter, besorgte Zugfahrkarten und arrangierte Ausflüge für ungeduldige Touristen. Ab und zu erschien ein vertrautes Gesicht an seinem Schalter; wenn Val erkannt wurde, gab er dem Kunden die Hand, wenn nicht, gab er sich nicht zu erkennen. Nach zwei Jahren wurde er nicht mehr als früherer Fürst oder Prinz herumgezeigt, denn mittlerweile waren die Russen Schnee von gestern, und der Glanz der Rostows und ihrer Freunde war vergessen.

Er ging selten unter Menschen. Abends ging er eine Weile auf der Promenade spazieren, trank in einem Café langsam ein Bier und ging früh zu Bett. Man lud ihn selten ein, weil man seine traurige, angespannte Miene deprimierend fand, doch er sagte sowieso nie zu. Inzwischen trug er billige französische Kleidung statt der teuren Tweed- und Flanellanzüge, die zusammen mit der Garderobe seines Vaters in England bestellt worden waren. Mit Frauen verkehrte er überhaupt nicht. Dabei war er als Siebzehnjähriger mehr als alles andere absolut davon überzeugt gewesen, dass sein Leben ein Leben voll romantischer Liebe sein würde. Acht Jahre später wusste er, dass es darauf keine Hoffnung mehr gab. Er hatte einfach nie Zeit für die Liebe gehabt – Krieg, Revolution und nun seine Armut hatten sich gegen sein erwartungsvolles Herz verschworen. Die Quellen seines Gefühls, die sich zum ersten Mal in einer Aprilnacht ergossen hatten, waren im nächsten Moment versiegt und hatten nur ein dünnes Rinnsal hinterlassen.

Seine glückliche Jugend war beendet gewesen, kaum dass sie begonnen hatte. Er sah sich älter und abgerissener werden und sich immer mehr in die Erinnerungen an seine goldene Kindheit zurückziehen. Am Ende würde man ihn belächeln, wenn er ein altes Erbstück in Form einer Uhr aus der Tasche zog und es amüsierten jungen Mitangestellten zeigte, die sich augenzwinkernd seine Rostow-Anekdoten anhörten.

Diesen trübsinnigen Gedanken hing er eines Aprilabends 1922 nach, als er am Meer entlangwanderte und den unveränderlichen Zauber der Lichter betrachtete, die nacheinander aufleuchteten. Der Zauber wurde nicht mehr für ihn veranstaltet, doch er fand immer noch statt, und das stimmte ihn auf diffuse Weise froh. Am nächsten Tag würde er in Urlaub fahren, zu einem billigen Hotel weiter unten an der Küste, wo er baden, ausruhen und lesen konnte; dann würde er zurückkommen und weiterarbeiten. Seit drei Jahren hatte er jedes Jahr diesen Urlaub in den letzten zwei Aprilwochen genommen, vielleicht weil dies die Zeit war, zu der er das größte Bedürfnis hatte, sich zu erinnern. Im April hatte das, was sich als das Schönste an seinem Leben erweisen sollte, in romantischem Mondlicht seinen Höhepunkt gefunden. Es war ihm seitdem heilig; was er für eine Initiation gehalten hatte, für einen Anfang, war das Ende gewesen.

Nun blieb er vor dem Café des Étrangers stehen; nach einigen Sekunden überquerte er aus einem Impuls heraus die Straße und schlenderte zum Ufer hinunter. Ein Dutzend Yachten in frischer Silberfarbe schaukelten ankernd in der Bucht. Er hatte sie schon am Nachmittag gesehen und hatte nur aus Gewohnheit die am Bug aufgemalten Namen gelesen. Seit drei Jahren tat er das, und inzwischen war es fast ein Reflex.

»*Un beau soir*«, bemerkte eine französische Stimme neben ihm. Es war ein Schiffer, dem Val schon öfter aufgefallen war. »Monsieur findet das Meer schön?«

»Wunderschön.«

»Ich auch. Aber ein schlechter Broterwerb außerhalb der Saison. Nächste Woche allerdings verdiene ich ein Extrageld. Ich werde gut dafür bezahlt, hier nur zu warten und nichts zu tun von acht Uhr morgens bis Mitternacht.«

»Das ist sehr schön«, sagte Val aus Höflichkeit.

»Eine verwitwete Dame, sehr schön, aus Amerika, deren

Yacht jeden April die letzten zwei Wochen hier vor Anker geht. Wenn die *Privateer* morgen einläuft, werden es drei Jahre sein.«

V

Val fand die ganze Nacht keinen Schlaf, nicht weil er sich darüber unsicher gewesen wäre, was er tun sollte, sondern weil seine Gefühle aus ihrer langwährenden Betäubung erwacht und lebendig geworden waren. Natürlich kam es für einen armseligen Versager wie ihn, dessen Name ein bloßer Schatten war, nicht in Frage, sie zu sehen, doch es würde ihn ein wenig glücklicher machen zu wissen, dass sie nichts vergessen hatte. Es verlieh seiner eigenen Erinnerung eine neue Dimension, wie eine jener stereoskopischen Brillen, die ein flaches Papierbild räumlich werden lassen. Es überzeugte ihn davon, dass er sich nichts eingebildet hatte – vor langer Zeit hatte er eine bezaubernde Frau bezaubert, und sie hatte es nicht vergessen.

Am nächsten Tag war er eine Stunde vor Abfahrt seines Zugs mit seiner Reisetasche am Bahnhof, um eine zufällige Begegnung auf der Straße zu vermeiden. Im wartenden Zug suchte er sich einen Platz in der dritten Klasse.

Und als er dort saß, sah er das Leben plötzlich anders, mit einer schwachen und trügerischen Hoffnung, die er vierundzwanzig Stunden zuvor nicht gekannt hatte. Vielleicht gab es in den nächsten Jahren irgendeine Möglichkeit, sie wiederzusehen – wenn er schwer arbeitete, sich mit aller Kraft jeder Aufgabe widmete, die er finden konnte. Er hatte von mindestens zwei Russen in Cannes gehört, die sich mit nichts als guten Manieren und Einfallsreichtum hochgearbeitet hatten und erstaunlich erfolgreich waren. Morris Hasyltons Blut begann in Vals Schläfen leise zu pochen, und es erinnerte ihn an etwas, woran er früher keinen Gedanken verschwendet hatte: daran, dass Morris Hasylton, der seiner Tochter ein Stadtpalais in Sankt Petersburg erbaut hatte, sich ebenfalls hochgearbeitet hatte.

Gleichzeitig ergriff ihn ein anderes Gefühl, weniger befremdlich, weniger aufwühlend, doch keineswegs weniger amerikanisch: das Gefühl der Neugier. Falls es ihm gelänge – falls das Leben ihm jemals ermöglichen sollte, sie wiederzufinden –, dann würde er endlich ihren Namen erfahren.

Er sprang auf, hantierte aufgeregt am Griff der Waggontür und sprang aus dem Zug. Er warf seinen Koffer in die Gepäckaufbewahrung und lief im Eilschritt zum amerikanischen Konsulat.

»Heute Morgen ist eine Yacht angekommen«, sagte er hastig zu einem Angestellten, »eine amerikanische Yacht, die *Privateer.* Ich will wissen, wer der Besitzer ist.«

»Einen Augenblick, bitte«, sagte der Angestellte, der Val mit einem sonderbaren Blick musterte. »Ich werde versuchen, es herauszufinden.«

»Ist die Yacht eingelaufen?«

»O ja, sie ist angekommen. Ich denke es wenigstens. Wenn Sie bitte auf dem Stuhl dort drüben Platz nehmen würden.«

Nach weiteren zehn Minuten sah Val ungeduldig auf seine Uhr. Wenn sie sich nicht beeilten, war zu befürchten, dass er den Zug verpasste. Er machte eine nervöse Bewegung, als wollte er aufstehen.

»Bleiben Sie bitte sitzen«, sagte der Angestellte, der sofort von seinem Schreibtisch zu ihm hersah. »Bitte. Setzen Sie sich wieder.«

Val starrte ihn an. Warum sollte es diesen Mann interessieren, ob er blieb oder ging?

»Ich verpasse noch meinen Zug«, sagte er verärgert. »Ich bedaure, Ihnen so viel Mühe gemacht zu haben –«

»Bleiben Sie bitte sitzen! Wir sind froh, dass wir die Sache endlich abwickeln können. Auf Ihre Anfrage warten wir seit – warten Sie – genau, seit drei Jahren.«

Val sprang auf und setzte hastig seinen Hut auf.

»Warum haben Sie mir das nicht gleich gesagt?«, fragte er zornentbrannt.

»Weil wir unsere – äh, unseren Klienten zuerst informieren mussten. Bitte gehen Sie nicht! Es ist – äh, sowieso zu spät.«

Val drehte sich um. Eine schlanke, strahlende Erscheinung mit erschrockenen dunklen Augen stand hinter ihm und hob sich von dem Sonnenlicht aus der Tür ab.

»Oh –«

Val öffnete die Lippen, doch kein Laut kam aus seinem Mund. Sie trat einen Schritt auf ihn zu.

»Ich –« Sie sah ihn hilflos an, ihre Augen füllten sich mit Tränen. »Ich wollte nur guten Tag sagen«, murmelte sie.

»Ich komme seit drei Jahren zurück, nur um guten Tag zu sagen.«

Val schwieg noch immer.

»Sie könnten wenigstens antworten«, sagte sie ungehalten. »Sie könnten wenigstens antworten, wenn ich – wenn ich langsam glauben musste, Sie wären im Krieg umgekommen.« Sie wandte sich an den Angestellten. »Machen Sie uns bitte miteinander bekannt!«, rief sie. »Ich kann ihm schließlich nicht guten Tag sagen, wenn wir nicht einmal den Namen des anderen kennen.«

Normalerweise hält man ja nicht viel von diesen internationalen Heiraten. Es ist eine tief eingewurzelte amerikanische Überzeugung, dass sie immer schiefgehen, und wir sind Schlagzeilen gewohnt, die da lauten: »Herzogin würde Krone jederzeit gegen wahre amerikanische Liebe eintauschen« oder: »Bettelgraf soll Ehefrau aus Messerdynastie gequält haben.« Die anderen Schlagzeilen gelangen nie an die Öffentlichkeit, denn wer wollte schon lesen: »Frühere Georgia-Schönheit schwärmt von Liebesnest« oder: »Herzog und Fabrikarbeitertochter feiern Goldene Flitterwochen.«

Bisher hat es überhaupt keine Schlagzeilen über die jungen Rostows gegeben. Fürst Val ist viel zu beschäftigt mit der Kette mitternachtsblauer Taxis, die er so außergewöhnlich tüchtig leitet, um Interviews zu geben. Er und seine Frau verlassen New York nur einmal im Jahr, doch es gibt einen Schiffer, der sich jedes Mal freut, wenn die *Privateer* eines Abends Mitte April in den Hafen von Cannes einläuft.

ALEX CAPUS

Fast ein bisschen Frühling

Marseille, 10. Januar 1934. Liebe Dorly, wir sind wieder zurück in Marseille! Unsere Reise ist und bleibt ein unglückseliges Unterfangen. An der spanischen Grenze hat uns ein goldbetresster Operettenzöllner die Einreise verweigert, weil ihm unsere Papiere nicht passten. So haben wir umkehren müssen und noch mal durch diese Operettenlandschaft von einem Südfrankreich reisen, das mit seinen Palmen, Rebbergen, Luxushotels und Wildpferden genauso aussieht, wie sich deutsche Pensionisten Südfrankreich vorstellen.

Und jetzt also wieder Marseille. Immerhin bin ich nun wieder etwas näher bei Basel und bei Dir, liebe Dorly. Kurt ist in diesem Augenblick unten am Hafen und schaut sich Schiffe an. Er mag Schiffe. Ich schreibe Dir hier auf der Sonnenterrasse eines Kaffeehauses, und es ist schon fast ein bisschen Frühling. Wir müssen jetzt überlegen, wie es weitergehen soll – noch einmal die Einreise nach Spanien versuchen, eine andere Route wählen? Die Lust auf die Reiserei ist mir in letzter Zeit so recht abhandengekommen. Schließlich, wozu sich abmühen? Die ganzen Scherereien um Pässe und Visa und Transitgenehmigungen und Fahrpläne, dieses ewige Geldwechseln – Mark in Francs, Francs in Franken, Franken wieder in Francs, Francs in Peseten,

Peseten in Francs, ohne Ende – mit welchem Resultat? Mit der Erkenntnis, dass die Welt eine einzige Festung ist. Ein Gefängnis, ein Alcatraz ohne Fluchtmöglichkeit. Da müsste man schon eine Mondrakete zur freien Verfügung haben, ein Zeppelin ist da nicht viel besser als eine Schwebebahn.

Wer reicher ist als Kurt und ich oder auch gerissener und rücksichtsloser, der schafft es vielleicht nach Spanien und sogar noch weiter, aber es bleibt doch immer eine Flucht von einer Gefängniszelle in die andere, von Zelle Frankreich nach Zelle Spanien, und dahinter folgt immer die nächste Zelle, Marokko, Libyen, Ägypten, Indien und so weiter. Das ist mir jetzt klar. Wenn man wirklich fliehen möchte und nicht einfach nur davonlaufen von einer Zelle in die nächste, dann müsste man weiter gehen, viel weiter – bis zu den letzten weißen Flecken auf der Landkarte, die es immer irgendwo gibt. Aber weiße Flecken haben gerade eben die Eigenart, dass sie unerreichbar sind. Sonst wären sie nicht weiß.

Liebe Dorly, alle reden von Amerika. Aber sag, was soll ich dort? Kürzlich habe ich in der Zeitung von den sogenannten Court-Restaurants in Chikago gelesen, wo feine Leute sich den Nervenkitzel leisten, zur gleichen Stunde mit einem Hinzurichtenden im gleichen Haus das gleiche Abendbrot zu essen. Soll ein Ort, an dem solche Dinge geschehen, das Ziel meiner Träume sein? Sag, Dorly, verstehst Du mich? Ja, Du verstehst mich, da bin ich ganz ruhig.

Vielleicht sollten Kurt und ich hübsch leise heimkehren nach Wuppertal und uns zum Arbeitsdienst melden. Was meinst Du? Das wäre doch auszuhalten für eine Weile. Man müsste halt Augen, Ohren und Mund zusperren, freitags

Lotto spielen und sich um nichts als um sich selbst kümmern. In ein paar Monaten würde sich schon eine Technikerstelle finden in einem Stahl- oder Kohlewerk. Der obligatorischen NS Reichsfachschaft Deutscher Industrietechniker müsste man halt beitreten, aber eine Dreizimmerwohnung könnte man sich schon leisten. Dann könntest Du nachkommen, und wir würden alle drei zusammenleben. Was meinst Du, Dorly? Es gibt auch in Wuppertal Kaufhäuser, weißt Du? Da würdest Du bestimmt eine Stellung finden.

Aber nein, das geht alles nicht, das wäre ein Irrsinn. Es besteht doch eine göttliche Ordnung – muss bestehen! –, der wir uns nicht entziehen können. Das Leben ein Irrsinn? Zwecklos? Nein, abermals nein! Es hat einen Sinn! Wir müssen weiterkämpfen, uns befreien. Und wenn Gott es will, werden Du und ich bald wieder vereint sein, wo und unter welchen Umständen auch immer. Und meint's das Schicksal gut, dann bin ich frohgemut, und meint's das Schicksal schlecht, denk ich erst recht: In Deinen Händen ruh ich von allem aus – in Deinen Händen bin ich ganz zuhaus. Dein Freund Waldemar.«

ROOT LEEB

Der Baum

Als es an der Tür klingelte, meinte sie, sich getäuscht zu haben, und ließ sich erst einmal Zeit. Sie erwartete niemanden. Schließlich ging sie doch zur Tür und sah durch den Spion. Im Treppenhaus war es dunkel. In der Annahme, dass vielleicht doch jemand unten vor der Haustüre stehen könnte, betätigte sie den Türöffner.

Doch niemand kam. Das Treppenhaus blieb dunkel und still, auch das Poltern des Aufzugs, den fast alle benutzten, die zu ihr in den vierten Stock kamen, war nicht zu hören. Sie wartete noch eine Weile hinter der geschlossenen Tür, dann öffnete sie, um nachzusehen.

Direkt vor ihr stand in der Dunkelheit ein mannshoher Gummibaum. Zuerst wich sie erschrocken zurück, dann fasste sie sich und drückte auf den Lichtschalter. Das Treppenhaus erstrahlte in weißem Licht. Es war leer – außer ihr und dem Baum.

Eine Ficus benjamina, ein schönes Exemplar mit dreifach verschlungenem Stamm, zarten Ästen und glänzenden, hellgrünen Blättern. Der Topf, ganz neu und mit dunkelblauer Glasur, erschien ihr etwas klein für die stattliche Pflanze, und die Erde war trocken. Sie brauchte wohl Wasser.

Also zog sie den Baum vorsichtig in ihre Wohnung, ließ ihn aber erst einmal im Flur stehen. Sie füllte ihren Teekessel mit frischem Wasser und kehrte zurück, um den Baum zu gießen. Dabei entdeckte sie ein kleines Kuvert am untersten Ast. Sie nahm es vorsichtig ab und las auf einer Karte: Für Sie. In Zuneigung. Es durchfuhr sie warm. Sie kannte die Handschrift nicht, und in ihrem Kopf ließ sie blitzschnell alle Menschen vorbeiziehen, die als Absender infrage kamen. Es musste ein Mann sein, ganz sicher.

Aber wer? Sie lebte allein, und seit ihrer letzten Trennung hatte sie mit Liebesgeschichten erst einmal abgeschlossen.

Sie holte sich einen Stuhl aus der Küche und setzte sich neben den Baum. Sie betrachtete ihn lange und dachte nach. Erst gegen Mitternacht, als sie schon sehr müde war, beschloss sie, den Baum in ihr Zimmer zu stellen. Er gehörte ja ihr. Und es würde ihm gefallen in diesem hellen Wohnraum mit den vielen Büchern, dem Schlafsofa und vor allem dem Südbalkon. Sie holte ein rundes Tablett, denn unter dem Topf hatte sich eine Pfütze gebildet, stellte es auf einen ihrer handgeknüpften kleinen Teppiche, hob den Topf mit dem Baum darauf und zog ihn mit dem Teppich ins Zimmer. Sie würde ihn erst einmal neben dem Bett stehen lassen.

Zufrieden ging sie schlafen.

Die nächsten Tage waren angefüllt mit prickelnder Neugier, sie fühlte sich von allen bewundert und geliebt und konnte nicht aufhören nachzuforschen, wer ihr den Baum geschenkt hatte. Immer wieder prüfte sie Gesichter einzelner Kollegen und wartete auf einen Hinweis in der Mimik des einen oder anderen. Auch im Bus, auf dem Weg zur Arbeit und zurück, lächelte sie erwartungsvoll andere Fahrgäste an, die sie vom Sehen kannte, und versuchte, diese zu einer Äußerung zu animieren. Die lächelten zwar meist zurück, doch niemand reagierte so, dass sie eine Antwort hätte hineindeuten können.

Eine Woche später klingelte es noch einmal an ihrer Wohnung. Mit pochendem Herz lief sie zur Tür und riss sie auf. Ein junger Mann, der etwas unsicher wirkte, stand vor ihr. »Guten Tag, Blumengeschäft *Esther & Aster,* ich habe letzte Woche hier vor der Tür eine Ficus benjamina abgestellt ...«

»Sie?«

»Ja, ich, ... und ich ...«, der Mann sah in die hellen, fragenden Augen der Frau und verstand. Sie gefiel ihm. So sagte er nicht, dass der Baum für eine Kundin auf dem gleichen Stockwerk, aber in der Wohnung gegenüber bestimmt gewesen war und er, für die Auslieferung von *Esther & Aster* zuständig, es nach Feierabend einfach verdammt eilig gehabt hatte. Und er erwähnte auch nicht, dass der Verehrer jener Frau sich jetzt beschwert hatte und nachforschen ließ, warum sein Geschenk nicht ausgeliefert worden war. Das alles sagte er nicht.

Stattdessen fuhr er sich verlegen durch das Haar und wiederholte lächelnd: »Ja, ich – und ich wollte nachfragen, wie es ihm geht.«

Die Frau betrachtete ihn prüfend und lächelte ebenfalls. Sie fand ihn bezaubernd. »Sehr gut«, sagte sie. »Kommen Sie doch herein und überzeugen Sie sich selbst.«

ALFRED ANDERSCH

Paris, 1. Mai 1977

sich an den händen fassen
die augen zumachen
und losrennen

daran
daß euch dieser wunsch überfällt
erkennt ihr
die ankunft der liebe

dann
dürft ihr nicht zögern

faßt euch an den händen
macht die augen zu
rennt los

MARIE-LUISE KASCHNITZ

Ende April

Dass draußen die Amseln singen, dass der Frühling, mit grünen Schleiern über den Büschen, kommt, eigentlich schon da ist, muss ich doch erwähnen, obwohl er mir heuer nicht unter die Haut geht, keinerlei Rührung in der Art von »dass ich das noch einmal erleben darf« erweckt. Schlechte Laune, könnte man sagen, finstere Laune, sogar im Park, den ich fast täglich durchstreife, obwohl mir dieses Jahr schon das spießige Osterhasengärtlein auf die Nerven gegangen ist. Gebüsche in bunter, eiförmiger Umzäunung, ein Wärter versteckt die von den Eltern mitgebrachten Eier, während ein zweiter die Kinder dazu überredet, die faul herumhoppelnden Stallhasen zu streicheln, – bald darauf findet die Frühlingsblumenausstellung, dann die Azaleenausstellung statt. Seit einigen Tagen gehe ich dort umher und schreibe in Gedanken einen Brief an den Direktor, lieber Herr Direktor, man kann nicht fortwährend lieben, ich liebe Ihre Ausstellungen nicht mehr, sie sind mir zu gekonnt, Ihre Blumenrabatten nicht mehr, sie sind mir zu üppig. Was ich liebte, war der schmale dunkle Weg im Umgang des großen Palmenhauses, da schlugen einem die feuchten glänzenden Blätter der Kamelienbäume gegen die Wangen, da leuchteten die Blüten, ganz oben, ganz hinten, rosa und rot. Was ist daraus geworden, Herr Direktor, eine breite Promenade mit Zementbrunnen, Wandelgang einer Lebensversicherung oder eines Sozialbades, und überhaupt, der Zementorgien sind genug gefeiert, der rechtwinkeligen Mäuerchen genug gebaut. Rechtwinkelig an Leib und Seele, dieser Spruch hing, riesig in Holz gebrannt, im Vorplatz eines unserer Notquartiere, die rechtwinkeligen Besitzer hatten uns ein Zimmer abgeben müssen, sie rächten sich dafür, indem sie uns keinen Hausschlüssel gaben, wir betraten und verließen unser Zimmer durchs Fenster, zu ebener Erde lag es, das war unser Glück. Entschuldigen Sie die Abschweifung, Herr Direktor, auch ein öffentlicher Garten kann einem ans Herz wachsen, zum Beispiel die uralte Eibe, die einmal hierher verpflanzt und so vorsichtig – zwei Kilometer in acht Stunden – durch die Stadt gefahren wurde, die chinesischen Sträucher, die Winterblüher, die Victoria Regia im Kleinen Haus. Auch im Gartenbau gibt es Moden, als der Garten um das große Palmenhaus, diese bürgerliche Exotik, angelegt wurde, trug man nierenförmige Teiche, runde Springbrunnen, Hochstammrosen, es wäre hübsch gewesen, wenn Sie das alles erhalten hätten, ein Gartenmuseum des neunzehnten Jahrhunderts, wie es Gartenmuseen des achtzehnten, des siebzehnten, sechzehnten und sogar des fünfzehnten Jahrhunderts gibt. Eine einzigartige Gelegenheit, die Sie verpasst haben, und vielleicht gar nicht verpassen wollten. Ihre Abonnenten, Ihre Sonntagsnachmittagsmusikhörer haben Sie dazu gezwungen, Sie sind ein Warenhausbesitzer, der immer das Neueste auslegen muss. Das alles schreibe ich in meinem Gedankenbrief, und dann gebe ich der Wahrheit die Ehre, gebe dem Garten die Ehre, seinen leuchtenden Grasflächen, seinen riesigen

Pappeln, Platanen und Weidenbäumen, und überhaupt war der ganze Brief nur eine Laune, Frühlingslaune, Zierkirschenblütenblätter, losgerissen, hintreibend unterm Gewitterhimmel, schwül. Keineswegs denke ich daran, mein Abonnement aufzugeben, und ich wäre unglücklich, wenn Sie, Herr Direktor, es mir etwa dieses doch gar nicht abgeschickten Briefes wegen kündigen würden, was natürlich möglich ist, ebenso wie es möglich ist, dass die Kontrolleure eine Kartei haben, eine Gedankensünderkartei, auf die hin sie mir den Eintritt verwehren. Ich möchte aber immer wieder kommen, auch später, wenn ich meine blaue Karte nicht mehr vorzeige und mich an die Eintrittszeiten nicht mehr halte. Wenn ich mich auf Ihren phantastischen Spielgeräten herumschwinge, nachts, im Nebel, eh noch auf den großen Blumenfeldern die Dahlien schwarz verblühen.

SUE HUBBELL

Frühling

Der Fluss nördlich meiner Farm gehört zum Nationalpark, der Bach südlich davon liegt in der Obhut der Naturschutzbehörde des Staates Missouri, ich bin also von staatlichem Land umgeben. In meiner Besitzurkunde steht, die Farm sei zweiundvierzig Hektar groß, wahrscheinlich sind es aber nur etwas über sechsunddreißig. Das Land ist seit Mitte des neunzehnten Jahrhunderts nicht mehr vermessen worden, und wo die Grenzen verlaufen, lässt sich schwer sagen. Ein Ranger meinte, der Landvermesser damals müsse seine Linien in einer Kneipe gezogen haben.

Das Stück Land hier ist so schön, dass mir fast die Tränen kamen, als ich es vor zwölf Jahren zum ersten Mal sah, und noch heute geht es mir so. Deshalb hat es mich nie groß interessiert, wie viel Hektar es umfasst, wo die Grenzen verlaufen und wem genau was gehört. Doch was es für mich so schön und begehrenswert macht, hat wohl auch andere davon überzeugt, dass es sich um erstklassiges Land handelt, und sie betrachten sich ebenfalls als seine Eigentümer. Im Augenblick beispielsweise fühle ich mich hier ein bisschen wie ein Eindringling, denn ich habe festgestellt, dass ich mitten in einer Indigofinken-Enklave wohne. Wie Enklaven es so an sich haben, lebt es sich darin recht vergnügt, nur sehe ich mich gezwungen, mir Gedanken über Besitzrechte zu machen.

Indigofinken sind kleine, aber energische Vögel. Sie wiegen sich in dem Glauben, alles ringsum gehöre ihnen, und es ist kaum möglich, diesen Besitzanspruch einfach zu ignorieren. Die Männchen – von leuchtendem, schimmerndem Blau – sitzen auf den Zaunpfosten oder den Wacholderbäumen, die das Weideland vereinnahmt haben, überblicken von dort aus ihren Besitz und schmettern ihre Lieder. Verschlungene Melodien, die mich morgens aus dem Schlaf wecken. Sie singen den ganzen Tag, sogar mittags, wenn die anderen Vögel verstummt sind, denn sie haben uns Wichtiges mitzuteilen, vor allem, wer hier das Sagen hat. Die mattbraunen spatzenähnlichen Weibchen und Jungvögel dagegen interessieren sich mehr fürs Fressen; sie halten sich eher in Bodennähe auf und suchen niedrige Sträucher und Gräser nach Samen und der einen oder anderen Raupe ab, aber auch sie wissen, was Sache ist. Als ich einmal am Rand der Wiese entlang nach Hause ging, stieß ich auf einen in seine Gesangsübungen vertieften jungen Indigofinken. Er hatte sich noch nicht so sichtbar zu postieren gewagt, wie sein Vater es getan hätte, aber er trällerte auf seinem kahlen Zweig unverdrossen seine Strophen, machte alles falsch und fing wieder von vorn an, so leise, dass ich ihn gar nicht gehört hätte, wenn ich nicht so nahe bei ihm gestanden hätte.

An einem anderen Tag entdeckte ich, dass der Wind die Hintertür meines Honighauses aufgeweht hatte und alle möglichen geflügelten Geschöpfe darin umherschwirrten, größtenteils Insekten. Doch auch ein halbwüchsiger Indigofink hatte sich hierher verirrt und schlug auf der Suche nach einem Weg ins Freie mit seinen kleinen Flügeln gegen das Fliegenfenster. Ich nahm ihn vorsichtig in die Hände und strich ihm über den Nacken, um ihn zu beruhigen, merkte dann aber, dass sein Herz gar nicht angstvoll flatterte. Vielleicht war er so jung, dass er das Fürchten noch nicht gelernt hatte, aber ich stelle mir lieber vor, dass er wie der Rest seiner Sippe einfach zu keck und sich seiner Rechte zu bewusst war, um Angst zu haben. Er beäugte mich ärgerlich und pickte nach meinem riesigen Daumen, eine Aufforderung, ihn auf der Stelle loszulassen. Das tat ich natürlich und schaute ihm nach, wie er davonflog, ins hohe Gras hinter meinem Honighaus, wo eine Indigofinkenfamilie ihr Nest hatte.

Ja, sie halten sich für die Herren hier, und ich habe ihrer Selbstgewissheit nichts entgegenzusetzen als ein Stück Papier in meinen Unterlagen. Aber auch andere erheben Besitzansprüche, und vielleicht sollte ich erst eine Volkszählung durchführen, ehe ich irgendwelche Ansprüche anerkenne: Bussarde, die die Aufwinde über Fluss und Bach nutzen, Goldzeisige, wilde Truthähne, Schnäppertyrannen und Schwarzkehlnachtschwalben. Das Filetstück aber – die Gegend um die Vogelfutterstelle – hat sich ein Kardinalpärchen gesichert. Ich habe Kassetten mit Vogelstimmen, und wenn ich sie abspiele, versuche ich den Kardinal zu überspringen, denn der derzeitige Bewohner bricht in frenetischen Reviergesang aus, wenn er seinen Rivalen hört, und sein bis dahin so schöner Tag ist ihm vergällt.

Und die Kojotin? Eine Zeitlang hat sie die Farm als ihren Besitz betrachtet, speziell den Hühnerhof. Sie war sich ihrer Sache so sicher, dass sie einmal am helllichten Tag anspaziert kam und sich den robusten alten Hahn schnappte, um ihn ihren Welpen zu bringen. Die Hunde kamen ihr jedoch auf die Schliche, und als sie die nächsten Male auftauchte, um ihre Rechte auszuüben, verjagten sie sie und machten ihr klar, dass die Farm ihnen gehöre und das Hühnervolk in ihre Zuständigkeit falle.

Vor langer Zeit, ehe ich in die Ozarks zog, arbeitete ich einmal einen Frühling lang auf einem Forschungsgelände der Universität. Ich war jung und verliebt, und die meisten Tätigkeiten dort machten mir Spaß, aber das Projekt interessierte mich ohnehin. Drei ganz verschiedene Lebensräume waren zu untersuchen: ein Bergwald, eine Flussniederung und ein Stück Ödland. Meine Aufgabe bestand darin, einmal wöchentlich an jedem dieser Orte eine würfelförmige Erdprobe zu entnehmen, sie durchzusieben und ihre mit bloßem Auge sichtbaren Bewohner zu zählen und grob systematisch einzuordnen. Das Populationswachstum wurde in einer Graphik festgehalten. Die so entstehende Kurve, Sinnbild der fröhlichen, ständigen Erneuerung des Lebens, passte zum Wetter und zu meinem eigenen Pulsschlag.

Die Liebe von damals ist verstummt, und hier habe ich keine Erdproben entnommen, aber ich weiß, was sich dort unten abspielt: Millionen kleiner Wesen stoffwechseln munter drauflos und nutzen das Land. Ich wage gar nicht daran zu denken, was für Zahlen zusammenkämen, wenn ich mein Volkszählungsinstrumentarium durch eine Taschenlupe oder ein Mikroskop ergänzen würde. Dagegen kann ich andere Bewohner mit einem ernstzunehmenden Rechtsanspruch sehr wohl zählen. In dem Waldstück bei meinem Haus stehen zwanzig Bienenstöcke, jeder mit rund sechzigtausend Bienen. Das macht zusammen eine Million zweihunderttausend Bienen, die hier herumfliegen und Anspruch auf alle Blumen im Umkreis von etwas über drei Kilometern erheben.

Nun sind da aber auch noch die Kupferkopfschlangen und ihre ganze Schlangenverwandtschaft, deretwegen man tunlichst in Stiefeln über die Wiesen geht. Wie soll ich sie zählen und ihre Ansprüche prüfen? Und dann die Schildkröten, die die Erdbeeren im Garten fressen, die Laubfrösche, denen der Teich gehört. Und was ist mit den Rechten von Waschbär, Stinktier und Hirsch? Was ist mit dem Rotluchsweibchen, das unter den Felsen am Fluss haust und meine Farm als einen winzigen Bruchteil seines Reviers betrachtet?

Mir wird ganz schwindlig, wenn ich mir auch nur vorzustellen versuche, ich müsste alle Lebewesen zählen, die hier zu Hause sind. Alle haben ja gewisse Ansprüche auf das Land, kaum weniger berechtigte, vielleicht sogar berechtigtere als ich.

Ein Stück die Straße hinauf ist ein menschlicher Streit um ein weniger glücklich gelegenes Stück Land im Gange. Es wird nicht wie meine Farm von zwei staatlich und damit umweltfreundlich verwalteten Arealen begrenzt und befindet sich mit allem, was es umgibt, in Privatbesitz. Einer der Eigentümer will es planieren und erschließen, und damit wird die Grenzfrage zu einer heiklen Angelegenheit. Es ist von einem teuren Gutachten die Rede, das Aufschluss darüber geben soll, wem was gehört. Dann werden vermutlich Eckpunkte festgelegt und Linien gezogen, mit dem Nebeneffekt, dass ich vielleicht erfahren werde, ob meine Farm zweiundvierzig Hektar misst oder sechsunddreißig oder wie viel auch immer.

Die Indigofinken wird das nicht kümmern.

Ich lernte Paul kennen, als er sechzehn und ich fünfzehn war. Ein paar Jahre später waren wir verheiratet, und die Ehe funktionierte recht gut, solange wir Kinder waren und selbst ein Kind hatten. Aber wir wurden älter, der Sohn ging aus dem Haus, und die Ehe strukturierte unser Leben nicht mehr so wie früher. Trotzdem war Paul in all den Jahren der Mann meines Lebens. Es gab keinen anderen. Und als die Ehe beendet war, war es schwierig für mich, die emotionalen Trümmer zu sichten, die übrig blieben, nachdem das Gerüst einer dreißig Jahre währenden vertrauten Verbindung zusammengebrochen war.

Ich machte das Übliche durch: Ich konnte weder schlafen noch essen, ich redete fieberhaft mit Freunden und stürzte mich Hals über Kopf in eine zerstörerische Affäre mit einem Mann, der noch mehr Probleme hatte als ich. Er traf eine Reihe unsinniger Entscheidungen bezüglich meiner Imkerei und verpfuschte mir über einige Jahre mehr oder weniger mein Leben. Und sehr lange Zeit funktionierte auch mein Verstand nicht mehr. Wenn ich im Radio Nachrichten hörte, drang nichts davon zu mir durch. Meine Aufmerksamkeit ließ nach, sobald ich etwas anderes las als seichteste Unterhaltungsliteratur. Mein Gehirn drehte endlose, schmerzhafte Schleifen, und ich konnte mich weder konzentrieren noch auch nur annähernd geordnet denken. Es war mir immer eine Freude gewesen, einen Verstand zu besitzen, und den vermisste ich nun über die Maßen. Drei Jahre lang war ich nicht ganz bei mir.

Ich grübelte über Struktur, Gerüst, Schema, System, Klassifikation und Ordnung nach und stieß auf eine Klassifikation, die sich Jorge Luis Borges ausgedacht hat:

Eine chinesische Enzyklopädie teilt die Tiere ein in:
a) dem Kaiser gehörige
b) einbalsamierte
c) gezähmte
d) Spanferkel
e) Sirenen
f) Fabeltiere
g) streunende Hunde
h) in diese Einteilung aufgenommene
i) die sich wie toll gebärden
j) unzählbare
k) mit feinstem Kamelhaarpinsel gezeichnete
l) und so weiter
m) die den Wasserkrug zerbrochen haben
n) die von weitem wie Fliegen aussehen.

Meine Freunde und ich lachten über die Liste, und das sagte mehr über uns und unser westlich-europäisches Denken aus, fanden wir, als über eine mutmaßliche orientalische Weltsicht. Wir glauben eine angemessenere Vorstellung davon zu haben, wie die Natur zu klassifizieren sei, und wenn Borges diese Vorstellung zerzaust, finden wir das lustig. Dass ich mitlachen konnte, sagte mir, dass ich den Sinn für diese Ordnung noch nicht ganz verloren hatte, so unordentlich es in meinem Kopf damals auch aussehen mochte.

Mein Vater war Botaniker. In meiner Kindheit hielt er sich die Samstagnachmittage für mich frei, und oft wanderten wir dann durch den Wald und über Stock und Stein. Er nannte die Pflanzen, die wir fanden, bei ihren zweiteiligen lateinischen Namen und erklärte mir ihre Eigenarten. Die Namen waren zu schwierig für mich, aber ich begriff, dass Pflanzen Namen haben, die ihre verwandtschaftlichen Beziehungen beschreiben, und das fand ich schon mit sechs Jahren schön und interessant.

Nachdem ich also Borges' Liste gelesen hatte, wandte ich mich Linné zu. Welche Defizite der Mann als Wissenschaftler auch gehabt haben mag – er hat uns ein wunderbares Instrument zur Erfassung der Vielfalt in der Welt an die Hand gegeben. Das erste Wort in der von ihm geschaffenen binären Nomenklatur bezeichnet jeweils die Gattung und fasst verschiedene Pflanzen zusammen, die eine Reihe von Merkmalen gemeinsam haben; das zweite Wort definiert die Art oder Spezies, also Pflanzen, die einander so ähnlich sind, dass sie regelmäßig miteinander Nachkommen zeugen, die so aussehen wie sie selbst. Diese Struktur hilft uns verstehen und macht deutlich, wie sich Teile der Welt ineinanderfügen.

Ich kann kein Latein, doch als ich anfing zu botanisieren und die Pflanzen um mich herum bei ihren lateinischen Namen zu nennen, lenkte mich dieses geistreiche System von meiner eigenen Geistesarmut ab.

Commelina virginica, die altbekannte Tagblume, ist ein wucherndes Kraut, dessen blaue Blüten ungleiche Kelchblätter haben, zwei davon auffällig und gerundet, das dritte kaum erkennbar. Nachdem ich sie als jene besondere Commelina identifiziert hatte, die nach einem in Virginia gefundenen Exemplar benannt ist, las ich in einem meiner Handbücher – es stammte aus einer Zeit, als man noch nicht glaubte, langweilig sein zu müssen, um ernstgenommen zu werden – Folgendes:

Der wunderbare Linnaeus, der stets einen Scherz auf den Lippen hatte, nannte die Tagblumen nach den Brüdern Commelyn, drei niederländischen Botanikern, von denen zwei – die auffälligen blauen Blütenblätter – ihre Arbeiten veröffentlichten, während der dritte aus Mangel an Fleiß und Ehrgeiz so unscheinbar blieb wie das weißliche dritte Blütenblatt.

In den Wäldern wächst ein Baum mit glänzenden ovalen Blättern, die sich im Herbst, manchmal auch schon gegen Ende des Sommers, leuchtend rot färben. Im Juni trägt er kleine Dolden weißer Blüten, die bei Bienen sehr beliebt sind, später dann blaue Früchte, an denen sich Hüttensänger und Wanderdrosseln laben. Es ist ein Tupelobaum, hier in der Gegend auch *black-gum* oder *sour-gum* genannt. Aus meiner Kindheit in Michigan kenne ich ihn unter dem Namen *pepperidge*, sein botanischer Name lautet *Nyssa sylvatica.* Die Tupelobäume sind also in der Gattung *Nyssa* zusammengefasst, deren Name sich von den Nyseiden herleitet, den Nymphen des Berges Nysa, die das Kind Dionysos aufzogen. *Sylvatica* bedeutet »aus dem Wald«. *Nyssa sylvatica,* ein wilder, ungezähmter Name. Im Alter oft hohl, dienten die Bäume den ersten amerikanischen Siedlern als Bienenstöcke. Sie sägten den Stamm in Stücke, versahen die Abschnitte mit einem Deckel und setzten die Bienenschwärme, die sie fanden, hinein. Noch heute werden Bienenstöcke manchmal *gums* genannt, eine unbewusste Reminiszenz an den volkstümlichen Namen des Baumes. Später wurden die hohlen Stämme auch als Rohre für den Transport von Salzwasser zu den Salinen von Syracuse benutzt. Diese Holzrohre ließen sich ohne Verwendung von Eisenbändern, die ja rosteten, miteinander verbinden.

Ich botanisierte wie wild in dieser schwierigen Zeit. Täglich lernte ich neue Pflanzen mit ihren lateinischen Namen kennen. Ich wanderte im Winter durch die Wälder – zu viel mehr war ich nicht zu gebrauchen – und untersuchte die Rinde kahler Bäume. Als im Frühling die Blumen aufblühten, nahm ich meine Pflanzenführer mit hinaus und trug Standort, Gestalt und Blütezeit der Pflanzen in ein dickes Notizbuch ein. Mein Gehirn war aus der Übung und völlig überlastet, so musste ich alles aufschreiben.

Eines Frühlingsnachmittags holte ich die Post aus dem Kasten, und als ich wieder in meiner Hütte war, hatte ich zwei schöne neue Blumen nachzuschlagen. Der Zug der Waldsänger hatte begonnen, und auf dem Rückweg beobachtete ich sie durch das Fernglas und entdeckte einen, den ich noch nie gesehen hatte. Die Sonne schien schräg durch das junge Laub, und die Luft duftete nach Später Traubenkirsche (*Prunus serotina: Prunus* – Pflaume, *serotina* – spät blühend), in deren Blüten meine Bienen emsig werkelten. Ich blieb in dem Sonnenstreifen stehen und beobachtete sie. Die Welt schien sich, ohne dass ich es wahrgenommen hatte, wunderbar weitergedreht zu haben. Still und dankbar stellte ich fest, dass der Teil von mir, der irgendwo anders seinen Kummer und Schmerz genährt hatte, zurückgekehrt war. Ich war wieder bei mir.

Im Haus tat ich dann all die Dinge, die man tut, wenn man wieder bei sich ist. Ich räumte meinen Schreibtisch auf und beantwortete die Nachrichten, die andere mir hinterlassen hatten. Ich war lange Zeit fort gewesen, und so hatte ich einiges zu erledigen, ehe ich mich an die Arbeit machen konnte, die den Nachmittag meines Lebens bestimmen würde: Ich musste eine neue Ordnung schaffen, eine Struktur, mit der eine Frau von fünfzig ihr Leben allein meistern kann, im Frieden mit sich selbst und der Welt um sie herum.

Vor ein paar Jahren saß ich an einem Frühlingsabend in dem braunen Ledersessel im Wohnzimmer, las Zeitung und war mit mir und der Welt zufrieden, als ich plötzlich merkte, dass ich nicht mehr allein war. Ich schaute auf: Meine drei raumhohen Fenster waren voller Frösche.

Es waren Hunderte: zollgroße Fröschchen mit hauchdünnen Schwimmhäuten und fingerartigen Zehen, mit deren Saugnäpfen sie an den glatten Flächen hafteten. Nach der Form ihrer Zehen, ihrer Größe und den hellen Bäuchen zu schließen, mussten es Wasserpfeifer sein. *Hyla crucifer.* Ich ging hinaus, um sie näher in Augenschein zu nehmen, musste aber aufpassen, wohin ich die Füße setzte, denn im Gras vor den Fenstern wimmelte es nur so von Fröschen, die geduldig darauf warteten, die erleuchteten Fenster zu erklimmen. Tatsächlich hatte jedes der braunrosa Tiere die dunkle Kreuzzeichnung auf dem Rücken, der die Spezies ihren wissenschaftlichen Namen verdankt. Dass sie vom Licht angelockt werden, war mir neu.

Ich ließ meine Zeitung Zeitung sein und brachte den Abend damit zu, die Gesellschaft zu beobachten. Sie kletterten kaum über die Fensterrahmen hinaus und saßen an Scheiben und Profilen, als könnten sie sich nicht entscheiden, was als Nächstes zu tun sei. Am folgenden Morgen waren sie verschwunden, und ich habe sie seitdem nie wieder an den Fenstern gesehen. Ein eigenartiges Verhalten.

Es waren stumme Fensterkletterer; Wasserpfeifer bemerkt man gewöhnlich nur gegen Ende des Winters, im Februar, wenn ihre schrillen, einem Pfeifen ähnlichen Paarungsrufe von dem Teich oben in der Wiese herabtönen. Die Männchen erzeugen diese Rufe, indem sie Maul und Nasenöffnungen schließen und Luft aus der Lunge über die Stimmbänder ins Maul und anschließend über die Stimmbänder wieder zurück in die Lunge pressen. Der Laut lockt die Weibchen an den Weiher, und sobald sie im Wasser sind, umklammern die Männchen sie und platzieren ihre Kloake genau über derjenigen der Weibchen. Die Weibchen setzen dann den Laich ab, und die Männchen befruchten ihn.

Sie ist eine gesellige Angelegenheit, diese Froschpaarung, und die Frösche sind so zahlreich und ihre Rufe so schrill und durchdringend, dass ich abends gern zum Teich hinaufgehe und diesem für den Menschen so erheiternden und zugleich seltsam aufwühlenden Chor lausche. Eines Abends war ich mit einem Freund dort oben, und wir saßen lange am Ufer. Jede Unterhaltung wäre unpassend und ohnehin unmöglich gewesen. Das Froschkonzert hüllte uns ganz ein, füllte uns aus, hallte mit hysterisch-schriller Eindringlichkeit wider, vertrieb jeden konzentrierten Gedanken aus unseren Köpfen und zwang uns, Laute nicht nur zu hören, sondern auch zu fühlen.

Als wir uns auf dem Rückweg zu meiner Hütte darüber unterhielten, stellten wir verblüfft fest, dass wir uns unabhängig voneinander beide gefragt hatten, ob es sich so anfühlt, wenn man den Verstand verliert.

Ein etwas größerer Verwandter des Wasserpfeifers aus derselben Gattung ist der Graue Laubfrosch, der sich über die Sommermonate oft in meinen Bienenstöcken einnistet. Die Frösche hängen unter der Wetterschutzabdeckung des Stockes, und wenn ich die Abdeckung hochhebe, lassen sie sich ganz ohne Eile auf den inneren Deckel plumpsen und sehen mich ruhig an.

Sie sind von einem angenehm weichen Graugrün mit dunkleren moosgrünen Flecken, und wenn sie in einem Baum sitzen, sehen sie aus wie ein Stück flechtenüberzogener Rinde. Mit dieser im Zuge der Evolution entstandenen wunderbar erfolgreichen Tarnfärbung ist der Graue Laubfrosch in brenzligen Situationen am sichersten, wenn er stillhält und so tut, als sei er tatsächlich ein Stück Rinde. Auf dem weißen inneren Deckel des Bienenstocks nützt ihm seine Tarnung allerdings herzlich wenig, aber das weiß er natürlich nicht, und da er nicht gelernt hat, dass es von Nutzen sein kann, weithin sichtbar davonzuhüpfen, bleibt er sitzen und beäugt mich, so kommt es mir vor, mit einer Mischung aus Eitelkeit und trotziger Rechthaberei.

Als ich gestern Abend im Bett lag und las, spürte ich ein kaum vernehmbares leichtes Plopp neben mir. Ich spähte über meine Brille hinweg und erblickte einen stattlichen dicken Grauen Laubfrosch, der mich prüfend ansah. Wir musterten einander eine ganze Weile, der Frosch sichtlich gelassen, dann nahm ich ihn auf, trug ihn zur Hintertür hinaus und setzte ihn in den Hickorybaum. Selbst in meinen Händen bewegte er sich kaum, und auch im Baum blieb er still sitzen und verschmolz aufs Schönste mit der Rinde. Ein gleichmütiger Frosch.

Die Fensterbänke in meinem Schlafzimmer sind verrottet, und er hatte vermutlich ein Loch gefunden, durch das er hereingeschlüpft war. Ich fragte mich, ob nicht noch Freunde von ihm dabei gewesen waren, schaute unters Bett und entdeckte dort drei weitere Graue Laubfrösche, jeder womöglich ein verwunschener Prinz. Dessen ungeachtet beförderte ich sie alle in den Hickorybaum.

Ich erinnerte mich vage, dass ich als Kind in der Sonntagsschule einmal etwas von einer Froschplage gehört hatte, und so nahm ich meine Bibel aus dem Regal und machte es mir wieder im Bett bequem. Ich fand die Geschichte im *Exodus.* Es handelte sich um eine der Plagen, die Gott dem Pharao sandte, auf dass er die Juden aus Ägypten ausziehen lasse.

Da sprach der Herr zu Mose: Geh hin zum Pharao und sage zu ihm: So spricht der Herr: Lass mein Volk ziehen, dass es mir diene! Wenn du dich aber weigerst, siehe, so will ich dein ganzes Gebiet mit Fröschen plagen, dass der Nil von Fröschen wimmeln soll. Die sollen heraufkriechen und in dein Haus kommen, in deine Schlafkammer, auf dein Bett …

Wie aufregend: Mein Abend hatte eine ausgesprochen biblische Färbung angenommen. Ich las von einer Froschplage, und ich hatte mit den Wasserpfeifern an meinen Wohnzimmerfenstern selbst eine erlebt. Beide Plagen gefielen mir, dem Pharao dagegen weniger. Wie der Verfasser des *Exodus* berichtet, peinigten ihn die Frösche in seinem Bett, und er rief Moses zu sich und sagte:

Bittet den Herrn für mich, dass er die Frösche von mir und von meinem Volk nehme, so will ich das Volk ziehen lassen, dass es dem Herrn opfere.

Ein pingeliger Mensch, dieser Pharao, und einer mit ziemlich schwachen Nerven.

Ich kannte einmal einen Sumpffrosch, *Rana palustris,* der hätte den Pharao eines anderen belehren können. Er war ein reizendes Geschöpf, sehr hübsch, gräulich mit rechteckigen dunklen Flecken, die Innenseiten der Beine leuchtend gelb. Er wohnte einen ganzen Sommer lang in meiner Scheune. Ich fand ihn eines Morgens, als er sich den Aufmerksamkeiten des Katers und der Hunde zu entziehen suchte. Sein rechter Vorderfuß fehlte; der Stumpf war zwar vollständig verheilt, aber der Frosch konnte nur schief und unbeholfen hüpfen. In der Annahme, er sei besser dran, wenn er sein Glück in freier Wildbahn versuchte, trug ich ihn zum Weiher hinaus und setzte ihn dort unter das schützende Brombeerdickicht. Am nächsten Tag aber fand ich ihn wieder in der Scheune – er war die ganze Strecke von der Länge eines Fußballfelds zurückgehüpft. Da ließ ich ihn bleiben, gab ihm Wasser und fing ihm ein paar Fliegen.

Den ganzen Sommer über versorgte ich ihn mit frischem Wasser, jagte Fliegen für ihn und passte auf, dass ihm nichts zustieß. Sumpffrösche leben manchmal in Höhlen, und ich fragte mich, ob das gedämpfte Licht in der Scheune und der kühle Betonboden ihn in dem Glauben wiegten, er habe eine Höhle mit besonders gutem Service entdeckt. Der Teil der Scheune, in dem er wohnte, dient als Durchgang zu meinem Schleuderraum, und bald war der Frosch ein gewohnter Anblick für mich. Nach einiger Zeit sah ich in ihm sogar so etwas wie einen Schutzgeist, einen Hüter des Honighauses, den Penaten Melissus sozusagen.

Eines Tages aber kam der Mann von der Lebensmittelkontrolle zu seiner jährlichen Inspektion. Er ist wie der Pharao ein pingeliger Mann. Einmal hat er mir Schwierigkeiten gemacht, weil er im Schleuderraum ein paar verirrte Honigbienen fand. Bienen, so erklärte er mir geduldig, seien Insekten, und laut Vorschrift seien Insekten in einem lebensmittelverarbeitenden Betrieb unzulässig. Ich wies ihn – nicht ganz so geduldig vielleicht – darauf hin, dass diese Insekten das Lebensmittel selbst erzeugten und sich bis zu dem Moment, da ich es ihnen wegnähme, in ständigem engem Kontakt damit befänden. Schließlich gab er, sichtlich widerstrebend, klein bei. Ich wusste nun nicht, wie er auf den Sumpffrosch reagieren würde, der bei seinem Wasserschälchen und einem Schraubdeckel voller toter Fliegen vor dem Honighaus hockte. Doch der Kontrolleur ist ein dynamischer Mann, er ging dynamisch an dem Frosch vorbei und bemerkte ihn gar nicht.

Vor Jahren habe ich in einem Biologie-Einführungskurs einen Frosch seziert, habe sorgfältig die Muskeln beiseitegelegt, die Nervenstränge verfolgt und die Organe bestimmt. Ich erinnere mich noch, wie zufrieden ich mit mir war, als ich den Kadaver wegwarf. Ich wusste nun alles über Frösche und konnte mich daranmachen, meine restlichen paar Wissenslücken zu füllen. Damals war ich so selbstherrlich wie ein Grauer Laubfrosch auf dem weißen Deckel eines Bienenstocks.

In den Jahren danach, ehe ich in die Ozarks zog, führte auch ich ein dynamisches Leben. Ich hatte zwar keinen Grund, daran zu zweifeln, dass ich nach wie vor alles über Frösche wusste, aber ich verschwendete wohl auch nie einen Gedanken an sie, denn wie der Kontrolleur sah ich keine.

Heute gibt es in meinem Leben Frösche in Hülle und Fülle, und das beglückt mich, aber so eingenommen von mir bin ich heute nicht. Zum einen ist mein Leben nicht so verlaufen, wie ich es mir vorgestellt hatte, zum anderen bilde ich mir nicht mehr ein, über irgendetwas alles zu wissen. Von Fröschen beispielsweise habe ich keine Ahnung, und besonders klar wird mir das, wenn sie meine Fenster besetzen, in mein Bett springen oder meinen Schutz benötigen.

Ich seziere keine Frösche mehr, und ich lese mehr Lyrik als mit zwanzig. Vor kurzem stieß ich auf ein Haiku über die Natur, der von einem unbekannten Japaner stammt. Gerade habe ich ihn abgeschrieben und über meinem Schreibtisch an die Wand gehängt:

Fremd ist mir, was hier wohnt
Tränen fließen vor Dankbarkeit und Demut.

Meine dreihundert Bienenstöcke stehen über die Hügel des südlichen Missouri verteilt auf Weideflächen oder am Rand von Waldparzellen der Farmer. Als Miete bekommen die Farmer jährlich vier Liter Honig von mir, aber den meisten sind die Bienen ohnehin willkommen, weil sie ihr Obst und Gemüse und den Klee auf ihren Weiden bestäuben.

Bienen fliegen auf der Suche nach Nektar drei Kilometer weit, zum Teil noch weiter. Ich habe einmal ausgerechnet, dass die achtzehn Millionen Bienen aus meinen Stöcken zweieinhalbtausend Quadratkilometer des Ozarkplateaus überfliegen. Im Frühjahr bin ich fast ausschließlich damit beschäftigt, zu den Trachtgebieten zu fahren, die Bienenvölker zu kontrollieren und sie für die großen Nektarströme vorzubereiten, aus denen sie den Honig machen.

Den Honig bringe ich dann mit einem Kleinlaster zu den Abnehmern, für diese Arbeit benutze ich einen wackeren roten 1954er-Chevy-Halfton-Pick-up. Er heißt »Augen zu und durch«, weil er auf vieles von dem, was gemeinhin als automobile Notwendigkeit gilt, verzichtet und trotzdem läuft und läuft. Der Pick-up und ich haben einiges an Widrigkeiten überstanden, wir haben Matsch und schwere Zeiten durchgemacht, und ich hege und pflege ihn sorgfältig.

Heute war es kalt und regnerisch, kein gutes Wetter für die Bienenarbeit, und so nahm ich mir den Pick-up vor. Ich ging in die Scheune hinaus, in deren mittlerem Teil er steht, machte Feuer in dem Holzofen dort und stellte den Radiosender der hundertdreißig Kilometer entfernten Universität ein. Man versprach mir Albinonis Konzert in C-Dur für zwei Oboen und Streicher, und ich begann die Lebenssäfte des Pick-ups zu kontrollieren. Das Getriebeöl war in Ordnung, aber ich musste eine halbe Dose Bremsflüssigkeit in den Hauptbremszylinder füllen. Das Öl musste gewechselt werden, und während ich es abließ, bockte ich den Wagen vorn auf, rollte auf meinem Rollbrett darunter und schmierte die vorderen Teile, wobei mir ständig Schmutz und Fett in die Augen fielen. Mein Pick-up hat zwanzig Schmierpunkte, und die müssen bei einem so alten Fahrzeug ziemlich oft geschmiert werden.

Während ich also auf dem Rollbrett lag und Albinoni durch mein Gehirn wogte, entdeckte ich, dass ich den Stoßdämpfer hinten rechts vernachlässigt hatte. Er war gebrochen, und auch seine Halterung hatte sich gelöst. Ich füllte gut vier Liter frisches Öl in das Kurbelgehäuse, wendete den Wagen, prüfte den Ölstand der Hinterachse und bockte ihn dann auf, um die hinteren Federn zu schmieren. Dann wechselte ich den Startknopf über der Anlassereinheit aus. Der Fußstarter hatte sich in letzter Zeit störrisch gezeigt, und mein Nachbar Ermon, ein Mechaniker, der auf der anderen Seite der Talmulde wohnt, hatte mir gesagt, er müsse ausgetauscht werden. Er hatte mir erklärt, wie man das macht, und der alte Startknopf ließ sich auch mühelos herausnehmen. Doch den neuen hineinzuschrauben, über dem Kotflügel hängend, die Fingerspitzen gegen den Motorblock gestemmt, war Schwerarbeit; ich hatte Albinoni und auch Mozart und Beethoven längst hinter mir und war bereits bei den Romantikern angelangt, als ich es endlich geschafft hatte. Wie der Mechaniker mit seinen dicken Fingern das nur so flink hinbekam.

Als ich fertig war, zog ich meinen verschmierten Overall

aus, wie immer erfreut und auch ein wenig überrascht, so sauber daraus aufzutauchen, dass ich in einem Wohnzimmer Gäste hätte empfangen können.

Das Wetter war inzwischen noch immer nicht gut genug für die Bienenarbeit, und so fuhr ich in die Stadt, um Besorgungen zu machen. Im Autoersatzteilladen kaufte ich neue Stoßdämpfer und ging dann zu meinem Lieblingsschrottplatz hinüber, weil ich ein Kardangelenk brauchte. Die Strecken, die ich fahre, setzen Kardangelenken schwer zu, und als das letzte Mal eines brach, baute mir mein Mechanikernachbar das einzige ein, das er noch hatte, und meinte, ich solle mir noch ein zweites besorgen und es als Reserve ins Handschuhfach legen.

Der Schrotthändler ist ein Freund von mir, und ich wusste, dass der Kauf einige Zeit in Anspruch nehmen würde, was uns beiden an einem solchen Regentag aber nur recht sein konnte. Als ich kam, war er gerade dabei, einen Schrott-Pontiac mit dem Schneidbrenner in verwertbare Einzelteile zu zerlegen. An seine Werkbank gelehnt wartete ich, bis er mit einem Schnitt zu Ende war. Schließlich schob er seine Schutzbrille zurück und nickte mir zu. Er schenkte erst mir, dann sich selbst eine Tasse Kaffee ein, und wir redeten über das Wetter, das Für und Wider des Regens in Vergangenheit, Gegenwart und Zukunft. Dann wollte er wissen, was ich bräuchte. Ein Kardangelenk für meinen Chevy? Nein, solche alten Pick-ups kämen heutzutage kaum noch rein, und wenn, dann seien die guten Teile immer schon ausgebaut.

Ich hätte mich nun bedanken und gehen können, aber ich lebe mittlerweile seit zwölf Jahren in den Ozarks und wusste daher, dass er erst einmal nur hallo gesagt hatte. Ich fragte ihn, wie er mit dem 1934er-Pick-up vorankomme, den er sich gekauft hatte und jetzt restaurierte.

»Kein Stück«, sagte er. »Kommt ja dauernd jemand rein und will Ersatzteile. Echt nervig.« Er sah mich durchdringend an. Ich ließ diesen Kommentar so stehen und machte es mir an der Werkbank etwas bequemer.

»Dabei würd ich so gern dran weitermachen«, fuhr er fort. »Es ist genau so einer wie mein allererster Pick-up überhaupt. Hab ich dir von dem mal erzählt?«

Nein.

Er lehnte sich an einen zerknautschten Kotflügel. »Ein vierunddreißiger Chevy war das, den hatte ich dem alten Holzbein-Potter abgekauft. Super Teil, und ich bin voll Stolz damit heimgefahren. Aber am nächsten Tag hab ich so ein komisches Klopfen gehört, und da bin ich druntergekrochen und hab die Ölwanne abgemacht. Tja, der alte Holzbein-Potter mag ja sonst was gewesen sein, aber ein großer Mechaniker war er nicht, da war nämlich ein Lager ausgeschlagen, und er hatte einfach ein Stück Speckschwarte um die Pleuelstange gewickelt. Aber mit Speckschwarte läuft ein Pick-up nicht! Na, eines Tages, als mein Daddy geschlafen hat, da hab ich mir von der Zunge von seinem Schuh ein Stück Leder abgeschnitten, hab die Speckschwarte rausgemacht und dafür das Schuhleder reingetan, und dann hab ich den vierunddreißiger Chevy die Straße runtergefahren und ihn gegen einen 1948er-Ford getauscht. Der alte Knabe, dem der gehört hatte, der kam die Woche drauf bei mir an und hat sich über das Schuhleder beschwert. Da sag ich zu ihm: ›Erzähl mir nix‹, sag ich, ›ich hab den Pick-up doch überhaupt erst auf Vordermann gebracht. Geh mal zum alten Holzbein-Potter und red mit dem. Der denkt, ein Pickup läuft mit Speckschwarte.‹«

Hätte ich jetzt gelacht oder auch nur gelächelt, wäre ich nicht mit ihm ins Geschäft gekommen, und so versuchte ich eine Miene aufzusetzen, die ausdrückte, dass ich zwar eine ganz nette Story gehört hatte, aber immer noch wusste, was ein guter Witz ist, und dass ich nach wie vor ein Kardangelenk brauchte. Ich sagte, der Regen scheine etwas nachzulassen und ich würde dann mal gehen.

»Schade, dass du's so verdammt eilig hast, sonst könnt' ich ja vielleicht irgendwo eins auftreiben«, sagte er und kramte auf einem Bord herum, bis er eines gefunden hatte.

Da wünschte ich mir das erste und einzige Mal in meinem Leben, ich wäre ein Mann, denn jetzt hätte ich sagen müssen: »Hey, willst du etwa auch noch Geld für das alte Ding?« Aber ich bin keiner, und so fragte ich nur nach dem Preis, er nannte ihn mir, ich zahlte, und er kehrte zu seinem Schneidbrenner zurück.

Einem Schwarm können Leute, die Bienen halten, einfach nicht widerstehen. Wir lassen alles stehen und liegen und fangen ihn ein, wenn wir darum gebeten werden. Sinnvoll ist das allerdings nicht, denn vom Standpunkt ernsthafter Bienenzucht und Honigerzeugung bringt so ein Schwarm nicht viel. Die Schwärme werden von alten Königinnen angeführt, deren Legeleistung bereits stark nachgelassen hat, und der Imker sollte sie tunlichst gegen eine neue Königin austauschen, die er von einem Königinnenzüchter bezieht. Das erste Jahr muss man den Schwarm füttern und hätscheln; selten produziert er schon in der ersten Saison Honig über den Eigenbedarf hinaus. Trotzdem fangen wir jeden Schwarm ein.

Mit Bienenschwärmen hat es eine ganz eigene Bewandtnis, und ich merke immer wieder, dass Imker nicht gern darüber reden, vielleicht weil es zu den Dingen gehört, die jenseits aller Rationalität liegen und uns Unbehagen bereiten, wenn wir sie in Worte zu fassen suchen.

Meinen ersten Schwarm fing ich in meinem zweiten Jahr als Bienenzüchterin ein. Ich steckte mitten in der Frühjahrsarbeit des Imkers – zehn bis zwölf Stunden am Tag – und war ganz darauf konzentriert, was die Bienen in ihren Stöcken draußen machten. Der Tag hatte mit starkem Regen begonnen, und statt an den Bienenstöcken zu arbeiten, fertigte ich im Honighaus neues Zubehör an. Bis zum Nachmittag hatte es aufgehört zu regnen, aber die Luft war schwülwarm, aufgeladen und erwartungsschwer. Ich fühlte mich irgendwie komisch, angespannt, so als stünde irgendetwas Ungewöhnliches bevor. Dann begann mein Hals zu prickeln, und ich beschloss, einen Spaziergang zu den Bienenstöcken zu machen, die ich neu aufgestellt hatte. Und dort, ganz in der Nähe, hing am Ast eines Apfelbaums ein Bienenschwarm. Von überall her kamen noch Bienen angeflogen und gesellten sich zu all den anderen, die sich um ihre Königin gesammelt hatten.

Aus Gründen, die man noch nicht genau kennt, teilen sich manche Bienenvölker im Frühjahr und vermehren sich durch das Schwärmen. Die Arbeiterinnen ziehen fürsorglich eine neue Königin für das Muttervolk heran, dann schart sich ein Teil der Bienen um die alte Königin, füllt seine Honigmägen und zieht aus. Sie lassen jede Erinnerung an den alten Bau hinter sich und kehren nie wieder dorthin zurück. Irgendwo, in meinem Apfelbaum zum Beispiel, sammeln sie sich dann für eine Weile zu einer Schwarmtraube. Wenn kein Imker sie einfängt, entfernen sich die Kundschafterinnen von der Traube, erkunden nahegelegene Hohlräume und berichten den anderen, ob sie sich als neues Quartier eignen.

Die Honigbienen kennen zwei Formen der Kommunikation. Eine erfolgt chemisch: Informationen über Nahrungsquellen und das Befinden von Königin und Kolonie werden ausgetauscht, während die Bienen einander mit Nektartropfen füttern, die bereits weiterverarbeitet und mit chemischen Merkmalen versehen sind. Die zweite Form der Kommunikation ist taktiler Art: Bienen berichten anderen Bienen durch bestimmte Bewegungsfolgen von guten Dingen wie Nahrung oder einer geeigneten neuen Wohnstatt. Diese komplizierten Bewegungen, die eine stark stilisierte Karte aus Orientierungspunkten, Himmelsrichtung und Sonnenstand ergeben, nennt man Schwänzeltanz.

Die Kundschafterinnen können mehrere mögliche Behausungen für den Schwarm ausfindig machen, über die sie dann tanzend Bericht erstatten. Irgendwann, manchmal erst nach mehreren Tagen, wird eine Einigung erzielt, ähnlich dem Konsensprinzip bei den Quäkern, und der ganze Schwarm fliegt los und bezieht sein neues Heim.

Eine Weile beobachtete ich die Bienen in meinem Apfelbaum voller Freude, dann ging ich zurück und holte die nötigen Gerätschaften aus der Scheune, um sie einzufangen. Ich sah zum Himmel auf. Er war noch dunkel von dem abziehenden Gewitter, doch vor dem Schwarzblau wölbte sich leuchtend ein vollkommener Regenbogen, der einen atemberaubend schönen Kontrast zu dem umgekehrten spitzen V des Scheunendachs bildete. Wieder am Apfelbaum, schüttelte ich die Bienen in den neuen Kasten. Irgendwann merkte ich, dass ich dabei Passagen aus einer von Händels Krönungshymnen sang – eine passendere Begleitmusik zum Einfangen eines Bienenschwarms konnte ich mir kaum vorstellen.

Seit damals gebe ich besonders acht, wenn die Luft im Frühling vor elektrischer Aufladung knistert. Letzte Woche war wieder so ein Tag. Ich arbeitete an einer Reihe von zwölf Bienenstöcken ruhig vor mich hin, als sich plötzlich meine Nackenhaare sträubten. Ich blickte auf: Die Luft schwirrte von Bienen, die von Norden her auf mich zuflogen. Aus einem meiner eigenen Stöcke stammten sie nicht, doch aus unerfindlichen Gründen sammeln sich Bienen auf der Suche nach einem neuen Quartier oft in der Nähe bereits bestehender Stöcke. Ich verschloss den Stock, mit dem ich gerade beschäftigt war, trat zurück und stellte mich neben eine schlanke junge Pfahleiche, um die Bienen zu beobachten. Sie begannen sich auf einem der unteren Äste niederzulassen, direkt neben mir. In wirbelndem Sinkflug kamen sie heran und umkreisten mich und die Pfahleiche, bis ich ganz von dem Schwarm eingehüllt war, dessen Flügelschlag die Luft leise bewegte. Wie lange ich dort stand, weiß ich nicht mehr. Ich verlor jedes Zeitgefühl, und eine freudige Erregung erfasste mich, gleichsam die menschliche Entsprechung der frühlingsfrohen Aufbruchsstimmung, in der sich die Bienen befanden. Ich stand ganz still; für sie war ich nichts weiter als ein Gegenstand, den sie umkreisen mussten, um zu dem Ort zu gelangen, an dem sie sich aus Gründen, die mir verborgen blieben, zu sammeln gedachten. In einem anderen Sinne aber war ich ihnen keineswegs fern, denn ich empfing allerlei vielsagende Botschaften, so deutlich, wie man es sich jenseits menschlichen Denkens und menschlicher Sprache nur vorstellen kann. Die Bienen streiften mich, meine Haut kribbelte, und ich fühlte mich fast als Teil des Schwarms.

Nachdem sie sich zu einer Traube gesammelt hatten, besann ich mich wieder auf mein Menschsein und meine Pflichten. Ich ging zu meinem Pick-up hinüber, holte den leeren Kasten, den ich während der Schwarmzeit immer dabeihabe, und hielt ihn mit dem Flugloch direkt unter den Schwarm. Eine Honigwabe aus einem anderen Stock befand sich darin, und die Bienen rochen sie und begannen hineinzukrabbeln. Ich hielt nach der Königin Ausschau, ohne sie würde der Schwarm sterben. Es dauerte ungefähr zwanzig Minuten, bis alle Bienen in den Stock eingezogen waren, die Königin, ein langes, elegantes Tier, als eine der Letzten.

Ich verschloss das Flugloch und stellte den Stock auf die Ladefläche des Pick-ups, und als ich mit meiner Arbeit an den Bienenstöcken des Trachtgebiets fertig war, fuhr ich mit meinem neuen Schwarm nach Hause.

Da ich mit der Imkerei mein Geld verdiene, hätte ich die alte Königin nun töten und gegen eine kräftige neue austauschen müssen, um mit der Kolonie eine gute Honigproduktion zu erzielen. Doch damit hätte ich die Identität des Schwarms zerstört, denn jedes Bienenvolk übernimmt sein

Wesen, seinen Charakter und seine Persönlichkeit von der Königin, der Mutter aller seiner Mitglieder. Und so ließ ich sie leben.

Der hiesige Kriegsveteranenverein, die »Veterans of Foreign Wars«, hat einen Campingplatz am Fluss, direkt unterhalb meiner Farm. An warmen Tagen kommen die Mitglieder mit ihren Familien zum Baden und Grillen dorthin, und manchmal schlagen sie über Nacht ihre Zelte auf.

Der VFW ist eine wichtige kommunale Einrichtung in der Stadt, er sponsert Bürgerveranstaltungen ebenso wie Backfischfeste, Spanferkelfeste und Barbecues, wann immer sich auch nur der geringste patriotische Anlass dazu bietet. Seine Mitglieder sind größtenteils Veteranen des Zweiten Weltkriegs, die Vietnamveteranen sind hier wie andernorts vielfach verbittert und haben kein Interesse am geselligen Leben eines Vereins, der sie an den Krieg erinnert. Einer von ihnen fragte mich einmal, während er mir an einer Tankstelle in der Stadt einen Reifen flickte, ob ich nicht die Bienenfrau sei, die oben am VFW-Campingplatz wohne.

»Ich halt das einfach nicht aus, wenn die alten Kerle da rumsitzen und einem erzählen, wie ein Krieg geführt werden muss«, sagte er grimmig.

Ich habe zwar keine engen Freunde unter den VFW-Mitgliedern oder ihren Frauen, aber ich kenne viele von ihnen, und sie laden mich oft zu ihren Grillpartys ein. Es ist ein Akt der Höflichkeit, eine freundliche Geste, die uns als gute Nachbarn ausweist; dass ich die Einladung annehme, wird nicht erwartet. Doch wie meine Mutter scheint auch der VFW zu glauben, dass ich mich nicht ausreichend ernähre, denn jedes Mal, wenn dort unten ein Barbecue stattfindet, kommt jemand mit einer Kiste voll gegrilltem Fleisch, Bratkartoffeln, Baked beans und Salat, von der ich tagelang zehre, den Hügel heraufgefahren.

»Was zu essen für Sie«, sagt der Veteran dann grinsend und fährt wieder zu seinen Freunden hinunter.

Jedes Jahr an einem Samstag gegen Ende des Sommers veranstaltet der VFW einen Herrenabend. Dabei wird, soviel man hört, nicht nennenswert auf den Putz gehauen, aber umso mehr vorher darüber gesprochen. Einer der Männer erzählte mir einmal, sie hätten der Ehefrau eines neuen Mitglieds weisgemacht, dass an jedem Herrenabend um Punkt zehn ein Kanu voller nackter Frauen den Fluss hinunterfahre. Die Ehefrau, ein ganz junges Ding, habe ihnen die Geschichte prompt abgenommen und sich schrecklich aufgeregt, berichtete der Veteran laut lachend und fügte dann hinzu: »Mann! Bis zehn sind wir so besoffen, dass wir's nicht mal merken würden, wenn die Königin von Saba den Fluss runterkäme.«

Vorigen Sommer schauten eines Nachmittags Virgil, ein VFW-Mitglied, und seine Frau Mary Lou bei mir vorbei, um mir zu sagen, dass sie mit ein paar Freunden Ziegensteaks grillen wollten und mich sehr gern dabeihätten. Ich hatte sie länger nicht gesehen und in letzter Zeit sehr viel gearbeitet, und so war mir die Aussicht auf Ziegenbraten und ein bisschen zwanglose Unterhaltung gerade recht. Ich bedankte mich und versprach, später hinunterzukommen. Bevor ich ging, überlegte ich, was ich zu dem Festmahl beitragen konnte. Im Kühlschrank fanden sich ein bisschen rohes Gemüse, gerade genug für den Salat, den ich mir zum Abendessen hatte machen wollen, ein angebrochenes Glas Senf, bereits im Übergang zu einer höheren Lebensform, und ein halber Krug Rotwein, der von einem Essen mit Freunden in der Woche zuvor übrig geblieben war. Im Schrank sah es nicht viel besser aus: ein paar fade Kräcker und eine halbe Flasche Teriyakisoße. Ein halber Krug Wein erschien mir dennoch festlicher als eine halbe Flasche Teriyakisoße, und so schwang ich ihn mir über die Schulter und ging zum Campingplatz hinunter. Als ich ankam, warf Virgil einen prüfenden Blick auf den Pegelstand in meinem Krug.

»Ich hab zwar gewusst, dass es ein weiter Weg ist bis hier runter, aber dass er so weit ist, hab ich nicht gewusst«, sagte er mit einem unschuldigen Lächeln.

Es wurde ein schöner Abend. Das Ziegenfleisch, in Kräutern gebraten, war köstlich, die Gesellschaft angenehm, und über Virgils Geschichten bogen sich alle vor Lachen, während er selbst keine Miene verzog. Ich war froh, dass ich die Einladung angenommen hatte.

Letzten Freitag hat sich ein lebensmüder, sorgenbeladener Veteran auf dem Campingplatz erschossen. Ich habe den Schuss nicht gehört und kannte den Mann nicht, aber die beiden Veteranen, die Minuten später an meine Tür hämmerten.

Ich lag schon im Bett und las, stand schnell wieder auf, schlüpfte in meinen Morgenrock und machte auf. Die beiden Männer redeten wirres Zeug und weinten. Etwas Schreckliches musste passiert sein, aber ich fand nicht heraus, was. Ich führte sie ins Wohnzimmer und ließ sie Platz nehmen, und ganz allmählich begriff ich. Sie hatten zwei Stunden lang versucht, den Mann vom Selbstmord abzuhalten, aber er hatte es trotzdem getan, und nun machten sie sich schwerste Vorwürfe.

Sie wollten von meinem Apparat aus den Sheriff und die Familie des Mannes anrufen, doch das Grauen war noch so frisch, dass sie das Telefonbuch nicht lesen konnten. Ich suchte die Nummern für sie heraus, half ihnen, ihre Anrufe zu machen, und zerbrach mir den Kopf, was ich ihnen sagen konnte. Doch Worte würden das Geschehene nicht ungeschehen machen. Schließlich baten sie mich, Virgil anzurufen, den Mann für Krisensituationen. Sie wollten ihn einfach um sich haben. Ich bot ihnen an, die halbe Stunde, die der Sheriff bis hierher brauchen würde, noch zu bleiben, ich würde ihnen Kaffee machen. Es konnte nicht gut für sie sein, auf den Campingplatz zurückzukehren und allein bei der Leiche zu sitzen, deren Kopf von einer Schrotflintenladung zerfetzt worden war. Aber sie wollten nicht bleiben. Sie fuhren wieder an den Fluss hinunter, und die Räder ihres Pick-ups spritzten Kies ins Dunkel. Ich rief Virgil an, und er versprach, sofort zu kommen.

Dann begann mein Telefon zu klingeln. Auf dem Land steht das Abhören des Polizeifunks als Abendunterhaltung in Konkurrenz zum Fernsehen. Die ganze Nachbarschaft wusste bereits, dass der Sheriff wegen eines Todesfalls auf dem VFW-Campingplatz dorthin unterwegs war, und die Neugierigen wollten Näheres von mir erfahren.

Von meiner Hütte aus kann ich die Straße nicht sehen, aber bald hörte ich Autos näher kommen. Der Sheriff, Virgil und vielleicht noch ein paar andere Veteranen trafen ein, und mir wurde etwas wohler bei dem Gedanken an die beiden Männer dort unten. An Schlaf war in dieser Nacht nun nicht mehr zu denken, und ich grämte mich um den unbekannten Mann, für den das Leben zu einer solchen Qual geworden war, dass er es hinter sich lassen musste.

Am Nachmittag des nächsten Tages kam einer der beiden Männer noch einmal zu mir. Seine Augen waren noch gerötet, sein Gesicht zerknittert vor Erschöpfung, und er war so betrunken, dass er sich kaum auf den Beinen halten konnte. Die Jungs, sagte er, hielten es für das Beste, über den Rest des Wochenendes eine Familienparty auf dem Campingplatz zu veranstalten und auch dort zu übernachten, sonst werde niemand je wieder hinkönnen. Und es sei wichtig, dass ich zum Abendessen auch hinunterkäme. Es sei wichtig. Sehr. Sehr. Wichtig. Sehr wichtig. Sehr.

Ich versprach es und versicherte ihm, dass ich verstanden hatte.

Der Tod hatte den Campingplatz in Besitz genommen, und er sollte dem Leben mit seinen Partys zurückgegeben werden, bevor er zum Gespenst wurde. Die beiden Männer mussten auf einer Party dort mit mir reden. Am Abend zuvor waren sie nicht mehr einfach nur zwei nette Kerle gewesen, sondern Männer, die das Grauen gesehen und in mein Wohnzimmer getragen hatten. Und ich war nicht mehr die Bienenfrau auf dem Hügel gewesen, sondern eine Frau, die sie in den Arm genommen hatte, als sie weinten. Nun wurde es Zeit, dass wir alle zu dem zurückkehrten, was wir vorher gewesen waren.

Bei Sonnenuntergang ging ich zum Campingplatz hinunter. Wir aßen dies und das, ich saß im Kreis der Frauen und Töchter, und wir unterhielten uns über dies und jenes. Die Männer blieben unter sich und tranken. Nach einer

Weile redete ich mit den beiden, die bei mir gewesen waren. Wir waren uns darin einig, dass es schlimm sei, was da passiert war, dass aber die Zeit vergessen helfe. Sie bedankten sich dafür, dass sie mein Telefon hatten benutzen dürfen, dann stieg ich wieder den Hügel hinauf.

ARTHUR SCHNITZLER

Blumen

Da bin ich nun den ganzen Nachmittag in den Straßen herumspaziert, auf die stiller weißer Schnee langsam herunterschwebte, – und bin nun zu Hause, und die Lampe brennt, und die Zigarre ist angezündet, und die Bücher liegen da, und alles ist bereit, dass ich mich so recht behaglich fühlen könnte … Aber es ist ganz vergeblich, und ich muss immer nur an dasselbe denken.

War sie nicht längst für mich gestorben? … ja, tot, oder gar, wie ich mit dem kindischen Pathos der Betrogenen dachte, »schlimmer als tot«? … Und nun, seit ich weiß, dass sie nicht »schlimmer als tot« ist, nein, einfach tot, so wie die vielen anderen, die draußen liegen, tief unter der Erde, immer, immer, wenn der Frühling da ist, und wenn der schwüle Sommer kommt, und wenn der Schnee fällt wie heute … so ohne jede Hoffnung des Wiederkommens – seither weiß ich, dass sie auch für mich um keinen Augenblick früher gestorben ist als für die anderen Menschen. Schmerz? – Nein. Es ist ja doch nur der allgemeine Schauer, der uns fasst, wenn etwas ins Grab sinkt, das uns einmal gehört hat, und dessen Wesen uns noch immer ganz deutlich vor Augen steht, mit dem Leuchten des Blickes und mit dem Klang der Stimme.

Es war ja gewiss sehr traurig, als ich damals ihren Betrug

entdeckte; … aber was war da noch alles dabei! … Die Wut und der plötzliche Hass und der Ekel vor dem Dasein und – ach ja gewiss! – die gekränkte Eitelkeit; – ich bin ja erst nach und nach auf den Schmerz gekommen! Und dann war ein Trost da, der zur Wohltat wurde: Dass sie selbst leiden musste. – Ich habe sie noch alle, jeden Augenblick kann ich sie wieder lesen, die dutzende Briefe, die um Verzeihung flehten, schluchzten, jammerten! – Und ich sehe sie selbst noch vor mir, in dem dunkeln, englischen Kleide, mit dem kleinen Strohhut, wie sie an der Ecke der Straße stand, in der Abenddämmerung, wenn ich aus dem Haustore trat, … und mir nachschaute … Und auch an jenes letzte Wiedersehen denk' ich noch, wie sie vor mir stand mit den großen, staunenden Augen in dem runden Kindergesicht, das nun so blass und verhärmt war … Ich habe ihr nicht die Hand gegeben, als sie ging; – als sie zum letzten Male ging. – Und vom Fenster aus hab' ich sie noch bis zur Straßenecke gehen sehen, und da ist sie verschwunden –– für immer. Jetzt kann sie nicht wiederkommen …

Dass ich es überhaupt weiß, ist ein Zufall. Es hätte auch noch Wochen, Monate dauern können. Ich begegnete vormittags ihrem Onkel, den ich wohl ein Jahr lang nicht gesehen hatte, und der sich nur selten in Wien aufhält. Nur ein paar Mal habe ich ihn früher gesprochen. Zuerst, vor drei Jahren, an einem »Kegelabend«, zu welchem auch sie mit ihrer Mutter hingekommen war. – Und dann im Sommer drauf: da war ich mit ein paar Freunden im Prater, in der »Csarda«. Und an dem Tisch neben uns saß der Onkel mit zwei oder drei Herren, sehr gemütlich, beinahe fidel, und trank mir zu. Und bevor er den Garten verließ, blieb er noch bei mir stehen, und, wie ein großes Geheimnis, teilte er mir mit, dass seine Nichte für mich schwärme! – Und mir kam das so im Halbdusel eigentümlich und lustig und beinahe abenteuerlich vor, dass der alte Mann mir das hier erzählte, unter den Klängen des Cymbals und der hellen Geigen, – mir, der ich das so gut wusste, und dem noch der Duft ihres letzten Kusses auf den Lippen lag ... Und nun, heute Vormittag! Fast wär' ich an ihm vorbeigegangen. Ich fragte ihn nach seiner Nichte, mehr aus Höflichkeit als aus Interesse ... Ich wusste ja nichts mehr von ihr; auch die Briefe waren schon längst nicht mehr gekommen; nur Blumen schickte sie regelmäßig. Erinnerungen an einen unserer seligsten Tage; einmal jeden Monat kamen sie; kein Wort dazu, schweigende, demütige Blumen ... – Und wie ich den Alten fragte, war er ganz erstaunt. Sie wissen nicht, dass das arme Kind vor einer Woche gestorben ist? Ich erschrak heftig. – Er erzählte mir dann noch mehr. Dass sie lange gekränkelt habe, dass sie aber kaum acht Tage zu Bett gelegen sei ... Und was ihr gefehlt habe? ... »Gemütskrankheit ... Blutarmut ... Die Ärzte wissen ja nie was Rechtes.« –

Ich bin noch lange auf der Stelle stehen geblieben, wo mich der alte Mann verlassen hatte; – ich war abgespannt, als lägen große Mühen hinter mir. – Und jetzt ist mir, als müsste ich den heutigen Tag als einen betrachten, der einen Abschnitt meines Lebens bedeutete. Warum? – Warum? Mir ist nur etwas Äußerliches begegnet. Ich habe nichts mehr für sie empfunden, ich habe kaum noch ihrer gedacht. Und dass ich alles dies niederschrieb, hat mir wohlgetan: Ich bin ruhiger geworden ... Ich beginne die Behaglichkeit meines Heims zu empfinden. – Es ist überflüssig und selbstquälerisch, weiter darüber zu denken … Es wird schon irgendwen geben, der tieferen Grund hat, heute zu trauern, als ich.

Ich habe einen Spaziergang gemacht. Heiterer Wintertag. Der Himmel so blass, so kalt, so weit … Und ich bin sehr ruhig. Der alte Mann, den ich gestern traf, … mir ist, als wenn es vor vielen Wochen gewesen wäre. – Und wenn ich an sie denke, kann ich sie mir in eigentümlich scharfen, fertigen Umrissen vorstellen; und nur eins fehlt: der Zorn, der sich noch bis in die letzte Zeit meiner Erinnerung beigesellte. Eine wirkliche Vorstellung davon, dass sie nicht mehr auf der Welt ist, dass sie in einem Sarg liegt, dass man sie begraben hat, habe ich eigentlich nicht … Es ist gar kein Weh in mir. Die Welt kam mir heute stiller vor. Ich habe in irgendeinem Augenblick gewusst, dass es überhaupt weder Freuden noch Schmerzen gibt; – nein, es gibt nur Grimassen der Lust und der Trauer; wir lachen und weinen und laden unsere Seele dazu ein. Ich könnte mich nun hinsetzen und sehr tiefe, ernste Bücher lesen, und dränge bald in all ihre Weisheit ein. Oder ich könnte vor alte Bilder treten, die mir früher nichts gesagt, und jetzt ginge mir ihre dunkle Schönheit auf … Und wenn ich an manche lieben Menschen denke, die mir gestorben sind, so krampft sich das Herz nicht wie sonst – der Tod ist etwas Freundliches geworden; er geht unter uns herum und will uns nichts Böses tun.

Schnee, hoher, weißer Schnee auf allen Straßen. Da ist das kleine Gretel zu mir gekommen und hat gefunden, wir müssen endlich einmal eine Schlittenpartie machen. Und da waren wir nun auf dem Land und sind auf glatten, hellen

Wegen mit Schellengeklingel hingesaust, den blassgrauen Himmel über uns, rasch, rasch dahin, zwischen weißen, glänzenden Hügeln. Und Gretel lehnte mir an der Schulter; sah mit vergnügten Augen auf die lange Straße vor uns. Wir kamen in ein Wirtshaus, das wir gut vom Sommer her kannten, aus der Zeit, da es mitten im Grünen lag, und das nun so verändert aussah, so einsam, so ohne Zusammenhang mit der übrigen Welt, als müsste man's erst von neuem entdecken. Und der geheizte Ofen in der Wirtsstube glühte, dass wir den Tisch weit weg rücken mussten; weil die linke Wange und das Ohr der kleinen Gretel ganz rot geworden waren. Da musst' ich ihr die blassere Wange küssen. Dann die Rückfahrt, schon im halben Dunkel. Wie sich Gretel ganz nahe an mich schmiegte und meine beiden Hände in die ihren nahm. – Dann sagte sie: »Heut hab ich dich endlich wieder.« Sie hatte so ohne alles Grübeln das rechte Wort gefunden, was mich ganz froh machte. Vielleicht auch hat die herbe Schneeluft auf dem Lande meine Sinne wieder freier gemacht, denn freier und leichter fühle ich mich, als alle die letzten Tage. –

Neulich wieder einmal, während ich nachmittags auf dem Divan im Halbschlummer lag, beschlich mich ein sonderbarer Gedanke. Ich kam mir kalt und hart vor. Wie einer, der ohne Tränen, ja ohne jede Fähigkeit des Fühlens an einem Grabe steht, in das man ein geliebtes Wesen gesenkt hat. Wie einer, der so hart geworden ist, dass ihn nicht einmal die Schauer eines jungen Todes versöhnen … Ja, unversöhnlich, das war es …

Vorbei, ganz vorbei. Das Leben, das Vergnügen und das bisschen Liebe jagt all das dumme Zeug davon. Ich bin wieder mehr unter Menschen. Ich habe sie gern, sie sind harmlos, sie plaudern von allen möglichen heiteren Dingen. Und Gretel ist ein liebes, zärtliches Geschöpf, und am schönsten ist sie, wenn sie so bei mir in der Fensternische steht, nachmittags, und auf ihrem blonden Kopf die Sonnenstrahlen glitzern.

Etwas Seltsames ist heute geschehen … Es ist der Tag, an welchem sie mir allmonatlich die Blumen schickte … Und die Blumen sind wieder gekommen, als … als hätte sich nichts verändert. – Sie kamen frühmorgens mit der Post in einem weißen, langen, schmalen Karton. Es war noch ganz früh; noch lag mir der Schlaf über Stirn und Augen. Und erst wie ich daran war, den Karton zu öffnen, kam mir die volle Besinnung … Da bin ich beinahe erschrocken … Und da lagen, zierlich durch einen Goldfaden zusammengehalten, Nelken und Veilchen … Wie in einem Sarge lagen sie da. Und wie ich die Blumen in die Hand nahm, ging mir ein Schauer durchs Herz. – Ich weiß, wieso sie auch heute noch gekommen sind. Wie sie ihre Krankheit nahen, wie sie vielleicht schon eine Ahnung des nahen Todes fühlte, hat sie noch den gewohnten Auftrag in der Blumenhandlung gegeben. Ich sollte ihre Zärtlichkeit nicht vermissen. – Gewiss, so ist die Sendung zu erklären; als etwas völlig Natürliches, als etwas Rührendes vielleicht … Und doch, wie ich sie in der Hand hielt, diese Blumen, und wie sie zu zittern und sich zu neigen schienen, da musst' ich sie wider alle Vernunft und allen Willen als etwas Gespenstisches empfinden, als kämen sie von ihr, als wär' es ihr Gruß … als wollte sie noch immer, auch jetzt noch, als Tote, von ihrer Liebe, von ihrer – verspäteten Treue erzählen. – Ach, wir verstehen den Tod nicht, nie verstehen wir ihn; und jedes Wesen ist in Wahrheit erst dann tot, wenn auch alle die gestorben sind, die es gekannt haben ... Ich habe die Blumen heute auch anders in die Hand genommen als sonst, zarter, als könnte man ihnen ein Leids antun, wenn man sie zu hart anfasste ... als könnten ihre stillen Seelen leise zu wimmern anfangen. Und wie sie jetzt vor mir auf dem Schreibtisch stehn, in einem schlanken, mattgrünen Glas, da ist mir, als neigten sich die Blüten zu traurigem Dank. Das ganze Weh einer nutzlosen Sehnsucht duftet mir aus ihnen entgegen, und ich glaube, dass sie mir etwas erzählen könnten, wenn wir die Sprache alles Lebendigen und nicht nur die alles – Redenden verständen.

Ich will mich nicht beirren lassen. Es sind Blumen, weiter nichts. Es sind Grüße aus dem Jenseits ... Es ist kein Rufen, nein, kein Rufen aus dem Grabe. – Blumen sind es, und irgendeine Verkäuferin in einem Blumengeschäft hat sie ganz mechanisch zusammengebunden, ein bisschen Watte drum getan, in die weiße Schachtel gelegt und dann auf die Post gegeben. – Und nun sind sie eben da, warum denk' ich drüber nach? –

Ich bin viel im Freien, mache weite, einsame Spaziergänge. Wenn ich unter Menschen bin, fühle ich keinen rechten Zusammenhang mit ihnen; die Fäden alle reißen ab. Das merk' ich auch, wenn das liebe, blonde Mädel in meinem Zimmer sitzt und mir da alles Mögliche vorplaudert von ... ja, ich weiß gar nicht wovon. Denn wie sie wieder fort ist, da ist sie gleich, im ersten Augenblicke schon, so fern, als wäre sie weit weg, als nähme die Flut der Menschen sie gleich auf immer mit, als wäre sie spurlos verschwunden. Wenn sie nicht wiederkäme, könnte ich mich kaum wundern.

Die Blumen stehen in dem schlanken, grün schimmernden Glas, ihre Stängel ragen ins Wasser, und das Zimmer duftet davon. – Sie duften noch immer, – obwohl sie schon eine Woche in meinem Zimmer sind und langsam zu welken beginnen. – Und ich begreife allen möglichen Unsinn, den ich belacht habe, ich begreife das Zwiesprachpflegen mit Gegenständen der Natur ... ich begreife, dass man auf Antwort warten kann, wenn man mit Wolken und Quellen spricht; denn auch ich starre ja diese Blumen an und warte, dass sie anfangen zu reden ... Ach nein, ich weiß ja, dass sie immer reden ... auch jetzt ... dass sie immerfort reden und klagen, und dass ich nahe daran bin, sie zu verstehen.

Wie froh bin ich, dass nun der starre Winter zu Ende geht. Schon schwimmt ein Ahnen des nahen Frühlings in der Luft. Die Zeit geht ganz eigen hin. Ich lebe nicht anders als sonst, und doch ist mir manchmal, als wären die Umrisse meines Daseins weniger fest gezeichnet. Schon das Gestern verschwimmt, und alles, was ein paar Tage zurückliegt, bekommt den Charakter eines unklaren Traumes. Immer von neuem, wenn Gretel mich verlässt, und insbesondere wenn ich sie mehrere Tage nicht sehe, da ist mir, als wäre das eine Geschichte, die längst, längst vorbei ist. Sie kommt immer von so weit, so weit! – Wenn sie dann zu plaudern anfängt, ist's freilich bald wieder beim alten, und ich habe ein deutliches Empfinden der Gegenwart und des Daseins. Und fast sind die Worte dann zu laut und die Farben zu grell; und wie das liebe Kind, kaum dass sie mich verlässt, in eine unsägliche Ferne entrückt ist, so jäh und glühend ist ihre Nähe. Sonst blieb mir doch noch ein Nachklang und ein Nachbild zurück von tönenden und lichten Augenblicken; jetzt aber verhallt und verlischt alles, plötzlich, wie in einer dumpfen Grotte. – Und dann bin ich allein mit meinen Blumen. Sie sind schon welk, ganz welk. Sie haben keinen Duft mehr. – Gretel hatte sie bisher nicht beachtet; heute das erste Mal weilte ihr Blick lange auf ihnen, und mir war, als wollte sie mich fragen. Und plötzlich schien sie eine geheime Scheu davon abzuhalten; – sie sprach überhaupt kein Wort mehr, nahm bald Abschied von mir und ging.

Sie blättern langsam ab. Ich rühre sie nie an; auch würden sie zwischen den Fingern zu Staub werden. Es tut mir unsäglich weh, dass sie welk sind. Warum ich nicht die Kraft habe, dem blöden Spuk ein Ende zu machen, weiß ich nicht. Sie machen mich krank, diese toten Blumen. Ich kann es zuweilen nicht aushalten, ich stürze davon. Und mitten auf der Straße packt es mich dann, und ich muss zurück, muss nach ihnen sehen. Und da find' ich sie dann in demselben grünen Glas, wie ich sie verlassen, müd' und traurig. Gestern Abend hab' ich vor ihnen geweint, wie man auf einem Grabe weint, und habe gar nicht an die gedacht, von der sie eigentlich kommen. – Vielleicht irre ich mich! aber mir ist, als fühlte auch Gretel die Anwesenheit von irgendetwas Seltsamem in meinem Zimmer. Sie lacht nicht mehr, wenn sie bei mir ist. Sie spricht nicht so laut, nicht mit dieser frischen, lebhaften Stimme, die ich gewohnt war. Ich empfange sie freilich nicht mehr wie früher. Auch quält mich eine stete Angst, dass sie mich doch einmal fragen könnte; und ich weiß, dass mir jede Frage unerträglich wäre.

Oft nimmt sie ihre Handarbeit mit zu mir, und wenn ich noch über den Büchern bin, sitzt sie still am Tisch, häkelt oder stickt, wartet geduldig, bis ich die Bücher weglege und aufstehe und zu ihr trete, ihr die Arbeit aus der Hand zu nehmen. Dann entferne ich den grünen Schirm von der Lampe, bei der sie gesessen, und durchs ganze Zimmer fließt das freundliche, milde Licht. Ich habe es nicht gern, wenn die Ecken im Dunkeln sind.

Frühling! – Weit offen steht mein Fenster. Am späten Abend hab' ich mit Gretel auf die dunkle Straße hinausgeschaut. Die Luft um uns war weich und warm. Und wie ich zur Straßenecke hinsah, wo die Laterne ist, die ein schwaches Licht verbreitet, stand plötzlich ein Schatten dort. Ich sah ihn und sah ihn nicht… Ich weiß, dass ich ihn sah … Ich schloss die Augen. Und durch die geschlossenen Lider konnte ich plötzlich sehen, und da stand das elende Geschöpf, im schwachen Licht der Laterne, und ich sah das Gesicht unheimlich deutlich, als wenn es von einer gelben Sonne beleuchtet würde, und sah in dem verhärmten, blassen Gesicht die großen, verwunderten Augen … Da ging ich langsam vom Fenster weg und setzte mich zum Schreibtisch; auf dem flackerte das Kerzenlicht im Windhauch, der von draußen kam. Und ich blieb regungslos sitzen; denn ich wusste, dass das arme Geschöpf an der Straßenecke stand und wartete; und wenn ich gewagt hätte, die toten Blumen anzufassen, so hätt' ich sie aus dem Glas genommen und sie ihr gebracht … So dacht' ich, dacht' es ganz fest, und wusste zugleich, dass es unsinnig war. Gretel verließ nun auch das Fenster und blieb einen Augenblick hinter meinem Sessel stehen und berührte mit ihren Lippen mein Haar. Dann ging sie, ließ mich allein …

Ich starrte die Blumen an. Es sind gar keine mehr, es sind fast nur mehr nackte Stängel, dürr und erbärmlich … Sie machen mich krank und rasend. – Und es muss wohl zu begreifen sein; sonst hätte Gretel mich doch einmal gefragt; aber sie fühlt es ja auch – sie flieht zuweilen, als wenn Gespenster in meinem Zimmer wären. –

Gespenster! – Sie sind, sie sind! – Tote Dinge spielen das Leben. Und wenn welkende Blumen nach Moder riechen, so ist es nur Erinnerung an die Zeit, wo sie blühten und dufteten. Und Gestorbene kommen wieder, so lang wir sie nicht vergessen. – Was hilft's, dass sie nicht mehr sprechen kann; – ich kann sie ja noch hören! Sie erscheint nicht mehr, aber ich kann sie noch sehen! – Und der Frühling draußen, und die Sonne, die hell über meinen Teppich fließt, und der Hauch von frischem Flieder, der vom nahen Parke hereinkommt, und die Menschen, die unten vorbeigehen, und die mich nichts kümmern, gerade das ist das Lebendige? Ich kann die Vorhänge herablassen, und die Sonne ist tot. Ich will von all diesen Menschen nichts mehr wissen, und sie sind tot. Ich schließe das Fenster, kein Fliederduft mehr weht um mich, und der Frühling ist tot. Ich bin mächtiger als die Sonne und die Menschen und der Frühling. Aber mächtiger als ich ist die Erinnerung, die kommt, wann sie will, und vor der es kein Fliehen gibt. Und diese dürren Stängel im Glas sind mächtiger als aller Fliederduft und Frühling.

Über diesen Blättern bin ich gesessen, als Gretel hereintrat. Noch nie war sie so früh am Tag gekommen; selten vor Eintritt der Dämmerung. Ich war erstaunt, fast betroffen. Ein paar Sekunden blieb sie in der Türe stehen; und ich schaute sie an, ohne sie zu begrüßen. Da lächelte sie und trat näher. Sie trug einen Strauß frischer Blumen in der Hand. Dann ist sie, ohne ein Wort zu reden, bis zu meinem Schreibtisch gekommen und hat die Blumen vor mich hingelegt. Und in der nächsten Sekunde greift sie nach den verwelkten im grünen Glas. Mir war, als griffe man mir ins Herz; – aber ich konnte nichts sagen ... Und wie ich aufstehen will, das Mädel beim Arm packen, schaut sie mich lachend an. Und hält den Arm mit den welken Blumen hoch, eilt hinter dem Schreibtisch zum Fenster, und wirft sie einfach hinunter auf die Straße. Mir ist, als müsst' ich ihnen nach; aber da steht das Mädel, an die Brüstung gelehnt, das Gesicht mir zugewandt. Und über ihren blonden Kopf fließt die Sonne, die warme, die lebendige ... Und reicher Fliederduft kommt von drüben. Und ich sehe auf das leere grüne Glas, das auf dem Schreibtisch steht; ich weiß nicht, wie mir ist; freier glaub' ich, – viel freier als früher. Da kommt Gretel herzu, nimmt ihren kleinen Strauß und hält ihn mir vor's Gesicht; kühlen, weißen Flieder ... Ein so gesunder frischer Duft; – so weich, so kühl; ich wollte mein Gesicht ganz darin vergraben. – Lachende, weiße, küssende Blumen. – Und ich fühlte, dass der Spuk vorbei war. – Gretel stand hinter mir und fuhr mir mit ihren wilden Händen ins Haar. Du lieber Narr, sagte sie. – Wusste sie, was sie getan? … Ich nahm ihre Hände und küsste sie. – Und abends sind wir ins Freie hinaus, in den Frühling. Eben bin ich mit ihr zurückgekommen. Die Kerze habe ich angezündet; wir sind viel gegangen, und Gretel ist so müde geworden, dass sie auf dem Lehnstuhle neben dem Ofen eingeschlummert ist. Sie ist sehr schön, wie sie da im Schlummer lächelt.

Vor mir im schlanken grünen Glas steht der Flieder. – Unten auf der Straße – nein, nein, sie liegen längst nicht mehr da unten. Schon hat sie der Wind mit dem andern Staub verweht.

WOLFGANG HILDESHEIMER

Der hellgraue Frühjahrsmantel

Vor zwei Monaten – wir saßen gerade beim Frühstück – kam ein Brief von meinem Vetter Eduard. Mein Vetter Eduard hatte an einem Frühlingsabend vor zwölf Jahren das Haus verlassen, um, wie er behauptete, einen Brief in den Kasten zu stecken, und war nicht zurückgekehrt. Seitdem hatte niemand etwas von ihm gehört. Der Brief kam aus Sidney in Australien. Ich öffnete ihn und las:

Lieber Paul!
Könntest Du mir meinen hellgrauen Frühjahrsmantel nachschicken? Ich kann ihn nämlich brauchen, da es hier oft empfindlich kalt ist, vor allem nachts. In der linken Tasche ist ein »Taschenbuch für Pilzsammler«. Das kannst Du herausnehmen und behalten. Essbare Pilze gibt es hier nämlich nicht. Im voraus vielen Dank.

Herzlichst Dein Eduard

Ich sagte zu meiner Frau: »Ich habe einen Brief von meinem Vetter Eduard aus Australien bekommen.« Sie war gerade dabei, den Tauchsieder in die Blumenvase zu stecken, um Eier darin zu kochen, und fragte: »So? Was schreibt er?«

»Dass er seinen hellgrauen Mantel braucht und dass es in Australien keine essbaren Pilze gibt.« – »Dann soll er doch etwas anderes essen«, sagte sie. – »Da hast du Recht«, sagte ich.

Später kam der Klavierstimmer. Er war ein etwas schüchterner und zerstreuter Mann, ein wenig weltfremd sogar, aber er war sehr nett, und natürlich sehr musikalisch. Er stimmte nicht nur Klaviere, sondern reparierte auch Saiteninstrumente und erteilte Blockflötenunterricht. Er hieß Kolhaas. Als ich vom Tisch aufstand, hörte ich ihn schon im Nebenzimmer Akkorde anschlagen.

In der Garderobe sah ich den hellgrauen Mantel hängen. Meine Frau hatte ihn also schon vom Speicher geholt. Das wunderte mich, denn gewöhnlich tut meine Frau die Dinge erst dann, wenn es gleichgültig geworden ist, ob sie getan sind oder nicht. Ich packte den Mantel sorgfältig ein, trug das Paket zur Post und schickte es ab. Erst dann fiel mir ein, dass ich vergessen hatte, das Pilzbuch herauszunehmen. Aber ich bin kein Pilzsammler.

Ich ging noch ein wenig spazieren, und als ich nach Hause kam, irrten der Klavierstimmer und meine Frau in der Wohnung umher und schauten in die Schränke und unter die Tische.

»Kann ich helfen?«, fragte ich.

»Wir suchen Herrn Kolhaas' Mantel«, sagte meine Frau.

»Ach so«, sagte ich, meines Irrtums bewusst, »den habe ich soeben nach Australien geschickt.« – »Warum nach Australien?«, fragte meine Frau. »Aus Versehen«, sagte ich. »Dann will ich nicht weiter stören«, sagte Herr Kolhaas, etwas betreten, wenn auch nicht besonders erstaunt, und wollte sich entschuldigen, aber ich sagte: »Warten Sie, Sie können dafür den Mantel von meinem Vetter bekommen.«

Ich ging auf den Speicher und fand dort in einem verstaubten Koffer den hellgrauen Mantel meines Vetters. Er war etwas zerknittert – schließlich hatte er zwölf Jahre im Koffer gelegen – aber sonst in gutem Zustand.

Meine Frau bügelte ihn noch ein wenig auf, während ich mit Herrn Kolhaas ein Glas Sherry trank und er mir von einigen Klavieren erzählte, die er gestimmt hatte. Dann zog er ihn an, verabschiedete sich und ging.

Wenige Tage später erhielten wir ein Paket. Darin waren Steinpilze, etwa ein Kilo. Auf den Pilzen lagen zwei Briefe. Ich öffnete den ersten und las:

Lieber Herr Holle, (so heiße ich)
da Sie so liebenswürdig waren, mir ein »Taschenbuch für Pilzsammler« in die Tasche zu stecken, möchte ich Ihnen als Dank das Resultat meiner ersten Pilzsuche zuschicken und hoffe, dass es Ihnen schmecken wird. Außerdem fand ich in der anderen Tasche einen Brief, den Sie mir wohl irrtümlich mitgegeben haben. Ich schicke ihn hiermit zurück.

Ergebenst Ihr A. M. Kolhaas

Der Brief, um den es sich hier handelte, war also wohl der, den mein Vetter damals in den Kasten stecken wollte. Offenbar hatte er ihn dann mitsamt dem Mantel zu Hause vergessen. Er war an Herrn Bernhard Haase gerichtet, der, wie ich mich erinnerte, ein Freund meines Vetters gewesen war.

Ich öffnete den Umschlag. Eine Theaterkarte und ein Zettel fielen heraus. Auf dem Zettel stand:

Lieber Bernhard!
Ich schicke Dir eine Karte zu »Tannhäuser« nächsten Montag, von der ich keinen Gebrauch machen werde, da ich verreisen möchte, um ein wenig auszuspannen. Vielleicht hast Du Lust, hinzugehen. Die Schmidt-Hohlweg singt die Elisabeth. Du schwärmst doch immer so von ihrem hohen Gis.
Herzliche Grüße, Dein Eduard

Zum Mittagessen gab es Steinpilze. »Die Pilze habe ich hier auf dem Tisch gefunden. Wo kommen sie eigentlich her?«, fragte meine Frau. »Herr Kolhaas hat sie geschickt.« – »Wie nett von ihm. Es wäre doch gar nicht nötig gewesen.«

»Nötig nicht«, sagte ich, »aber er ist eben sehr nett.«

»Hoffentlich sind sie nicht giftig. – Übrigens habe ich auch eine Theaterkarte gefunden. Was wird denn gespielt?«

»Die Karte, die du gefunden hast«, sagte ich, »ist zu einer Aufführung von ›Tannhäuser‹, aber die war vor zwölf Jahren!« – »Na ja«, sagte meine Frau, »zu ›Tannhäuser‹ hätte ich ohnehin keine große Lust gehabt.«

Heute Morgen kam wieder ein Brief von Eduard mit der Bitte, ihm eine Tenorblockflöte zu schicken. Er habe nämlich in dem Mantel (der übrigens seltsamerweise länger geworden sei, es sei. denn, er selbst sei kürzer geworden) ein Buch zur Erlernung des Blockflötenspiels gefunden und gedenke, davon Gebrauch zu machen. Aber Blockflöten seien in Australien nicht erhältlich.

»Wieder ein Brief von Eduard«, sagte ich zu meiner Frau. Sie war gerade dabei, die Kaffeemühle auseinanderzunehmen und fragte:

»Was schreibt er?« – »Dass es in Australien keine Blockflöten gibt.« – »Dann soll er doch ein anderes Instrument spielen«, sagte sie.

»Das finde ich auch«, meinte ich.

Meine Frau ist von erfrischender, entwaffnender Sachlichkeit. Ihre Repliken sind zwar nüchtern, aber erschöpfend.

URS WIDMER

Der unbekannte Duft der fremden Frauen

Es soll Frauen geben, die wie manche Blumen des tropischen Urwalds sind: bei Tag ein blasses Nichts, einmal im Jahr aber blühen sie, nachts, im blauen Licht des Vollmonds, drei Minuten lang. Dann verstummen die Spatzen und Papageienvögel in den Bäumen, wenn sie endlich ihre Spangen aufmachen, langsam die Seidenröcke fallen lassen, mit einem blinkenden Mund und glühenden Augen. Der Mann, der dann dabei ist, starrt in sie hinein wie in einen Vulkankrater, in dessen kochende Lava er sich stürzen muss. Langsam sinkt die Frau zwischen Orchideenblüten. Sie lächelt und öffnet die Arme. Später sitzt der Mann dann auf der Bank vor seinem Haus, wackelt mit dem Kopf und erzählt seinen Enkelkindern, was Schönheit ist. Die Enkel spüren, dass es für solche Schönheit keine Worte gibt. Sie ahnen plötzlich, dass ihre Freundinnen, denen sie beim Doktorspielen zwischen den Hinterbacken herumfingern, auch in einem blauen Mondschein nicht wie Vulkane glühen.

Das Rolltreppenfahren ist der Osterwunsch des verklemmten Lüstlings. Da steht er dann, mit seinem Osterhasen, den er als Alibi gekauft hat, und schaut den Frauen unter die Röcke. Er macht in seinem Kopf Striche für die Farben der

Slips, einen roten für einen roten, einen blauen für einen blauen, einen schwarzen für einen weißen, und einen goldenen für keinen.

Schwitzend vor Erregung steht der unbefriedigte Ehemann am Guckloch des Massagesalons. Seine linke Hand hat er zwischen seinen eigenen Beinen, mit seiner rechten Hand stützt er sich an der Wand ab, an die er sein Auge presst. Im andern Zimmer geht es wild zu. Er sieht, keuchend vor Lust, den auf und nieder wippenden Hintern des Kunden und die schneeweißen schönen Beine der jungen Masseuse. Jetzt schließt sie sie wie eine Schere über dem Rücken des tobenden Liebhabers. Leider ist die Lautsprecheranlage kaputt, so dass der Ehemann die Geräusche diesmal nicht hören kann. Statt dessen spielt der Salonbesitzer eine Nummer von James Last. Jetzt steht der Kunde auf. Er hat Schweiß auf der Stirn. Wer aber beschreibt den Schweiß am Körper des unbefriedigten Ehemanns, als er sieht, dass die junge Masseuse, die strahlend vor Glück auf dem Bett liegt, Gisela, seine Frau, ist?

Der ältere Mann träumt vom Becken der noch nicht Siebzehnjährigen. Entweder, er wird Lehrer an einer Mädchenschule, oder er wird Maler und besucht so lange die Aktklasse, bis die Frau, die immer Modell steht, die Grippe bekommt und von ihrer Tochter vertreten wird. Der ältere Mann wird das Mädchen ansprechen. Er kann es nach der Malstunde versuchen, wenn sie von ihren Freundinnen umgeben ist, eher aber tut er es, wenn sie einen Freund neben sich sitzen hat. Sie will ihm zeigen, dass sie keine Angst hat. Der ältere Mann hat eine Kröte im Hals. Er hustet. Sein Herz klopft, als er sagt, dass er nur zufällig Steuerbeamter, im Grunde seines Herzens aber Feuerschlucker, Weltkriegsteilnehmer, Diplomat oder Gärtner ist. Schwer zu sagen, was das junge Mädchen mit dem schmalen Becken mehr schätzt. Dann, wenn das Mädchen neben ihm auf dem Bett liegt, zieht durch das Herz des älteren Mannes ein Jubel, der einer tiefblauen Trauer gleicht.

Viele Männer schlitzen die Unterleibe der Frauen mit großen Messern auf. Das geschieht in Unterhölzern, im Schilf, in dunklen, reifüberzogenen Parks, am Rand von Autobahnen. Diese Männer dringen in Dienstmädchenzimmer ein, es nützt nichts, wenn die Frau schreit – der Mann hat sich Watte in die Ohren getan, und seine Seele ist taub. Er sticht auf sie ein. Blut spritzt, und in höchster Erregung schreibt der Mann seine Telefonnummer auf den Spiegel, mit dem Blut der toten Geliebten.

Wenn alle Frauen immer überall mit jedem, dann gäbe es keine Intimität mehr. In den Bois de Boulogne gerieten die Kavaliere in Erregung, wenn sie sekundenschnell den weißen Knöchel einer Dame sahen. Dennoch ist auch eine Orgie etwas Schönes. Weiße Körper wälzen sich im Licht einer Lampe, die mit einem Seidendessous verhängt ist. Man hört Lachen und Stöhnen. Die besten Freunde verlieren den Überblick darüber, wer es ist, der sie am Hintern leckt. Nachher essen alle eine Gulaschsuppe. Wer hätte gedacht, dass Judith, der alle scharfe Zähne zugetraut hätten, gefesselt, ausgepeitscht und angebrannt werden will?

Auch ein einsamer Junggeselle hat eine Putzfrau, eine Zimmerwirtin und eine Nachbarin. Warum traut er sich nicht zu sagen: Darf ich Ihnen meine Sammlung von Bismarcktürmen zeigen? Oft ist dann die scheinbar putzigste Frau die wildeste Geliebte. Sonst muss der Junggeselle halt krank werden. Krankenschwestern sehnen sich nach Liebe, am heftigsten die Hebammen. Sie haben Tag und Nacht mit dem menschlichen Elend zu tun. Der Junggeselle hält sie in seinen Armen. Er hört ihr Schluchzen und küsst ihre Tränen weg. Am nächsten Morgen wird er seine Nachbarin, Zimmerwirtin und Putzfrau in einem neuen Licht sehen, diese werden sich wundern, dass der eigenbrötlerische Mieter beim Gurgeln Arien aus *Carmen* singt.

Leck mich am Arsch, jahrelang kann ich von Frauen reden ohne zu stocken, sagt der Matrose, der aus der Südsee zurückkommt. Wir starren alle auf seinen steifen Schwanz. Ja, sagt er und schaut uns in die Augen, in China haben sie das, was bei unsern Frauen gerade ist, quer, und in Malaysia singen sie mit gurrenden Lauten, wenn sie lieben. Es ist furchtbar, ganz allein in einem Mastkorb zu sitzen und auf das unendliche Wasser zu blicken. Man hat dann nur die Wolken, die über einem wechselnde Formen bilden: Brüste, Bäuche, Beine. Unser Kapitän duldet keine Frauen an Bord. Er sitzt in seiner Kajüte und schaut sich Zeitschriften mit nackten Knaben an, die er in Honolulu, Tanger oder Panama kauft. Kennt ihr Stenka Rasin? Er war ein Wolgaschiffer, und ihm passierte es, dass, als er im Mastkorb saß, eine Frau angeschwemmt wurde. Er nahm sie in seine Kajüte, gab ihr Grog und wärmte sie. Die eifersüchtige Crew warf sie beide über Bord. Engumschlungen, Brust an Brust, Mund an Mund, gingen die beiden im eiskalten Wasser unter. Seither sitze ich, murmelt der Matrose und starrt vor sich hin, da oben und glotze ins Wasser. Aber ich sehe nur hie und da einen hungrigen Tigerhai, mit dem ich lieber nicht Brust an Brust und Mund auf Mund im Wasser versinken möchte, oder doch?

Man kann der Vater eines kleinen Mädchens sein, man kann der Vater eines kleinen Jungen sein. Man kann beides sein, und die Mütter können Susi und Inge heißen. Mit Inges Sohn gehe ich in Wirtschaften. Wir rauchen und hauen die Faust auf den Tisch und lachen laut. Ich habe ein großes Bier, er einen kleinen Apfelsaft, aber er macht dasselbe Gesicht wie ich. Wenn er nach Hause kommt, kann er so viele neue Flüche, dass Inge gar nicht versucht, sie ihm abzugewöhnen. Mit Susis Tochter gehe ich in ein gepflegtes Kaffeehaus. Wir sitzen auf den Vorderkanten der Stühle, essen Eis und sprechen leise. Susis Tochter erzählt mir, wie ihre Puppen heißen. Ich zeige ihr, wie man Tee trinkt, und dass man den kleinen Finger nicht spreizt, wenn man vornehm aussehen will. Auch furzt man nicht, wenn man will, sondern drückt den Furz in sich zurück. Susis Tochter und ich gehen dann über die Rheinbrücke, sie hat ein kleines weißes Sonnenschirmchen, und ich lockere ein bisschen den Knoten von meinem Schlips. Aber, keine Frage, es war schön, so ein Kaffeeschlürfen aus Silberkannen und feinstem Porzellan.

Der Unterschied zwischen einem Mann und einer Frau ist, dass die Frauen einen Spiegel nehmen müssen, um sich anzuschauen. Nonnen, Frauen von Frauenärzten und Handarbeitslehrerinnen schauen nie zwischen ihre Beine, sie phantasieren deshalb das wildeste Zeug, wie es da unten aussieht: wie im Urwald bei Sonnenuntergang, wie der Mund eines durstigen Walfischs, wie ein süßes Versinken im Schlaf, wie ein lohend brennendes Dorf. Sie verlangen von ihren Männern, dass sie ihnen erzählen, wie ihre Expeditionen nach da unten verlaufen sind und was sie gesehen haben. Aber nie sind sie ganz zufrieden mit dem Bericht. Die Nonnen haben es am schwersten. Ihr Bräutigam ist stumm, und seine Hände und Füße sind ihm gebunden. Die Nonnen baden nur nachts, und zwischen ihnen und ihrer unkeuschen Hand ist immer ein großes Stück Sandseife. Nach dem Bad, vor dem Insbettgehen, trinken die Nonnen einen großen Schluck Schnaps, einen, den irgendwelche Brüder im fernen Südfrankreich gebrannt haben. Er rinnt brennend heiß durch ihre Gedärme.

Immer wieder, wenn ich am frühen Nachmittag schläfrig in einem fremden Gasthof liege, höre ich ein Quietschen durch die dünne Holzwand, die mich vom Nebenzimmer trennt. Herrgott, zische ich, hetzen mich die Dämonen denn unbarmherzig um den ganzen Erdball?! Das Quietschen ist rhythmisch, es ist das Quietschen der Matratze eines Betts, es ist immer heftiger. Ich bin hellwach, ich liege mit gespitzten Ohren da, ich knirsche mit den Zähnen. Immer die andern, brumme ich, immer die Ausländer, die Juden und die Tüchtigen. Endlich ist es still im Nebenzimmer. Ich stehe auf von meinem keuschen Bett, wasche mein heißes Gesicht und gehe in die Gaststube hinunter. Ich sortiere meine Rechnungsbelege. Ich trinke so lange einen Rotwein, bis ein Mann und eine Frau die Treppe herunterkommen und sich an den Nebentisch setzen. Ich schaue sie lange an. Ich wundere mich, dass man weder der Frau noch dem Mann ansieht, dass sie grad eben ein wildes Liebestoben miteinander hatten. Sie bestellen einen Tee mit Zitrone. Ich finde, die Frau sieht aus wie eine schlechtgelaunte Papierwarenverkäuferin und der Mann wie ein von Terminen gehetzter Reisender. In Wirklichkeit aber haben sie Ferien, sie sind glücklich wie noch nie, und ich bin neidisch wie eine Sau.

Wenn ich in gewissen Büchern lese, durchschauert mich plötzlich eine Ahnung von einem besseren schöneren tolleren Leben. Weiße Kraniche fliegen durch die Wohnküche, und die Luft, die durchs Fenster strömt, riecht nach auslaufenden Schiffen, liebenden Frauen, schwitzenden Matrosen. Eine Frau in einer dämmrigen Abendstunde, ist sie nicht wie so ein gewisses Buch? Sie hat himmelblaue Augen und ein Lachen, das uns an Shanghai, wo wir noch nie gewesen sind, erinnert. Ich glaube, ich liebe sie. Jetzt aber spricht sie der schwitzende Matrose an, sie nickt lachend und hängt sich an seinen Arm. Mir bleibt das gewisse Buch übrig. Ich könnte es auffressen vor Wut. Ha, wenn jedes meiner Bücher eine Frau wäre, dann wäre etwas los bei mir! Es ginge zu wie bei Sultans persönlich. Ich hätte ein alphabetisch geordnetes Harem, und die großformatigen Frauen stünden neben dem Plattenspieler. Ein Eunuche würde mir die Frauen bewachen. Das einzige Buch, das ich nicht in eine

Frau verwandelt hätte, wäre die Mutzenbacher. Sie wäre die Lektüre meiner Frauen, die dadurch gut vorbereitet in meinem Zimmer auftauchen würden. Ich würde nie mehr als drei gleichzeitig nehmen, ich lese auch nie mehr als drei Bücher gleichzeitig, besonders wenn sie zu den gewissen Büchern gehören, aus denen rote Flamingos hervorsteigen und mit heftigen Flügelschlägen durch die Straßen davonfliegen.

Eine dicke Frau ist ein Lachen in einer heißen Augustnacht. Eine dünne ist ein Schrei in einer düsteren Vorstadtstraße. Eine kleine ist die Arie eines Boten in einer Oper von Cimarosa. Eine große ist der Atem einer Giraffe, die, über die grünen Blätter hinweg, zum Kilimandscharo aufblickt.

Werbedirektorinnen, Pilotinnen, Aufsichtsrätinnen haben einen makellosen Teint und reden laut. In ihr Lachen mischt sich zuweilen ein scharfer Ton. Sie fahren einen BMW. Aber noch gibt es Berufe, die den Frauen verschlossen sind: Bassist, Papst, Boxer. In China aber geht Tag für Tag die Sonne auf. Der lehmige Jangtsekiang überschwemmt die Ufer. Geduldig schaufeln die Männer und Frauen ihre Keller frei. Mit verschmierten Gesichtern setzen sie sich an den Abendessentisch. Es gibt, wie jeden Tag, einen Fisch. Heute knirscht er ihnen zwischen den Zähnen. Die Frau lächelt den Mann an, der zurücklächelt.

Seit dutzenden von Jahren sind die schönsten Frauen mit guten Männern verheiratet. Sie lieben sie. Aber wenn die Frühlingsvögel vor den Fenstern lärmen, denken sie, wie herrlich ein stürmisches Abenteuer wäre. Eine heftige Liebe im Sand eines Kiesgrubensees. Ein Herunterfetzen der Kleider im Park. Ein plötzliches Lecken eines unbekannten Munds. Ein starker Griff im dunklen Kino. Die schönen Frauen baden in ihrer Sehnsucht wie in einem traurigen Film. Was bedeutet das Lärmen der Vögel? Die Spatzen wollen eine Amsel, die Amseln eine Elster, die Elstern einen Geier. Die Geier sitzen mit Tränen in den Augen vor Papageien, die mit Ketten im Park angeschmiedet sind. Sie üben das Wort Lora, immer wieder, aber das, was sie dann vor der Angebeteten hervorstoßen, ist weder ein Wort der Geier- noch der Papageiensprache, sondern es fällt in den Dreck und verdorrt. Dann kommt der Sommer, und der lachende Spatz sitzt mit der fröhlichen Spätzin auf dem Kirschbaum, der Amsler mit der Amsel, der Geier mit der Geierin. Es ist gut, dass sie nicht wissen, dass, im verflossenen Frühling, die Kohlmeise zu einer jungen Drossel ins Nest gekrochen ist und dass die Federn so geflogen sind, dass die Kohlmeise es im nächsten Frühling mit einer Wiedehöpfin versuchen will.

THOMAS BRASCH

Als Frühjahr kam und überplötzlich Nacht

war mir das Herz ganz leicht, die Luft sehr mild
bin ich am Morgen weinend aufgewacht
Da stand vor mir ein solches Bild:

Das war: in einer angelehnten Tür
stehst du und siehst mich lächelnd an
und fragst: Das Frühjahr kommt. Errätst du nicht, wofür?
Ich sagte: Daß ich dich jetzt wieder lieben kann.

Dann war das Bild verschwunden ganz und gar
Ich rief noch Katharina in die leere Luft.
Ich war allein mit diesem Frühjahr, doch es war
das Zimmer voll von Deinem Antilopenduft

MAX FRISCH

Unser Leben geht hin

Unser Leben geht hin, man weiß nicht wie, Frühling um Frühling, erste Abende bei offenem Fenster: – alles wiederholt sich, nichts kehrt uns wieder, Sommer vergehen, Jahre sind nichts…

Ein Jüngling schlendert hinab über die abendlichen Felder, die Pfeife im Mund, die Hände in den Hosentaschen, immer mit offenem Mantel, möglicherweise mit einem Brief in der Tasche, sonst aber allein, selig in den Schmerzen seiner Verwirrung, in Fülle seines Gefühles, in gläubiger Trauer und im Ernst seines Übermutes, in all seinem unerbittlichen Drang nach Erfahrung. Er stapft über Zäune, quer über Felder mit verzetteltem Mist, er geht an einem Waldrand in letzter Sonne. Er stemmt seinen Fuß auf einen Baumstamm und klopft sich die Pfeife aus, Gerätschaft des Erwachsenen. Wenn er sie wieder gestopft hat, sind Jahre vergangen, man weiß nicht wie; die Vögel zwitschern noch immer, aber es sind Jahre vergangen, zum Lachen mehr als zum Begreifen; beim Anzünden der Pfeife sieht er plötzlich seine Hände, Veränderung seiner Hände, seiner Haut überhaupt. Es ist wie ein Spuk, ein albernes Märchen mit unheimlichen Zwergen, die dich verzaubern; das ist das Leben. Die Sonne ist untergegangen. Das also war es nun! denkt er, steht und raucht in der Kühle des schärferen Windes, der von den dämmernden Feldern kommt, über den fransigen Tannen steigt langsam das Messing des Mondes. Schweigsamer Zeuge so vieler Geheimnisse! Lauter rauschen die Quellen aus der Dämmerung, in einem Ringsum von Stätten des Abschiedes, Stätten der Erinnerung ist eigentlich alles noch gleich, nur deine Jahre sind daraus verflogen wie zwischen dem Anzünden zweier Pfeifen … und draußen auf dem Hügel schlendert ein Jüngling hinab über die offenen Felder! Immer ein andrer, immer derselbe, eine Rute in der Hand, jugendlich mit offenem und schlenkerndem Mantel geht er unter Gebirgen von ziehendem Gewölk.

Alles wiederholt sich:

Sterne sickern durch laublosen Wald, Frühling um Frühling, Vögel zwitschern und die Liebenden leiden umeinander, Lachen und Weinen gehen Arm in Arm, Briefe werden geschrieben und wieder zerrissen, und Erregung verklingt in Erregung, Sehnsüchte hangen offen in den Abend hinaus, springen wie Knospen, fast wehe vor eigenem Wachsein …

Und jetzt werde ich Ihnen erzählen, was sich Mitte Mai 1950 ereignete und Andys drei Jahre dauernde Serie von Kämpfen mit den Schwestern beendete. Dieser Zwischenfall führte außerdem dazu, dass er die Wäscherei verließ, um in Zukunft in der Bibliothek zu arbeiten, und dort hat er gearbeitet, bis er Anfang dieses Jahres unsere glückliche kleine Familie verließ.

Sie werden bemerkt haben, wie viel von dem, was ich Ihnen bereits erzählt habe, auf Hörensagen beruht – jemand erfährt etwas und berichtet es mir, und ich gebe es an Sie weiter. In einigen Fällen habe ich Dinge vereinfacht dargestellt und Informationen aus vierter oder fünfter Hand weitergegeben, und das werde ich auch in Zukunft gelegentlich tun. So ist es hier nun einmal. Hier erfährt man manches nur in Form von Gerüchten, und die muss man richtig deuten, wenn man auf dem Laufenden bleiben will. Man muss schon wissen, wie man aus einem Wust von Lügen, Klatsch und Wunschdenken das Körnchen Wahrheit herausfiltert.

Vielleicht haben Sie das Gefühl, dass ich eher über eine Legende als über einen wirklich existierenden Menschen berichte, und daran ist etwas Wahres. Für uns Langjährige, die Andy über viele Jahre kannten, war vieles an ihm fantastisch, fast mythisch, wenn Sie wissen, was ich meine. Dazu gehört die Geschichte, wie Andy sich weigerte, Bogs Diamond einen zu blasen, und wie er sich überhaupt ständig gegen die Schwestern wehrte. Dazu gehört auch die Geschichte, wie er den Job in der Bibliothek bekam … aber mit einem wichtigen Unterschied: Ich war dabei und sah, was geschah, und ich schwöre beim Namen meiner Mutter, dass es die Wahrheit ist. Der Eid eines verurteilten Mörders mag nicht viel wert sein, aber glauben Sie mir, ich lüge nicht.

Zu der Zeit waren Andy und ich schon so gut miteinander bekannt, dass wir uns gelegentlich unterhielten. Der Kerl faszinierte mich. Wenn ich an die Poster-Episode zurückdenke, fällt mir etwas ein, was ich Ihnen nicht erzählt habe, und das sollte ich vielleicht nachholen. Fünf Wochen nachdem er Rita aufgehängt hatte (ich dachte schon gar nicht mehr an die Sache und befasste mich mit anderen Geschäften), reichte Ernie mir eine kleine weiße Schachtel durch die Gitterstäbe meiner Zelle.

»Von Dufresne«, sagte er und versäumte dabei keinen einzigen Besenstrich.

»Danke, Ernie«, sagte ich und steckte ihm eine halbe Schachtel Camel zu.

Was zum Teufel kann das sein, fragte ich mich, als ich den Deckel abnahm. Innen lag eine Menge weiße Watte und darunter …

Ich sah sie mir lange an. Minutenlang wagte ich sie kaum anzufassen, so schön waren sie. Im Knast gibt es so wenig schöne Dinge, und das Schlimme ist, dass so viele Männer sie nicht einmal zu vermissen scheinen.

In der Schachtel lagen zwei kleine Stücke Quarz, beide

sorgfältig poliert. Sie waren zu Treibholzform geschnitten, und kleine Einsprengsel von Eisenpyrit schimmerten wie Gold. Wenn sie nicht so schwer gewesen wären, hätte man sie als Manschettenknöpfe verwenden können – sie waren genau aufeinander abgestimmt.

Wie viel Arbeit steckte in diesen kleinen Stücken. Stunde um Stunde musste Andy abends nach Verlöschen der Lichter daran gearbeitet haben. Zuerst das Zurechtschneiden und Formen und dann die endlose Polierarbeit mit den Gesteinstüchern. Als ich sie betrachtete, wurde mir ganz warm ums Herz, wie es wohl jeder Mensch erlebt, wenn er einen Gegenstand betrachtet, der von Hand *bearbeitet* und *hergestellt* wurde – ich glaube, das eigentlich ist es, was uns von Tieren unterscheidet –, und ich empfand noch etwas anderes. Ich empfand Bewunderung für die zähe Hartnäckigkeit dieses Mannes. Aber wie hartnäckig Andy Dufresne sein konnte, erfuhr ich erst sehr viel später.

Im Mai 1950 beschloss die Verwaltung, das Dach der Werkstatt, in der die Nummernschilder hergestellt wurden, neu zu teeren. Sie wollten es gemacht haben, bevor es dort oben zu heiß wurde, und suchten Freiwillige für die Arbeit, die ungefähr eine Woche dauern würde. Mehr als siebzig Männer meldeten sich, denn es war Außenarbeit, und für Außenarbeit ist der Mai ein verdammt schöner Monat.

Neun oder zehn Namen wurden aus einem Hut gezogen, und zwei davon waren Andys und meiner.

Während der nächsten Woche wurden wir jeden Morgen nach dem Frühstück auf den Hof geführt. Zwei Wärter gingen voran und zwei folgten uns … die Wärter, die uns von den Türmen aus mit ihren Feldstechern beobachteten, nicht gerechnet.

Mit vier Mann trugen wir eine Ausziehleiter, die wir gegen das lange flache Gebäude stellten. Dann bildeten wir eine Kette und hievten Eimer mit heißem Teer auf das Dach. Begieß dich mit der Scheiße, und du tanzt Jitterbug bis in die Krankenstation.

Sechs nach Dienstalter ausgesuchte Wärter bewachten das Projekt. Es war fast so gut wie eine Woche Urlaub. Statt in der Wäscherei oder in der Nummernschilderfabrikation zu schwitzen, verbrachten sie Ferien in der Sonne. Den Rücken gegen das niedrige Geländer gelehnt, saßen sie ganz einfach da und ließen es ruhig angehen.

Sie brauchten uns auch kaum zu bewachen, denn der Wachturm an der Südwand war so nahe, dass die Jungs uns mit ihrem Kaugummi hätten bespucken können. Hätte einer von der Dachreparaturmannschaft auch nur eine falsche Bewegung gemacht, wäre er in vier Sekunden von Maschinengewehrgeschossen Kaliber 45 durchsiebt worden. Die Wärter konnten es sich also gemütlich machen. Es fehlten nur ein paar Dosen Bier auf Eis, und sie wären die Herren der Schöpfung gewesen.

Einer von ihnen war ein Bursche namens Byron Hadley, der damals, 1950, schon länger in Shawshank gewesen war als ich. Sogar länger als die beiden anderen Aufseher zusammen. Der Mann, der 1950 die Wachmannschaft befehligte, war George Dunahy, ein affektiert wirkender Yankee aus dem südlichen Osten. Er hatte Gefängnisverwaltung studiert. Außer den Leuten, die ihm den Job besorgt hatten, mochte ihn, soweit ich weiß, niemand. Er war, wie ich erfahren hatte, nur an drei Dingen interessiert: statistisches Material für ein Buch zusammenzustellen (das später in Neuengland von einem kleinen Verlag, der sich Light Side Press nennt, herausgebracht wurde und für dessen Veröffentlichung er wahrscheinlich sogar hatte zahlen müssen), welche Mannschaft in jedem September die Gefängnismeisterschaft im Baseball gewann, und an der Wiedereinführung der Todesstrafe in Maine. Darauf war George Dunahy besonders scharf. Er wurde 1953 gefeuert, als herauskam, dass er in der Gefängnisgarage Autos hatte reparieren lassen, um sich den Profit mit Byron Hadley und Greg Stammas zu teilen. Hadley und Stammas kamen ungeschoren davon – sie hatten es geschickt verstanden, sich im Hintergrund zu halten –, aber Dunahy musste gehen. Das bedauerte niemand, aber andererseits war auch keiner froh darüber, dass Greg Stammas seinen Job übernahm. Er war ein kleiner dicker Mann und hatte die kältesten braunen Augen, die ich je gesehen habe. Er trug ständig ein gequältes Lächeln zur Schau, als hätte er auf die Toilette gemusst und es nicht ganz geschafft. Während Stammas' Amtszeit gab es in Shawshank viel Brutalität, und ich glaube, wenn ich auch keine Beweise habe, dass es in dem kleinen Wäldchen östlich des Gefängnisses vielleicht ein halbes Dutzend Beerdigungen bei Mondschein gegeben hat. Dunahy war schlimm, aber Greg Stammas war ein grausamer und kaltherziger Mann.

Er und Byron Hadley waren gute Freunde. Als Oberaufseher war Dunahy nur das Aushängeschild. In Wirklichkeit waren es Stammas und durch ihn Hadley, die das Gefängnis verwalteten.

Hadley war ein großer Mann mit einem Watschelgang, und sein rotes Haar lichtete sich schon. Er bekam leicht einen Sonnenbrand. Er sprach laut, und wenn man sich für seinen Geschmack nicht schnell genug bewegte, schlug er mit dem Stock zu. An jenem Tage, es war unser dritter auf dem Dach, unterhielt er sich mit einem anderen Wärter namens Mert Entwhistle.

Hadley hatte eine erstaunlich gute Nachricht bekommen, und dennoch meckerte er. Das war sein Stil – er war undankbar, und nie fand er für jemand ein gutes Wort. Der Mann war davon überzeugt, dass sich die ganze Welt gegen ihn verschworen hatte. Die Welt hatte ihn um die besten Jahre seines Lebens betrogen, und sie würde ihn nur allzu gern auch um den Rest bringen. Ich habe Wärter gekannt, die ich fast für Heilige hielt, und ich glaube, ich weiß, warum das so ist – sie sind in der Lage, den Unterschied zwischen ihrem eigenen Leben zu erkennen, wie erbärmlich es auch sein mag, und dem der Männer, für deren Bewachung sie vom Staat bezahlt werden. Diese Wachen können sehr wohl einen Unterschied zwischen ihrem eigenen Elend und dem der Gefangenen formulieren. Andere können oder wollen das nicht.

Bei Byron Hadley fehlte für einen solchen Vergleich jede Basis. Er brachte es fertig, locker und bequem in der warmen Maisonne zu sitzen und dabei sein Glück auch noch zu beklagen, während keine drei Meter weiter die Männer schufteten und schwitzten und sich an den Eimern mit kochendem Teer die Finger verbrannten, Männer, die an normalen Tagen so hart arbeiten mussten, dass dies für sie fast eine *Erholung* war. Sie erinnern sich vielleicht an die alte

Frage, mit deren Beantwortung man seine Einstellung zum Leben kundtut. Für Byron Hadley würde die Antwort immer *halb leer* lauten. *Das Glas ist schon halb leer.* Gäbe man ihm ein Glas eisgekühlten Apfelmost, würde er an Essig denken. Sagte man ihm, dass seine Frau ihm immer treu gewesen sei, würde er antworten, das sei nur auf ihre verdammte Hässlichkeit zurückzuführen.

Da saß er also und redete so laut mit Mert Entwhistle, dass wir alle es hören konnten, während seine breite weiße Stirn schon anfing, sich unter der Sonne zu röten. Eine Hand lag am Geländer, das um das Dach herumlief, die andere am Griff seiner .38er.

Zusammen mit Mert bekamen auch wir die Geschichte mit. Hadleys älterer Bruder war anscheinend vor etwa vierzehn Jahren nach Texas gegangen, und seitdem hatte die Familie von dem Scheißkerl nichts mehr gehört. Sie hatten alle geglaubt, er sei tot, und waren froh, ihn los zu sein. Dann, vor anderthalb Wochen, hatte ein Rechtsanwalt aus Austin sie angerufen. Anscheinend war Hadleys Bruder vor vier Wochen gestorben, dazu noch als reicher Mann (»Verdammt unglaublich, dass diese Arschlöcher so ein Glück haben«, sagte dieser Ausbund an Dankbarkeit). Das Geld hatte er im Ölgeschäft verdient, und insgesamt war es fast eine Million Dollar.

Nein, Hadley war kein Millionär – das hätte vielleicht sogar ihn glücklich gemacht, wenigstens für eine Zeit lang –, aber der Bruder hatte jedem Familienmitglied zu Hause in Maine immerhin fünfunddreißigtausend Dollar vermacht, falls die Erben gefunden würden. Nicht schlecht. Als ob man das Glück hat, in der Lotterie zu gewinnen.

Aber für Byron Hadley war das Glas schon halb leer. Den ganzen Morgen beschwerte er sich bei Mert über den Anteil, den die verdammte Regierung ihm abzwacken würde. »Sie lassen mir gerade so viel, dass ich mir einen neuen Wagen kaufen kann«, klagte er. »Und was passiert dann? Dann muss ich auch noch für den Wagen die verdammten Steuern zahlen und die Haltungskosten. Und die verdammten Gören soll man dann dauernd mit zurückgeklapptem Verdeck durch die Gegend fahren …«

»Und wenn sie alt genug sind, wollen sie selbst fahren«, sagte Mert. Der alte Mert Entwhistle wusste schon, wo sein Vorteil lag, und deshalb hütete er sich, das auszusprechen, was ihm genauso auf der Zunge liegen musste wie uns: Wenn du dir um das Geld solche Sorgen machst, Byron, alter Junge, werde ich es dir gern abnehmen. Wozu hat man schließlich Freunde?

»Das stimmt«, sagte Byron angewidert. »Sie wollen selbst fahren, sie wollen darauf sogar fahren *lernen*, verdammt noch mal. Und was passiert am Ende des Jahres? Wenn man die Steuer falsch berechnet und nicht mehr genug hat, den Rest zu bezahlen, geht es aus der eigenen Tasche, oder vielleicht muss man sogar bei irgendwelchen Kredithaien Geld leihen. Und überprüft wird man ohnehin. Und wenn das Finanzamt erst prüft, muss man immer mehr als sonst bezahlen. Wer kommt gegen Onkel Sam an? Er steckt dir die Hand in die Tasche und nimmt, was er kriegen kann. Er quetscht dich aus, bis du blau im Gesicht bist. Verdammte Scheiße.«

Er verfiel in mürrisches Schweigen und dachte über das Pech nach, fünfunddreißigtausend Dollar geerbt zu haben.

Drei Meter weiter hatte Andy Dufresne mit einer Quaste den heißen Teer verteilt. Jetzt warf er sie in den Eimer und ging zu Mert und Hadley hinüber.

Wir waren entsetzt, und ich sah Tim Youngblood, einen anderen Wärter, schon die Hand an die Pistole legen. Einer der Burschen auf dem Wachturm schlug seinem Partner mit der Hand auf den Arm. Einen Augenblick lang dachte ich, sie würden Andy erschießen oder niederknüppeln oder beides.

Dann sagte er ganz leise zu Hadley: »Trauen Sie Ihrer Frau?«

Hadley starrte ihn nur an. Er wurde rot im Gesicht, und ich wusste, dass dies ein schlechtes Zeichen war. In ungefähr drei Sekunden würde er seinen Knüppel ziehen und Andy den Griff in den Solarplexus rammen, wo die Nerven zusammenlaufen. Wenn der Schlag hart genug geführt wurde, konnte man einen Menschen auf diese Weise umbringen, aber trotzdem wählten sie immer diese Stelle. Wenn es einen nicht umbrachte, lähmte es einen lange genug, dass man vergaß, was man eben noch vorgehabt hatte.

»Junge«, sagte Hadley. »Du hast noch die Chance, die Quaste aufzunehmen, sonst gehst du kopfüber vom Dach.«

Andy sah ihn kühl und gelassen an. Sein Blick war eisig. Es war, als hätte er nichts gehört. Und ich hätte ihm am liebsten gesagt, dass man es sich *nie* anmerken lassen darf, wenn man eine Unterhaltung zwischen Wärtern gehört hat. Schon gar nicht darf man sich ungefragt in ihre Unterhaltung einmischen (und dann sagt man ihnen, was sie hören wollen, und hält wieder das Maul). Ein Schwarzer, ein Weißer, ein Roter, ein Gelber, diese Unterschiede spielen im Knast keine Rolle. Wir haben unsere eigene Art von Gleichheit. Im Knast ist jeder Sträfling ein Nigger. An den Gedanken muss man sich gewöhnen, wenn man Männer wie Hadley und Greg Stammas überleben will, denen es nichts ausmacht, einen Mann umzubringen. Wenn man sitzt, gehört man dem Staat, und wehe, man vergisst das. Ich kenne Männer, die Augen verloren haben, Männer, die Zehen und Finger verloren haben; ein Mann verlor die Spitze seines Penis und schätzte sich noch glücklich, dass es nicht mehr war. Ich hätte Andy gern gesagt, dass es schon zu spät sei. Selbst wenn er jetzt zurückging und seine Quaste aufnahm, würde abends in der Dusche ein Schläger auf ihn warten, um ihm in die Beine zu treten und ihn schmerzgekrümmt auf dem Beton liegen zu lassen. Man konnte einen solchen Schläger für eine Schachtel Zigaretten kaufen. Und besonders dringend wäre es gewesen, ihm zu sagen, er solle die Sache bloß nicht noch schlimmer machen, als sie schon war.

Aber ich tat nichts dergleichen. Ich strich weiter meinen Teer auf das Dach, als wäre nichts geschehen. Wie alle anderen kümmere ich mich zuerst um meinen eigenen Arsch. Ich muss es. Er hat schon einen Sprung, und in Shawshank hat es nie an Hadleys gefehlt, die nur darauf warteten, ihn mir total zu zertreten.

Andy sagte: »Vielleicht habe ich mich falsch ausgedrückt. Ob Sie ihr trauen oder nicht, tut nichts zur Sache. Das Problem ist, ob Sie glauben, dass Ihre Frau Ihnen jemals in den Rücken fallen würde, oder ob Sie das nicht glauben.«

Hadley stand auf. Mert stand auf. Tim Youngblood stand auf. Hadleys Gesicht war so rot wie eine Tomate. »Dein einziges Problem ist, wie viele Knochen du noch nicht gebrochen hast«, sagte er. »Du kannst in der Krankenstation nachzählen. Komm, Mert, wir schmeißen diesen Trottel über die Kante.«

Tim Youngblood zog seine Pistole. Wir anderen teerten wie wild. Die Sonne brannte vom Himmel. Sie würden es tun; Hadley und Mert würden ihn einfach vom Dach stoßen. Schrecklicher Unfall. Dufresne, der Gefangene 81433-SHNK brachte ein paar leere Eimer nach unten und rutschte von der Leiter. Sehr bedauerlich.

Sie packten ihn, Mert am rechten Arm, Hadley am linken. Andy leistete keinen Widerstand. Er hielt den Blick auf Hadleys rotes Pferdegesicht gerichtet.

»Wenn Sie sie im Griff haben, Mr. Hadley, sehe ich keinen Grund, warum Sie nicht jeden Cent selbst kassieren sollten«, sagte er mit derselben ruhigen und gelassenen Stimme. »Endresultat: Mr. Byron Hadley fünfunddreißigtausend, Onkel Sam null.«

Mert zerrte ihn zur Dachkante hinüber. Hadley stand einfach nur so da. Einen Augenblick lang hing Andy zwischen ihnen wie das Seil beim Tauziehen. Dann sagte Hadley: »Eine Sekunde, Mert. Was meinst du damit, Junge?«

»Ich meine, wenn Sie Ihre Frau im Griff haben, können Sie es ihr geben«, sagte Andy.

»Du musst dich schon deutlicher ausdrücken, Junge, sonst gehst du über die Kante.«

»Die Regierung lässt ein einmaliges Geschenk an die Ehefrau zu«, sagte Andy. »Bis zu sechzigtausend Dollar.«

Hadley sah Andy wie vor den Kopf geschlagen an. »Nee, das stimmt nicht«, sagte er. »Steuerfrei?«

»Steuerfrei«, sagte Andy. »Das Finanzamt kriegt keinen Cent.«

»Und wie kannst du so was wissen?«

»Er war mal Banker, Byron«, sagte Youngblood. »Er könnte recht …«

»Halt's Maul, Forelle«, sagte Hadley, ohne den andern anzusehen. Tim Youngblood wurde rot und hielt das Maul. Wegen seiner dicken Lippen und seiner hervorstehenden Augen nannten die anderen Wärter ihn Forelle. Hadley sah immer noch Andy an. »Du bist doch der schlaue Banker, der seine Frau erschossen hat. Warum sollte ich einem schlauen Banker wie dir glauben? Dann ende ich so wie du. Ich geh in den Knast und klopf mit dir zusammen Steine. Das könnte dir so passen, was?«

»Wenn man Sie wegen Steuerhinterziehung einsperrt, kommen Sie in ein Bundesgefängnis, nicht nach Shawshank«, sagte Andy ganz ruhig. »Aber das kann Ihnen nicht passieren. Das steuerfreie Geschenk an die Ehefrau ist eine völlig legale Möglichkeit, Steuern zu sparen. Ich habe Dutzende … nein Hunderte solcher Fälle durchgezogen. Es ist hauptsächlich für Leute gedacht, die einen kleinen Betrieb weitergeben wollen, oder für Leute, die einmalig zu einem unerwarteten Gewinn kommen wie Sie.«

»Ich glaube, du lügst«, sagte Hadley, aber er glaubte es eigentlich nicht richtig – das konnte man sehen. In seinem Gesicht war eine Emotion zu lesen, die auf groteske Weise seine hässlichen Züge und seine fliehende, jetzt von der Sonne gerötete Stirn überlagerte. Eine fast obszöne Emotion, wenn sie in Byron Hadleys Gesicht geschrieben stand. Es war Hoffnung.

»Nein, ich lüge nicht. Aber natürlich haben Sie keinen Grund, mir zu glauben. Nehmen Sie sich einen Anwalt …«

»Ihr verdammten Straßenräuber und Arschlöcher!«, rief Hadley.

Andy zuckte die Achseln. »Dann gehen Sie doch zum Finanzamt. Dort wird man Ihnen dasselbe erzählen. Umsonst. Außerdem brauchte ich Ihnen das alles gar nicht zu erzählen. Sie hätten sich doch selbst erkundigt.«

»Du verfluchtes Dreckschwein. Ich brauche keinen Frauenmörder und Banker, der mir sagt, wo der Bär in den Buchweizen scheißt.«

»Sie brauchen einen Steueranwalt oder einen Banker, der Ihnen die Sache aufsetzt, und das wird etwas kosten«, sagte Andy. »Oder … wenn Sie interessiert sind, würde ich sehr gern die Unterlagen für Sie zusammenstellen, das Ganze fast umsonst. Ich verlange nur drei Bier für jeden der Mitarbeiter hier.«

»Mitarbeiter«, sagte Mert und brach in schallendes Gelächter aus. Er schlug sich auf die Schenkel. Der alte Mert war ein richtiger Schenkelklopfer, und ich hoffe, dass er an Darmkrebs gestorben ist, und zwar in einer Gegend, wo das Morphium noch nicht entdeckt wurde. »Mitarbeiter, wie nett. Mitarbeiter! Du hast noch nicht mal …«

»Halt die Fresse, du Großmaul«, brüllte Hadley, und Mert gehorchte. Wieder sah Hadley Andy an. »Was sagtest du noch?«

»Ich sagte, dass ich nur drei Bier für jeden der Mitarbeiter verlange«, sagte Andy. »Ich glaube, ein Mann, der im Frühling im Freien arbeitet, fühlt sich besser, wenn er eine Flasche Bier hat. Das ist meine private Meinung. Es wird ihnen schmecken, und ich bin mir sicher, dass die Jungs Ihnen das danken werden.«

Ich habe mit einigen der Männer gesprochen, die an diesem Tag dort oben waren – Rennie Martin, Logan St. Pierre und Paul Bonsaint waren drei von ihnen –, und wir sahen alle dasselbe … *fühlten* dasselbe. Plötzlich gewann Andy die Oberhand. Es war Hadley, der die Kanone an der Hüfte trug und den Knüppel in der Hand hatte, Hadley, der seinen Freund Greg Stammas hinter sich wusste und die ganze Gefängnisverwaltung hinter Stammas, hinter dieser wiederum die ganze Macht des Staates, aber in der strahlenden Maisonne spielte das alles plötzlich keine Rolle mehr. Ich bekam ein solches Herzklopfen, wie ich es seit 1938 nicht mehr gehabt hatte, als der Lastwagen mich und vier andere durch das Tor fuhr und ich zum ersten Mal diesen Hof betrat.

Andy sah Hadley an, und sein Blick war kalt und klar und ruhig. Es ging nicht mehr um die fünfunddreißigtausend Dollar, darüber waren wir uns alle klar. Ich habe die Szene immer wieder im Geiste Revue passieren lassen, und ich *weiß* es. Es ging jetzt Mann gegen Mann, und Andy *zwang* ihn ganz einfach, so wie ein starker Mann beim Armdrücken den Arm des schwächeren Gegners auf den Tisch zwingt. Es gab keinen Grund, warum Hadley nicht in diesem Augenblick Mert hätte zunicken können, damit dieser Andy vom Dach stieß, um dann doch Andys Rat zu befolgen.

Es gab keinen Grund. *Aber er tat es nicht.*

»Wenn ich wollte, könnte ich euch allen ein paar Bier beschaffen«, sagte Hadley. »Ein Bier schmeckt gut bei dieser Arbeit.«

Das kolossale Arschloch brachte es sogar fertig, seine Worte großzügig klingen zu lassen.

»Ich möchte Ihnen noch einen Rat geben, den Sie von der Finanzbehörde nicht bekommen«, sagte Andy und sah Hadley dabei unverwandt an. »Machen Sie Ihrer Frau das Geschenk nur, wenn Sie sich *ganz sicher* sind. Wenn Sie die leiseste Chance sehen, dass sie Sie betrügen oder hintergehen könnte, müssten wir uns etwas anderes einfallen lassen ...«

»Mich betrügen?«, sagte Hadley rau. *»Mich* betrügen? Hören Sie zu, Sie Meisterbanker. Sie könnte eine Familienpackung Abführmittel fressen und würde noch nicht mal furzen, bevor ich es ihr gestatte.«

Mert, Youngblood und die anderen Wärter lachten pflichtgemäß. Andy lächelte nicht einmal.

»Ich werde Ihnen aufschreiben, welche Formulare Sie brauchen«, sagte er. »Die bekommt man beim Postamt. Ich werde sie für Ihre Unterschrift vorbereiten.«

Das klang sehr wichtig, und Hadley warf sich in die Brust. Dann sah er uns wütend an und brüllte: »Was habt ihr hier zu glotzen, ihr Stinksäcke? Bewegt eure verdammten Ärsche!« Er wandte sich wieder Andy zu. »Komm her, du Schlaukopf, und hör gut zu: Wenn du mich irgendwie verscheißerst, kannst du vor Ende der Woche in Dusche C deinen eigenen Kopf suchen.«

»Ich habe verstanden«, sagte Andy leise.

Und er hatte verstanden. Wie sich zeigen sollte, verstand er eine Menge mehr als ich – mehr als irgendeiner von uns.

BOV BJERG

Zwei Minuten Revolution (eins nach bis drei nach halb drei)

Draußen Schneematsch, aber drinnen ist Frühling. Frühling im Untergeschoss der Arcaden, zwischen Mobilcom und kaiser's drugstore. Hier bin ich Kaiser. Mitten im Gang haben sie ihn aufgebaut. Einen richtigen kleinen Frühling, wuppdich auf die beigen Bodenkacheln: Ein dunkelbraunes Erdinselchen mit Grashälmchen drauf. Ein helles Sitzbänkchen aus Kiefernholz, unbehandelt. Ein Weglein aus lauter strahlend weißen Kieselsteinchen, quer übers Inselchen, es ist bestimmt zwei Meter lang oder sogar zwei Meter zwanzig. Ein hohes Rattanböglein, welches sich übers Weglein biegt, und oben mitten auf dem Rattanböglein drauf: Eine wuchtige Wattewurst, die in der Zugluft wabert. Schnee? Wahrscheinlich Schnee.

Die Grashälmchen sind grün, natürlich sind sie grün, aber sie sind richtig chlorophyllgrün, das ist ja keine Selbstverständlichkeit. Dazwischen hie und da ein Häufchen Styroporkügelchen. Schnee? Wahrscheinlich ein Rest von Schnee. Die meisten Styroporkügelchen sind schon geschmolzen, es ist ja Frühling. Es ist ein wind- und wetterfester Frühling, ein Frühling ohne Reue, mit immer schön hell bis abends um halb zehn, wenn die Putzfrauen nach Hause gehn.

Lila Krokusköpfchen stoßen aus der Erde und begrüßen den Frühling: Hallo, Frühling! Hallo!

Kunden hasten links und rechts vorbei am Inselfrühling, Kunden mit lackierten Papiertaschen, mit buntbedruckten Polyäthylenbeuteln, mit dreifarbigen Zellophanpaprikastangen, 1,99 das Pfund. Eine gar nicht mal so alte Oma mit einem Omawägelchen, einem schottenkarierten Textilschrank auf zwei Rädchen, wahrscheinlich ein Zentner mehligkochende Kartoffeln darin, die kann man leichter mit der Gabel zerdrücken, und die Bratensoße saugen sie auch besser auf.

Die Speichen vom Wägelchen der gar nicht mal so alten Oma rotieren quietsch quietsch am Frühling vorbei. Alle Kunden hasten (es sind ja Kunden auf Lebenszeit, die haben das ja gelernt, haben das Kundesein ja mit der Muttermilch, jedenfalls mit dem Aletebrei eingesogen) am Inselfrühling links und rechts vorbei.

»Hallo, Inselfrühling!«

»Hallo, Kunden! Einen wunderschönen usw.!«

Hei, das ist ein Begrüßen, ein Sichstrecken und den Winter aus den Gliedern schütteln! Wer möchte da nicht verweilen, wer möchte sich da nicht erfreuen am Trapptrapp der Kunden, am Grüngrün der Insel im ersten UG zwischen Mobilcom und kaiser's drugstore? Wer möchte da nicht seine Seele baumeln lassen? Wer möchte da nicht ein Erholungssitzchen wagen auf dem Kiefernbänkchen?

Ein Schildchen steckt im Ufer vom Frühlingsinselchen: BITTE NICHT BETRETEN! Direkt am Kieselsteinchenweg: BITTE NICHT BETRETEN! (Naturschutzgebiet?)

Man wirft einen ganz diffusen Schatten. Das kommt von den Neonlampenkastensonnen. Ein diffuses Schattenkreuz nach Nord, nach Ost, nach Süd, nach West. Das sich am Boden dreht, wenn man ein paar Schritte geht: Nordwest, Nordost, Südost, Südwest. Kürzere Schritte: Westnordwest, Südsüdwest, Ostsüdost, Nordnordost.

Die Verkäuferinnen und Verkäufer treten vor ihre Läden (nur die Verkäuferin vom Neuform Reformhaus, Treffpunkt gesundes Leben, bleibt schauend hinterm Schaufenster stehen, na, was die wohl vorhat?), treten vor ihre Läden, zeigen mit ziemlich langen Zeigefingern auf das Schattenrad. Beginnen zu singen: »Sag mir, wo du stehst. Und welchen Weeeeeg du gehst.«

Wie kommt es, dass man sich auf einmal auf dem Bänkchen wiederfindet, unbehandelt wiederfindet auf dem Sitzbänkchen aus Kiefernholz? Man sitzt. Man atmet den Frühling. Man lugt.

Plötzlich (»plötzlich«) geht alles ganz schnell. Aus der Richtung vom Heimwerkermarkt piept ein lautes Piep-Piep-Piep, einer ruft: »Stehen bleiben!« Einer ruft: »Jetzabermalstehnbleimhier!«

Ein Junge bremst vorm Frühlingsinselchen, Polyesteranzug (lila, weiß, türkis und ein bisschen gelb), er hat den Arm gestreckt, die Hand zur Faust geballt! In der Faust eine Stichsäge AEG Step 600 X mit 4-Stufen-Pendelhub und Hubzahlvorwahl. Wer sich damit auskennt, kann das auf den ersten Blick erkennen. Der Polyesterjunge hat ein ganz verschmiertes Gesicht; Erde oder Blut oder geklaute Schokoladenosterhasen oder was? Man raunt: »Jetzt aber hopp!«

So kommt es, dass der Junge sich auf einmal auf dem Bänkchen wiederfindet, sich unbehandelt wiederfindet auf dem Sitzbänkchen aus Kiefernholz. Man lässt ihn spucken auf ein softes Zellstofftaschentuch (Menthol) und wischt ihm erst mal das Gesicht.

Da stakst der Wachschutzmann mit seiner hexa- oder okto-, jedenfalls total polygonalen Wachschutzmütze. Bleibt stehen. BITTE NICHT BETRETEN! Er sagt: »Runterkommen da.«

Die Kunden schauen schon und werden immer mehr. »Weitergehen«, brummt der Wachschutzmann. »Es gibt hier nix zu sehen«, lügt der Wachschutzmann. Die Kunden »kuschen«. Umrunden den Inselfrühling im Uhrzeigersinn: Reiseland, kaiser's drugstore, Colloseum Junge Mode, beige Fliesen beige Fliesen beige Fliesen, Mobilcom, Schreibwaren-Winter, Wir bauen für Sie um. Beige Fliesen beige Fliesen, dann wieder Reiseland usw. und so fort ad nauseam, das heißt bis zum Kotzen, aber es klingt nicht so eklig. Ein massenhaftes Inselchenumkurven, Mekka im ersten UG, Hadsch in Prenzlauer Berg. Die gar nicht mal so alte Oma mit dem Omawägelchen immer mittenmang.

Was kriegt sie zu sehen? Revolution! Gewalt! Der Polyesterjunge zeigt der Stichsäge ein Bänkchenbeinchen. Das Bänkchenbeinchen zittert. Das Bänkchenbeinchen weiß nicht, dass es keinen Strom gibt auf dem Frühlingsinselchen. Man ruft: »Ho, jetzt wird abgerechnet, Bänkchen!« Das Bänkchenbeinchen zittert, das Bänkchen wackelt, und wenn die Banken erst mal wackeln, wackelt das System.

Die gar nicht mal so alte Oma mit dem Omawägelchen presst die Lippen zusammen, sie hat ja ihr Gebiss daheim gelassen, bei Plus kann man ja einkaufen ohne zu reden, aber jetzt muss sie beim Inselchenumkurven herrgottsack doch wirklich lachen. Man schaut in einen mehligkochenden Kartoffelmund, bis ganz nach hinten, wo dunkelrosa das Zäpfchen vibriert.

»Plötzlich« geht alles ganz langsam. Aus dem Neuform Allee-Reformhaus, Treffpunkt gesundes Leben, tritt eine adrette Reformhausfachverkäuferin mit biodynamischen Schritten. Ohne mit der Wimper zu zucken, macht sie dem Polyesterjungen ein paar schockierend schöne Augen.

Der hat »plötzlich« keinen »Bock« mehr, das Bänkchenbeinchen zu erschrecken, hat keinen »Bock« mehr auf Revolution. Steigt vom Inselchen herunter, legt dem polygonalen Wachschutzmann die Stichsäge vor die Füße, sagt: »War bloß Spaß.« Der Polyesterjunge und die Reformhausfachverkäuferin werden Hochzeit feiern mit Pomp, so viel ist sicher, oder einen Kaffee trinken gehen für Euro 1,05 (Pott) da hinten bei Der Bäcker Feihl.

Der Mekkakonsumentenstrudel löst sich auf. »Einmaliget Erlebnis gewesen«, murmelt Hadschi Kunde, »mal wat andret, dufte Gemeinschaft, gehnwa nächstet Jahr wieder hin.« Ein Omawägelchen, quietsch quietsch. Verstummt (Rolltreppe). Rechts stehen, links gehen. Die gar nicht mal so alte Oma dreht sich noch mal um, sie presst die Lippen zusammen (Gebiss). Verschwindet im Himmel.

Man sitzt auf einem Kiefernbänkchen, unbehandelt und allein. In der Zugluft wabert eine wuchtige Wattewurst.

Der Wachschutzmann sagt: »Runterkommen da.«

Man sagt: »Nee.«

»Runter.«

»Nee.«

»Runter.«

»Nee.«

Um halb neun kommen die Putzfrauen und wischen um den Wachschutzmann herum, er hebt den einen Fuß und dann den anderen.

»Runter jetze.«

»Nee.«

Die Krokusköpfchen klappen die Blüten zu. (Nur die echten. Die Textilkrokusse bleiben offen.) Um Punkt halb zehn machen die Putzfrauen die Neonlampenkastensonnen aus.

»Runter.«

»Im Dustern?«

MARTIN SUTER

Ein paar Ostergedanken

»Schöne Ostern gehabt?«

»Doch, sehr schön, danke, und Sie?«

»Auch sehr schön, doch.«

»Weggefahren?«

»Um Himmels willen, ganz relaxed zu Hause. Und Sie?«

»Wir auch, bin doch nicht wahnsinnig. Stress kann ich auch hier haben.«

»Nicht wahr? Haben Sie die Bilder gesehen? Was sind das bloß für Menschen, die sich das antun?«

»Die haben keinen Stress im Job.«

»Glauben Sie?«

»Schauen Sie uns an. Müssen wir an unseren spärlichen paar freien Tagen mit quengelnden Kindern im Schritttempo durch den Gotthard fahren?«

»Oder sechs Stunden zwischen Besoffenen aus Birmingham und Leverkusen in der Abflughalle von Palma de Mallorca die Kinder mit kalten Pommes frites und warmen Glaces bei Laune halten?«

»Ich sage Ihnen: Die Leute haben beruflich keinen Stress, sonst würden die zu Hause bleiben und Eier anmalen.«

»Mein Jüngster hat ein Ei schwarz angemalt. Bis wir das gefunden hatten im Garten! Nicht dumm. Schwarz, und ist erst vier.«

»Unsere Kleine hat geweint, als sie den Schoggihasen gegessen hat. ›Warum weinst du?‹, habe ich sie gefragt. ›Arms Häsli‹, hat sie geantwortet. Aber gegessen hat sie ihn.«

»An solchen Tagen merkt man erst, wie schlecht man seine eigenen Kinder kennt.«

»Man ist eben viel zu wenig zu Hause.«

»Und kaum schaut man sich um, sind sie erwachsen.«

»Dabei ist das jetzt die wichtigste Zeit, zwischen vier und zwölf.«

»Und die opfert man dem Laden.«

»Blöd, wie man ist.«

»Ist halt auch eine wichtige Zeit, zwischen 30 und 40, beruflich.«

»Wenn du's dann nicht packst, vergiss es.«

»Besonders jetzt.«

»Da kann es eben auch einmal etwas später werden, da kann man nicht immer mit der Stoppuhr im Büro sitzen.«

»Ich komme auf gut sechzig Stunden. Sie auch?«

»Wenn's wenig ist.«

»Ich meine, im Schnitt.«

»Im Schnitt sowieso.«

»Darunter leidet natürlich die Familie.«

»Ganz klar.«

»Ich versuche, wenigstens jeden zweiten Abend daheim zu sein, bevor sie im Bett sind.«

»Bei mir ist das schwierig. Vier und sechs. Aber wenigstens die Wochenenden. Also die Sonntage. Aber das reicht natürlich nicht.«

»Aber man tut es ja für die Familie. Auch und gerade.«

»Das ist ja die Ironie. Ihr zuliebe vernachlässigt man sie.«

»Manchmal fragt man sich.«

»Besonders nach den Ostertagen zu Hause.«

»Wenn man so mit der Frau und den Kindern am Küchentisch sitzt und mit Sternchenfaden Kräutlein und Zwiebelschalen um Eier wickelt, fragt man sich schon, ob es nicht Wichtigeres gibt im Leben als die Karriere.«

»Ach, Sie machen die auch mit den Kräutlein? Mir fehlt die Geduld, aber meine Frau macht richtige Kunstwerke.«

»An solchen Tagen habe ich manchmal Lust, den Bettel hinzuschmeißen und ein normales Leben zu führen. Als irgendeine Nummer irgendwo in einem Betrieb mit geregelten Arbeitszeiten, einem bescheidenen Gehalt, aber ohne Stress.«

»Dann könnte man auch einmal ein paar Tage weg über Ostern mit der Familie.«

»Nach Italien oder Mallorca!«

»Es ist schon ein Teufelskreis.«

HERMANN HESSE

Rosa

Ich stand auf einem der Felshügel über meiner kleinen Heimatstadt, es roch nach Tauwind und ersten Veilchen, aus dem Städtchen blitzte der Fluss herauf und die Fenster meines Vaterhauses, und das alles blickte, klang und roch so rauschend voll, so neu und schöpfungstrunken, strahlte so farbentief und wehte im Frühlingswinde so überwirklich und verklärt, wie ich einst in den vollsten, dichterischen Stunden meiner ersten Jugend die Welt gesehen hatte. Ich stand auf dem Hügel, der Wind strich mir durchs lange Haar; mit irrender Hand, in träumerische Liebessehnsucht verloren, riss ich vom eben ergrünenden Gebüsch eine junge halboffne Blattknospe, hielt sie vors Auge, roch an ihr (und schon bei diesem Geruch fiel alles von damals mir wieder glühend ein), dann fasste ich das kleine grüne Ding spielend mit den Lippen, die noch immer kein Mädchen geküsst hatten, und begann es zu kauen. Und bei diesem herben, aromatisch bitteren Geschmack wusste ich plötzlich genau, was ich erlebe, alles war wieder da. Ich erlebte eine Stunde aus meinem letzten Knabenjahr wieder, einen Sonntagnachmittag im ersten Frühling, jenen Tag, an dem ich auf meinem einsamen Spaziergang die Rosa Kreisler angetroffen, und sie so schüchtern gegrüßt, und mich so betäubend in sie verliebt hatte.

Damals hatte ich dem schönen Mädchen, das allein und träumerisch bergaufwärts gegangen kam und mich noch nicht sah, voll banger Erwartung entgegengesehen, hatte ihr Haar gesehen, das in dicken Zöpfen aufgebunden war und doch noch zu beiden Seiten der Wangen offne Strähnen hatte, die im Winde spielten und flossen. Ich hatte gesehen, zum ersten Mal in meinem Leben, wie schön dies Mädchen war, wie schön und traumhaft dies Spiel des Windes in ihrem zarten Haar, wie schön und sehnsuchtweckend der Fall ihres dünnen blauen Kleides über die jungen Glieder hinab, und ebenso, wie mich mit dem bitter-würzigen Geschmack der zerkauten Knospe die ganze bange süße Lust und Angst des Frühlings durchtränkte, so erfüllte mich beim Anblick des Mädchens die ganze tödliche Ahnung der Liebe, die Ahnung vom Weibe, das erschütternde Vorgefühl ungeheurer Möglichkeiten und Versprechungen, namenloser Wonnen, unausdenklicher Verwirrungen, Ängste und Leiden, innigster Erlösung und tiefster Schuld. O wie brannte der bittre Frühlingsgeschmack auf meiner Zunge! O wie strömte der spielende Wind durch das lose Haar neben ihren roten Wangen! Dann war sie mir nahe gekommen, hatte aufgeblickt und mich erkannt, war einen Augenblick schwach errötet und hatte beiseite geblickt; dann grüßte ich sie, mit gezogenem Konfirmandenhut, und Rosa, alsbald gefasst, grüßte lächelnd und ein wenig damenhaft zurück, erhobenen Gesichts, und ging langsam, sicher und überlegen weiter, umsponnen von tausend Liebeswünschen, Forderungen und Huldigungen, die ich ihr nachsandte.

So war es einst gewesen, an einem Sonntag vor fünfunddreißig Jahren, und alles Damalige war in diesem Augenblick wiedergekehrt: Hügel und Stadt, Märzwind und Knospengeruch, Rosa und ihr braunes Haar, aufschwellende Sehnsucht und süße würgende Angst. Alles war wie damals, und mir schien, ich habe niemals mehr in meinem Leben so geliebt, wie ich damals Rosa liebte. Aber diesmal war es mir gegeben, sie anders zu empfangen als jenesmal. Ich sah ihr Erröten, als sie mich erkannte, sah ihr Bemühen, das Erröten zu verbergen, und wusste sofort, dass sie mich gern habe, dass ihr diese Begegnung dasselbe bedeute wie mir. Und statt wieder den Hut zu ziehen und feierlich mit gezogenem Hut zu stehen, bis sie vorüber wäre, tat ich diesmal trotz Angst und Beklemmung, was mein Blut mich tun hieß, und rief: »Rosa! Gott sei Dank, dass du gekommen bist, du schönes schönes Mädchen. Ich habe dich so lieb.« Das war vielleicht nicht das Geistreichste, was sich in diesem Augenblick sagen ließ, allein es bedurfte hier keines Geistes, es genügte vollkommen. Rosa machte kein Damengesicht und ging nicht weiter, Rosa blieb stehen, sah mich an und wurde noch röter als vorher und sagte: »Grüß Gott, Harry, hast du mich denn wirklich gern?« Dazu strahlten ihre braunen Augen aus dem kräftigen Gesicht, und ich spürte: Mein ganzes vergangenes Leben und Lieben war falsch und verworren und voll dummen Unglücks gewesen von dem Augenblick an, wo ich Rosa an jenem Sonntag hatte davonlaufen lassen. Jetzt aber war der Fehler gutgemacht, und es wurde alles anders, wurde alles gut.

Wir gaben einander die Hände, und Hand in Hand gingen wir langsam weiter, unsäglich glücklich, sehr verlegen, wussten nicht, was sagen und was tun, begannen aus Verlegenheit schneller zu laufen und trabten, bis wir den

Atem verloren und stehen bleiben mussten, ohne aber unsre Hände loszulassen. Wir waren beide noch in der Kindheit und wussten nicht recht was miteinander anzufangen, wir kamen an jenem Sonntag nicht einmal bis zu einem ersten Kuss, aber wir waren ungeheuer glücklich. Wir standen und atmeten, wir setzten uns ins Gras, und ich streichelte ihre Hand, und sie fuhr mir mit der andern Hand schüchtern übers Haar, und dann standen wir wieder auf und probierten zu messen, wer von uns größer sei, und eigentlich war ich um einen Fingerbreit größer, aber ich gab es nicht zu, sondern stellte fest, dass wir ganz genau gleich groß seien, und dass der liebe Gott uns füreinander bestimmt habe, und dass wir uns später heiraten würden. Da sagte Rosa, sie rieche Veilchen, und wir knieten im kurzen Frühlingsgras und suchten und fanden ein paar Veilchen mit kurzen Stielchen, und jedes schenkte die seinen dem andern, und als es kühler wurde und das Licht schon schräg über die Felsen fiel, sagte Rosa, sie müsse heim, und da wurden wir beide sehr traurig, denn begleiten durfte ich sie nicht, aber nun hatten wir ein Geheimnis miteinander, und das war das Holdeste, was wir besaßen. Ich blieb oben in den Felsen, roch an Rosas Veilchen, legte mich über einem Absturz an den Boden, das Gesicht über der Tiefe, und schaute hinab auf die Stadt und lauerte, bis ihre süße kleine Gestalt tief unten erschien und am Brunnen vorbei und über die Brücke lief. Und jetzt wusste ich sie in ihres Vaters Haus angekommen, und dort ging sie durch die Stuben, und ich lag hier oben weit von ihr, aber von mir zu ihr lief ein Band, lief ein Strom, wehte ein Geheimnis. Wir sahen uns wieder, hier und dort, auf den Felsen, bei den Gartenzäunen, diesen ganzen Frühling lang, und gaben uns, als der Flieder anfing zu blühen, den ersten ängstlichen Kuss. Wenig war es, was wir Kinder einander geben konnten, und unser Kuss war noch ohne Glut und ohne Fülle, und das lose Haargekräusel um ihre Ohren wagte ich nur leise zu streicheln, aber alles war unser, wessen wir an Liebe und Freude fähig waren, und mit jeder schüchternen Berührung, mit jedem unreifen Liebeswort, mit jedem bangen Aufeinanderwarten lernten wir ein neues Glück, stiegen wir eine kleine Stufe an der Liebesleiter empor. So lebte ich, mit Rosa und den Veilchen beginnend, mein ganzes Liebesleben noch einmal durch, unter glücklicheren Sternen. Rosa verlor sich, und Irmgard erschien, und die Sonne wurde heißer, die Sterne trunkener, aber nicht Rosa noch Irmgard wurde mein, Stufe um Stufe musste ich steigen, viel erleben, viel lernen, musste auch Irmgard, auch Anna wieder verlieren. Jedes Mädchen, das ich einst in meiner Jugend geliebt, liebte ich wieder, aber jedem vermochte ich Liebe einzuflößen, jeder etwas zu geben, von jeder beschenkt zu werden. Wünsche, Träume und Möglichkeiten, die einst einzig in meiner Phantasie gelebt hatten, waren jetzt Wirklichkeit und wurden gelebt. O ihr schönen Blumen alle, Ida und Lore, ihr alle, die ich einst einen Sommer lang, einen Monat lang, einen Tag lang geliebt habe!

ALBERT OSTERMAIER

april

die milch auf dem kühlschrank
wird nicht kippen der himmel
spielt mit der sonne fangen
und der zitronenfalter findet
auf deiner hand seinen schatten
ich schäl in der küche orangen
du träumst mit den lippen und
im spiegel kämmt sich der regen
das haar der baum vor dem
fenster nimmt sein erstes aspirin
und die äste neiden den gräsern
ihr grün sie werden sich im wind
bis zum boden neigen ich weiss
wieder was ich will halte kurz
still dort fliegt dein wunsch
zwischen den zweigen schnee
lag in der luft und du glaubtest
ich geh

Nachweis

Der Verlag dankt folgenden Rechteinhabern für die Genehmigung zum Abdruck:

Alfred Andersch (1914, München – 1980, Berzona, Schweiz)
Paris, 1. Mai 1977. Aus: ders., *empört euch der himmel ist blau*. Gedichte und Nachdichtungen 1946–1977. Copyright © 1977, Diogenes Verlag AG Zürich.

Bov Bjerg (* 1965, Heinigen)
Zwei Minuten Revolution. Aus: ders., *Die Modernisierung meiner Mutter*. Geschichten. Blumenbar, Berlin 2016. Copyright © Aufbau Verlag GmbH & Co. KG, Berlin 2016.

Jan Brandt (* 1974, Leer, Ostfriesland)
Valentinstag. Originalbeitrag für diese Anthologie. Copyright © 2019 by Jan Brandt. Abdruck mit freundlicher Genehmigung des Autors.

Thomas Brasch (1945, Westwow, North Yorkshire – 2001, Berlin)
Als Frühjahr kam und überplötzlich Nacht. Aus: ders., *Die nennen das Schrei*. Gesammelte Gedichte. Copyright © Suhrkamp Verlag Berlin 2013.

Alex Capus (* 1961, Mortagne-au-Perche)
Fast ein bisschen Frühling. Ausschnitt aus dem gleichnamigen Roman. Copyright © 2012 Carl Hanser Verlag GmbH & Co. KG, München.

F. Scott Fitzgerald (1896, St. Paul, Minnesota – 1940, Hollywood, Los Angeles)
Liebe in der Nacht. Aus: ders., *Die letzte Schöne des Südens*. Copyright der deutschsprachigen Ausgabe © 2009, Diogenes Verlag AG Zürich. Übersetzung aus dem Amerikanischen von Melanie Walz.

Max Frisch (1911, Zürich – 1991, ebd.)
Unser Leben geht hin (Titel von der Herausgeberin). Ausschnitt aus: ders., *Die Schwierigen oder J'adore ce qui me brûle. Bin oder Die Reise nach Peking*. Gesammelte Werke in zeitlicher Folge. Zweiter Band. Copyright © Suhrkamp Verlag Frankfurt am Main 1976. Alle Rechte bei und vorbehalten durch Suhrkamp Verlag Berlin.

Axel Hacke (* 1956, Braunschweig)
Wenn es den Osterhasen gäbe. Aus: ders., *Ich sag's euch jetzt zum letzten Mal*. Copyright © Verlag Antje Kunstmann GmbH, München 2000.

Georg Philipp Harsdörffer (1607, Nürnberg – 1658, ebd.)
Frülings-Freude. Aus: Gerhard Rühm (Hrsg.), *Die Pegnitz Schäfer. Georg Philipp Harsdörffer – Johann Klaj – Sigmund von Birken*. Gerhardt, Berlin 1964.

Johann Peter Hebel (1760, Basel – 1826, Schwetzingen)
Das Mittagessen im Hof. Aus: ders., *Schatzkästlein des rheinischen Hausfreundes*. Krit. Gesamtausg. mit den Kalender-Holzschnitten. Hrsg. von Winfried Theiss. Stuttgart: Reclam, 1981 [u. ö.]. (Universal-Bibliothek. 142.)

Hermann Hesse (1877, Calw, Württemberg – 1962, Montagnola, Schweiz)
Rosa (Titel von der Herausgeberin). Ausschnitt aus: ders., *Der Steppenwolf*, in: ders., *Sämtliche Werke in 20 Bänden*. Herausgegeben von Volker Michels. Band 4. Copyright © Suhrkamp Verlag Frankfurt am Main 2001. Alle Rechte bei und vorbehalten durch Suhrkamp Verlag Berlin.

Wolfgang Hildesheimer (1916, Hamburg – 1991, Poschiavo, Schweiz)
Der hellgraue Frühjahrsmantel. Aus: ders., *Lieblose Legenden.* Copyright © Suhrkamp Verlag Frankfurt am Main 1962. Alle Rechte bei und vorbehalten durch Suhrkamp Verlag Berlin.

Sue Hubbell (1935, Kalamazoo, Michigan – 2018, Bar Harbor, Maine)
Leben auf dem Land. Ausschnitt aus dem gleichnamigen Roman. Copyright © 1983, 1984, 1985, 1986 by Sue Hubbell; Copyright der deutschsprachigen Ausgabe © 2016, Diogenes Verlag AG Zürich. Aus dem Amerikanischen von Barbara Heller.

Marie-Luise Kaschnitz (1901, Karlsruhe – 1974, Rom)
Ende April. Ausschnitt aus: dies., *Tage, Tage, Jahre.* Copyright © Insel Verlag Frankfurt am Main 1968. Alle Rechte bei und vorbehalten durch Insel Verlag Berlin.

Stephen King (* 1947, Portland, Maine)
Die Verurteilten. Ausschnitt aus: ders., *Frühling, Sommer, Herbst und Tod.* Copyright © 2013 Wilhelm Heyne Verlag, München, in der Verlagsgruppe Random House GmbH. Aus dem Amerikanischen von Harro Christensen.

Root Leeb (* 1955, Würzburg)
Der Baum. Aus: dies., *Die dicke Dame und andere kurze Geschichten.* Copyright © 2013 by ars vivendi verlag GmbH & Co. KG, Cadolzburg.

Ian McEwan (* 1948, Aldershot, England)
Unschuldige. Ausschnitt aus dem gleichnamigen Roman. Copyright © 1989, 1990 by Ian McEwan; Copyright der deutschsprachigen Ausgabe © 1990, Diogenes Verlag AG Zürich. Aus dem Englischen von Hans-Christian Oeser.

Albert Ostermaier (* 1967, München)
april. Aus: ders., SOLARPLEXUS. Gedichte. Copyright © Suhrkamp Verlag Frankfurt am Main 2004. Alle Rechte bei und vorbehalten durch Suhrkamp Verlag Berlin.

Rafik Schami (* 1946, Damaskus)
Liebesübungen. Aus: ders., *Die Sehnsucht der Schwalbe*. Copyright © 2000 Carl Hanser Verlag GmbH & Co. KG, München.

Arthur Schnitzler (1862, Wien – 1931, ebd.)
Blumen. Aus: ders., *Ausgewählte Werke in acht Bänden*. Herausgegeben von Heinz Ludwig Arnold. Band 8 *Leutnant Gustl. Erzählungen 1892–1907*. S. Fischer, Frankfurt am Main 1999.

Eva Strittmatter (1930, Neuruppin – 2011, Berlin)
Atem. Aus: dies., *Sämtliche Gedichte*. Erw. Neuausgabe. Aufbau Verlag, Berlin 2015. Copyright © Aufbau Verlag GmbH & Co. KG, Berlin 1988, 2015.
(das Gedicht erschien erstmals 1988 in E. Strittmatter: *Atem* im Aufbau-Verlag Berlin und Weimar)

Martin Suter (* 1948, Zürich)
Ein paar Ostergedanken. Aus: ders., *Business Class. Geschichten aus der Welt des Managements*. Copyright © 2000, Diogenes Verlag AG Zürich.

Viktorija Tokarjewa (* 1937, St. Petersburg)
Männertreue. Aus: dies., *Alle meine Feinde*. Copyright © 2011, Diogenes Verlag AG Zürich. Aus dem Russischen von Angelika Schneider.

Urs Widmer (1938, Basel – 2014, Zürich)
Der unbekannte Duft der fremden Frauen. Aus: ders., *Vom Fenster meines Hauses aus*. Copyright © 1977, Diogenes Verlag AG Zürich.

Gartenglück

Ein Lesebuch
Ausgewählt von Daniel Kampa.
Mit Zeichnungen von Jean-Jacques Sempé

Die Weltliteratur ist ein reicher und bunter Garten voller Geschichten – von denen einige auch im Garten spielen. Denn auch Schriftsteller hatten zuweilen einen grünen Daumen, oder zumindest eine grüne Feder, wie diese Anthologie mit Texten von Elizabeth von Arnim, Hermann Hesse, Eva Demski, Donna Leon, Wladimir Kaminer und vielen anderen zeigt.

»Daniel Kampa vom Diogenes Verlag hat sich für dieses heiterschöne, anregende Gartengedankenbuch nicht nur bei den hauseigenen Autoren bedient, sondern nach Grünton und blühenden Pointen. Der flexible Einband macht es zudem robust genug für eine Lektüre vor Ort.«
Westdeutsche Allgemeine Zeitung, Essen

»›Wenn du einen Garten und dazu noch eine Bibliothek hast, wird es dir an nichts fehlen‹, schrieb Cicero einst. Das hübsche Lesebuch *Gartenglück,* das bei Diogenes erschienen ist, bietet beides. Denn die Weltliteratur ist ein bunter Garten voller Geschichten, und einige Autoren hatten zuweilen einen grünen Daumen oder zumindest eine grüne Feder.«
Tages-Anzeiger, Zürich

Fahrradfreunde

Ein Lesebuch
Ausgewählt von Daniel Kampa.
Mit Zeichnungen von Jean-Jacques Sempé

Zu Beginn des 20. Jahrhunderts beklagte sich der Autor Léon Bloy bei seinem Verleger über den geringen Absatz seiner Bücher. »Was wollen Sie?«, fragte der Verleger. »Seit sich die Leute für das Fahrrad begeistern, haben sie keine Zeit mehr zum Lesen.« Natürlich hat das Fahrrad dem Lesen so wenig geschadet wie Radio oder Fernsehen, im Gegenteil. Schriftsteller wie Siegfried Lenz, Urs Widmer, Andrea Camilleri oder Axel Hacke haben hinreißende Fahrradgeschichten oder -gedichte geschrieben: über erste Fahrversuche, Radtouren übers Land, ob beschaulich allein oder romantisch zu zweit, über die Tücken des Tandemfahrens als Paar, üble Fahrraddiebe oder Radrennen und sogar über das hässliche Stiefkind des Fahrrads, den Ergometer. Und natürlich darf in einem Fahrradlesebuch Sempés unsterblicher Fahrradhändler Paul Tamburin samt seinem unglaublichen Geheimnis nicht fehlen. *Fahrradfreunde* ist eine erzählerische und zeichnerische Hommage an das Fahrrad – und all jene, die gerne in die Pedale treten.

»Kampas Sammlung macht Lust, immer wieder aufzusitzen und eine kleine Runde zu drehen, erst auf dem Papier – und dann am besten draußen, wo die große Freiheit wartet.«
Ursula Scheer / Frankfurter Allgemeine Sonntagszeitung

»Ein Band für Genießer, die gern mal an einem verwunschenen Bachlauf Pause machen.«
Sabine Schmidt / Börsenblatt, Frankfurt

Strandlesebuch

Sonnige und coole Geschichten

Ausgewählt von Daniel Kampa

Man sollte sich nicht darauf verlassen, am Strand eine Flaschenpost zu finden, um etwas Spannendes zum Lesen zu haben – schließlich verliert sogar die Brandung oder der schönste Sonnenuntergang irgendwann seinen Reiz. Ein gutes Buch hingegen ist auch bei schlechter Witterung eine Garantie für gelungene Ferien, besonders mit folgenden Reisebegleitern: Doris Dörrie, Bernhard Schlink, Ingrid Noll, John Irving, Philippe Djian, Patrick Süskind oder Haruki Murakami.

Wenn Sie also nur ein einziges Buch in die Badetasche einpacken, dann das *Strandlesebuch*, egal, ob es Sie dieses Jahr an einen Sand- oder Kiesstrand zieht, an die Nord- oder Ostsee, ans Mittel-, Rote oder ans Schwarze Meer, in die Karibik, auf die Balearen oder Kanaren … Und auch weniger exotisch im städtischen Freibad oder in der eigenen Badewanne büßt das *Strandlesebuch* nichts an Unterhaltungswert ein.

»Falls ein Urlaub ansteht und kein Buch zur Hand sein sollte, muss sich nicht für einen Roman entschieden werden, ein *Strandlesebuch* tut es auch. Man braucht übrigens keinen Strand, um von den Geschichten gut unterhalten zu werden. Eine Parkbank oder eine Couch tut es auch.«
Westdeutsche Allgemeine Zeitung, Essen

»Ein gutes Buch ist auch bei schlechter Witterung eine Garantie für gelungene Ferien. Wenn Sie nur ein einziges Buch in die Badetasche einpacken, dann das *Strandlesebuch*.« *Wien live*

»Für herrliche Lesestunden.«
Wohnen & Garten, Offenburg

Balkonlesebuch

Erzählungen und zwei Gedichte
Ausgewählt von Daniel Kampa

»Reisen ist eine arge Beschäftigung. Das moderne Unterwegs ist womöglich noch schlimmer als das vergangene. Früher wurde man von unkonzessionierten Räubern überfallen und ausgezogen, aber man hatte immerhin das Gefühl, dass einem Unrecht geschähe. Das hat sich geändert«, so Erich Kästner, der meinte, man solle doch einfach auf seinem Balkon Ferien machen, anstatt zu verreisen. Recht hat er. Und deshalb gibt es für alle, die zu Hause bleiben, ob sie es sich nun auf dem Balkon bequem machen oder nicht, ein Sommerbuch mit spannenden und entspannenden Geschichten von weltbekannten Erzählern wie Patricia Highsmith, Bernhard Schlink oder Ingrid Noll. Und als Zugabe: Geschichten von Almudena Grandes, Hermann Hesse und Axel Hacke, in denen der Balkon zum spannenden Schauplatz wird.

»Das *Balkonlesebuch* vereint unterhaltsame, zwischen zwei Drinks wegzulesende Kurztexte etwa von Hermann Hesse, Patricia Highsmith, Bernhard Schlink und Doris Dörrie. Im Eingangskapitel schreibt Erich Kästner: ›Der Pass. Das Visum. Die Devisen. Die Fahrkarten… Man sollte lieber nicht auf Reisen gehen, sondern auf dem Balkon sitzen bleiben. Zwischen den Stiefmütterchen. Oder man sollte sich vor der Abreise chloroformieren lassen.‹ Mit solchem Trost reist es sich noch schöner in Gedanken.«
Die Zeit, Hamburg

Und falls es auf dem Balkon zu dunkel zum Lesen ist:

Kopfkissenbuch

Spannende und entspannende Geschichten von
F. Scott Fitzgerald, Carson McCullers, Patricia Highsmith,
John Irving, Ingrid Noll, Donna Leon, Bernhard Schlink,
Patrick Süskind, Urs Widmer, Martin Suter und anderen

»Im Bett sollte man nur leichte und unterhaltende Lektüre zu sich nehmen sowie spannende und beruhigende, ferner ganz schwere, wissenschaftliche und frivole sowie mittelschwere und jede sonstige, andere Arten aber nicht«, rät Kurt Tucholsky. Das *Kopfkissenbuch* versammelt 22 spannende und unterhaltsame Geschichten, die man lesen kann, wenn man freiwillig im Bett liegt (vor dem Einschlafen etwa), aber auch, wenn man das Bett wegen einer Krankheit hüten muss. Im ersten Fall wünschen wir einen gesunden Schlaf, im zweiten Fall gute Besserung, in beiden Fällen aber vor allem: Viel Spaß beim Lesen!